Buch

Der Roman wendet sich an alle Erwachsenen, die in Ruhe und ungestört ihren Lebensweg gehen wollen. Dabei treffen sie auf politische, psychologische und soziologische Barrieren, die nicht an einem Tag abgebaut werden können. Es wird gezeigt, wie sich Unrecht ein Leben lang auswirkt, wobei eine gewaltlose Konfrontation mit dem Übel stattfindet. Geschrieben nach wahren Begebenheiten.

Autorin

Ellen Felicitas Reichardt, geboren 1938 in Berlin, veröffentlichte bisher Reportagen, Erzählungen und Kurzgeschichten. »Kollusion« ist ihr erster Roman.

Ellen Felicitas Reichardt

KOLLUSION
oder wie man davonkommt

1. Auflage 2008
© 2008 Doku-Medienproduktion, Berlin
Alle Rechte vorbehalten
Umschlag und Layout: Re[h]produkt, Berlin
Druck und Bindung: Chroma, Žáry (PL)
Printed in Poland
ISBN: 978-3-938551-59-2

www.dmp-verlag.de

Kollusion – oder wie man davonkommt

1

Schien jetzt das Morgenlicht für sie durch die Brokatvorhänge? Alles anders? Alles neu?

Seine sonore, kräftige Stimme ließ sie aufhorchen. »Du siehst sicher ein, liebste Walburga, dass ich dich nun nicht gleich ehelichen kann. Meine Frau döst zwar nur auf dem Balkon und sonnt sich. Aber verlassen kann ich sie nicht, schon allein wegen der Kinder. Und außerdem sind wir durch Katastrophen und Glücksmomente seit Jahren aneinander geschmiedet.«

Unter der Daunendecke drückte sie innig und warm Gustavs Hand. Sie hatte mehrfach gelesen, dass ein Mann nicht allein sein konnte. Normale Männer lagen in Fesseln, waren geknebelt. Welch eine Gnade, dass sie diesen aus ihrer Sicht recht alten, wenn auch sympathischen und großzügigen Gauner nicht gleich heiraten musste. Wie dankbar war sie ihm! Nach quälenden, gehemmten, von Furcht erfüllten Jugendjahren hatte sie sich dank Gustavs Hartnäckigkeit endlich überwinden können, ihr ängstliches, altjüngferliches Mauerblümchendasein hinter sich zu lassen.

Das war es also, was hinter den Schlagern und Schnulzen steckte! Hierüber jaulte Elvis, und deswegen zog Marlon Brando immer seine streng-sinnlichen Grimassen. Jene grässliche, schmerzhafte Angelegenheit würde sich selbstverständlich niemals wiederholen. Niemals würde sie selbstmörderisch handeln und wegen so einer ekligen Tortur heiraten. Konnte sie nicht einem Kloster beitreten? Sie mochte Kirchen und war mit Leib und Seele evangelisch. Sie und ihre Schwester waren anständig konfirmiert worden. Nein, kein Kloster! Auf Dauer musste das ja schrecklich langweilig sein. Und es war auch überflüssig. Man konnte bestimmt ruhig in der Welt leben und eben nur diese eine, ohnehin nur Minuten dauernde Qual meiden. Das neue Erlebnis fand in West-Berlin statt.

Kennen gelernt hatten sie sich auf der Leipziger Messe. Einen Monat später traf Walburga, blond, schlank, blauäugig, ihren Gustav erneut. Gewiss, sie war nicht gerade begeistert über sich selbst, denn es war ja eigentlich abscheulich, dem Kapitalismus zu frönen. Gustav verkörperte den Westen, und es war schon eine tolle Sache, das schmutzige, stinkende Leipzig hinter sich zu lassen und mit dem eleganten Herrn in ein West-Berliner Theater zu fahren. Dieser Kapitalismus beeindruckte sie. Locker, frei und ohne sozialistische Einfärbungen konnte sie mit Gustav über das Stück »Kennen Sie die Milchstraße?« diskutieren, für keine Äußerung wurde man verhaftet. Und es war natürlich auch der Reiz des Verbotenen. Denn als Studentin in Leipzig durfte sie 1960 nicht nach West-Berlin, wenn es auch manch einer tat. Sie fühlte intensiv, dass jeder Tag zählte. Sie war außerstande, sich gegen die Gewissheit zu wehren, dass es bald aus sein würde mit West-Berlin, vielmehr mit dem Zugang zu dieser freien glitzernden Inselstadt. Es galt, jeden Tag zu genießen und sie wusste, dass sie bald würde handeln müssen. Einen Bekannten im Westen zu haben, das war wie ein Heiligtum. Ob er wohl heute Nacht, nach der glänzenden Vorstellung in der ›Komödie‹, wieder jenes üble Nachspiel verlangen würde? Erst speisen, dann im silbernen Mercedes an den Neonreklamen vorbei, leise Swingmusik im Radio, Gustav so höflich, so lieb, erfahren, sicher.

»Mach dir übrigens keine Sorgen wegen der Nacht. Ich werde dich nicht anrühren, solange du es nicht willst... Wenn auch deine hellblauen Mandelaugen wirklich umwerfend leuchten.« Was war das? Walburga schoss die Hitze der Scham in das Gesicht. Hatte er also doch etwas gemerkt? Aber andererseits – so ein gewaltiges Kompliment war ihr völlig neu. Sie fand sich erbarmungswürdig hässlich, und die Außenwelt hatte ihr bis heute nichts anderes bestätigt. So war sie zu Hause eher daran gewöhnt, gemaßregelt zu werden. »Wie siehst du bloß wieder aus! So wagst du dich auf die Straße? Was? Mit offenen Haaren auf dem Fahrrad?« Nichts lief reibungslos, nichts perfekt. Es war ihr sowieso ein Rätsel, wie sie unter den nörgelnden Kommentaren ihrer Mutter das Abitur hatte bestehen können und nunmehr sogar in der Universität landete. Sie machten ja manchmal Ausnahmen, denn normalerweise gelangten nur Arbeiter- und Bauernkinder zur Uni. Aber mit dem Titel »Verdienter Techniker des Volkes« hatte ihr Vater wohl eine Ausnahme erkämpfen können, sie wusste es bis heute nicht genau.

Morgens um vier fiel er dann doch über sie her. Es war schmerzhaft, aber sie hatte ihn lieb. Sie mochte, bewunderte ihn. Die Sache schien weniger schlimm zu sein, wenn man jemanden richtig gern hatte.

Eine Woche später kam Gustav nach Leipzig. Ihr kümmerliches, renovierungsbedürftiges Studentenzimmer bei einem misstrauischen blinden Ehepaar betrat er gar nicht erst. Nach Messeschluss – sie musste für ihn russisch dolmetschen – übergab er ihr einen Schlüsselbund. »Wenn du Lust hast, in den Zug zu steigen, dann komm. Hier sind die Schlüssel für meine Zweitwohnung in West-Berlin.« Walburga war sprachlos. Kein Hotel – sondern eine Wohnung.

Konnte sie nicht theoretisch jene Immobilie ausrauben? Er vertraute ihr wohl restlos? Schließlich wohnte er offiziell in Hannover. Oder stand da, an der angegebenen Adresse, dann eine Ruine? Sie war auf alles gefasst. Sie konnte nichts glauben.

Gustav verließ Leipzig noch am Abend, und es blieb ihr überlassen, wann sie die Schlüssel erproben würde. Bald stand Walburga vor einem schmucklosen, neu erbauten Gebäude, betrat ein mit entzückenden Stilmöbeln eingerichtetes Appartement, rief ihn an, und am nächsten Tag flog er aus Hannover ein.

Walburgas Freundschaft mit Gustav wuchs, während sie fertig studierte. Treue war natürlich selbstverständlich. Gottes Gebot »Du sollst nicht ehebrechen!« verdrängte Walburga und sie sonnte sich in seiner Zuneigung, lernte von ihm völlig andere Sichtweisen als sie in der DDR gelehrt wurden, und sie genoss die Bewunderung ihrer Schwester Claudia, die nun auch studierte und in Ost-Berlin – ebenfalls in einem Handtuchzimmer – Anatomie büffelte und in medizinischen Vorlesungen ihre Erfüllung fand. Claudia in Ost-Berlin, Walburga in Leipzig. Wie lange noch? Gustav riet ihr nicht dazu, in den Westen abzuhauen, wie man es nannte, aber er betonte, dass er ihr dann auf jeden Fall behilflich wäre.

Walburga studierte mit Ehrgeiz. Schnell wollte sie 1960 ihr Staatsexamen bewältigen. Eilig hatte sie es. Die Professoren wunderten sich über ihren fanatischen Fleiß. Keiner wusste, dass sie in diesem Land kaum noch atmen konnte. Nur mit einem prima Zeugnis wollte sie das sinkende Schiff verlassen.

Ada, ihre Freundin aus der Oberschulzeit, besuchte sie manchmal in Leipzig. Beide führten lange Diskussionen, allerdings nur hinter verschlossener Zimmertür, leise und vor 22 Uhr.

»Es klappt mit dem System nicht mehr«, sagte Walburga, während sie sich und Ada einen Konsumtee eingoss. »Ja, und was waren wir begeistert, stramm und stolz im Chor, mit unseren Pioniertüchern schick um den Hals, aber dann...« Ada schaute auf den Dresdner Stollen. Man konnte doch seine Heimat nicht so schnöde verurteilen oder gar hinter sich lassen.

»Es ist die unvorhersehbare Gängelei. Alles wie im Knast. Sowohl daheim als auch in der Uni. Sag, Ada, wollen deine Eltern dich auch insgeheim loswerden? Ich darf ja überall studieren, nur nicht in Dresden. Raus aus ihrem Haus! Klar muss ich mich bei einem Studium unterordnen, wo kämen wir denn da hin, aber bei uns herrscht Unfreiheit, ich habe keinen Spielraum mehr. Stell dir vor, jetzt droht mir der neueste Horror. Vielleicht werde ich sogar, so kurz vor den Prüfungen, exmatrikuliert.«

Ada schaute erschrocken auf: »Was?«

»Ja, daher wollte ich auch, dass du zu mir kommst. Wenn sie schon bei so einer Kleinigkeit mit dem Schlimmsten drohen! In Wahrheit lebe ich täglich in Angst!«

»Du sagtest mir am Telefon etwas von einer Kommission, das ganze Haus hier muss Kohlen schippen, und deine blinden Wirtsleute sind ja hilflos ohne...«

»Eben, Ada, eben. Zehn Tonnen Koks lagen auf der Straße. Die Hausbewohner mussten ihre Kohlen durch das Kellerfenster schaufeln. Sollte ich eine Kündigung riskieren? Auf die Straße gesetzt werden, wo es in Leipzig keine Zimmer gibt? Als einer der wenigen, kräftigen Menschen hier war für sie diese Verpflichtung unerlässlich.«

Ada griff zu einem Stück Stollen und schüttelte den Kopf. »Warum die Untersuchungskommission? Was soll denn das? Es gibt doch wirklich Anderes zu tun.«

»Ada, ich erkläre es dir. Zur Zeit des festgesetzten Kohlenschippens, ich meine zur exakt gleichen Uhrzeit, fand meine ebenso festgesetzte Stenographie-Prüfung in Englisch statt. Obwohl ich die Dozentin anflehte, mich die Prüfung nachmachen zu lassen, gab sie kein Pardon. So fehlte ich einfach. Ich war nicht da. Wie auch. Ich musste Kohlen schaufeln. Koks. Kündigung oder Steno-Prüfung. Bei solchen Anlieferungen muss der Bürgersteig auch sofort geräumt werden.«

»Verdammte Zwickmühle, Walburga, bös, bös. Weißt du, was Claudia gestern zu mir sagte?»

»Du triffst meine Schwester?«

»Aber Liebste, Claudia und ich waren doch in einer Klasse, jahrelang, zwei Klassen unter dir.«

Das stimmte. Ada war zwei Jahre jünger als Walburga, genau so wie Claudia.

»Also Claudia sagte, in einer Diktatur gäbe es keine Unschuld. Schuld sei jederzeit herstellbar.«

»Du bist also der Meinung, wir haben gar keinen Sozialismus mehr? Wir leben in einer Diktatur?« fragte Walburga erstaunt.

Ada schwieg. Und nach einer langen Pause: »Wie diskutiert man mit einem Pflaster auf dem Mund?«

»Noch furchtbarer ist die Sache von vor vierzehn Tagen«, fuhr Walburga fort. »Du weißt doch noch, wie begeistert wir waren, als es plötzlich hieß, wir dürften ohne bürokratische Hürden einfach so nach Prag, also überhaupt in die Tschechoslowakei. Ich setzte mich am Sonntag, wohlgemerkt Feiertag, früh in einen Zug, voller Neugier, herrlich, abends war ich zurück.«

»Ja, stimmt. Aber für die Studenten hatten sie doch gleich ein Verbot ausgesprochen. Die dürften nicht!«

»Sicher! Jedoch erst nach drei Tagen.«

»Na gut, da hast du eben nichts gewusst.«

Walburga rieb ihre Stirn und atmete schwer. »Ich werde vom Pech verfolgt. Ausgerechnet an diesem Sonntag wurde die vertrackte Rudermannschaft...«

»...in die man dich wegen deiner langen Beine gezwungen hatte...«

»Ja, diese verdammte Ruderclique – außerplanmäßiger Einsatzbefehl – wurde zusammengetrieben, zu einer jäh angesetzten Ruder-Regatta. Unsere sozialistische Elite des Sportes, du weißt schon. Man stand vor meiner Tür. Die blinden Wirtsleute, die ständig lauschen, gaben wohl Auskunft, was weiß ich. Jedenfalls haben sie rausgekriegt, dass ich in Prag war.«

»Reg dich doch nicht so auf, Walburga. Wo hast du den Stollen her? Schmeckt so saftig!«

»Von Mama!«

»Zwei Stunden haben sie mich vernommen, und mein Fehler war, dass ich Prag zuerst leugnete. Ich sei eben nur bei meinen Eltern gewesen, in Dresden.«

»Kenn ich«, rief Ada. »Und dann sind sie selig, wenn ihre sauberen Methoden des Kreuzverhörs funktionieren und sie die Wahrheit aus dir herausbohren.«

»So ist es. Ich warte immer noch auf meine Strafe. Aber sie sind wohl so angetan von ihren Verhörtricks, dass sie die möglichen Konsequenzen vergessen.«

»Oder ihnen fällt im Moment keine Bestrafung ein«, nickte Ada.

»Oder sie brauchen uns«, sagte Walburga.

Angewidert dachte Walburga an die vielen Trainingsstunden im Boot, auf diesem muffig riechenden, dunkelbraunen Kanalwasser der schmutzigen Pleiße, Stunden, die sie vom Studium der Sprachen richtiggehend abhielten. Ganz bewusst mied sie die Kommilitonen, sie wollte Leipzig sofort nach dem Examen streichen und verlassen und nie wieder an diese schmuddelige, ruinöse Stadt erinnert werden.

Für die süße, elegante, gemütliche Wohnung in West-Berlin würde auch nach dem Abschluss noch Zeit genug sein, sagte sie sich.

Ada betrachtete die attraktive, fast makellose blonde Walburga, schlank, langbeinig. Beide waren um die Einsachzig groß, aber doch sonst, welch ein Unterschied! Ada, der man lediglich ›ein interessantes Gesicht‹ attestierte, war etwas neidisch. Was wollte sie eigentlich von Walburga? Ihren Untergang? Noch nicht. Sie wollte sehen, was Walburga weiter trieb und wo sie letztendlich mit ihrer beispiellosen Naivität und ihrem Hang zum Abenteuer endete. Sie wollte ihr folgen, es ihr nachtun, zunächst. Aber im Augenblick traute sie sich noch nicht einmal ein Studium zu, sie wusste nicht, wohin genau sie steuern sollte. Jetzt jedenfalls sah sie Walburga als Leitfigur. Adas rote Haare glänzten, ihre Figur war brillant, ihre Gesichtszüge vielleicht nicht direkt schön, dafür aber unverwechselbar. Was sie jetzt von Walburga vernommen hatte, erfüllte sie mit Sorge. Sie konnte nichts weiter machen, als Walburga für die letzten Kolloquien zu stärken und zu stützen, sie zu trösten.

»Es wird denen nichts anderes übrig bleiben, als dass du die Steno-Prüfung nachschreibst. Die Dozentin hat sich ja nur geärgert, weil sie doppelt antreten muss.«

Walburga nickte: »Klar. Komm, wir bummeln noch durch die Haingasse.«

Auf dem Bahnhof umarmten sie sich, Ada fuhr nach Dresden zurück.

*

Als Walburga gegen 21 Uhr mit der Straßenbahn heimfuhr, in ihr düsteres Schlauchzimmer von zwölf Quadratmetern, fragte sie sich, warum Ada ihre Freundin war und nicht jemand aus ihrem unmittelbaren Studienkreis. Kommilitonin Adeline, die Spanierin, war reizend. Brigitte schien topfit und schlau. Was war es? Ja, sie fühlte sich bespitzelt! Die angstvoll-destruktive Atmosphäre in den Fluren der Uni war so tückisch wie eine Eisbahn: man konnte jederzeit stürzen.

2

An ihren Rauswurf glaubte Walburga nicht. Es gab zu wenig begabte Sprachstudenten, und sie wurden für das Ausland dringend benötigt, denn das Scheffeln von »Devisen« hatte sich als offenes DDR-Geheimnis entpuppt. Was genau Devisen darstellten, war ihr schleierhaft. Man konnte das Zeug nicht verspeisen, und sie würde ganz sicher nichts davon abbekommen. Überhaupt, Geld, Papa gab ihr 200 Mark im Monat plus die bezahlte D-Zug-Fahrt von und nach Dresden, zu ihm. Weil er aber vergaß, sich die jeweilige Fahrkarte zeigen zu lassen oder er dies bei Walburgas Anwesenheit im Dresdener Heim für unnötig befand, trampte sie oder ließ sich von Freunden mitnehmen. Jede Fahrt brachte ihr fünf Mark für die Hin- und noch mal fünf für die Rückfahrt. Jahrelang hatte sie sich mit Claudia ein Zimmer geteilt, sie hatte nichts zu verlieren, höchstens ihre Ketten, wie es im marxistischen Jargon hieß.

Ob Ada gemerkt hatte, was ihr im Kopf herumging? Dass sie nach dem Examen schleunigst die Segel streichen wollte? Trug sich Ada mit ähnlichen Gedanken? Ungern arbeitete Ada in ihrer technischen Lehre, auch wenn ihr wirklich jeder handwerkliches Geschick, Erfindungs- und Kombinationsgabe bestätigte. Die Studentin schloss die Wohnungstür auf. Es war nach 22 Uhr.

Der blinde Wirt harrte ihrer zitternd im Flur, streckte ihr seinen weißen Stab entgegen und schrie: »Sie sind nicht allein. Ich werde es nicht dulden, dass Sie den Herrn mit in die Stube nehmen!« Auch das noch! »Aber Herr Herdmann, ich bin wirklich vollkommen allein und solo...« »Sie lügen. Sie lügen.«

Seine Frau konnte als Zeugin nicht hinzugezogen werden. Sie war ja auch blind. »Wenn Sie mich wieder abtasten wollen, ich bin bereit«, rief Walburga, und es grauste sie. »Nein, nein, dann schleicht er sich vorbei...« Walburga wollte ihn nicht umstoßen, diesen greisen Wicht, kleiner als sie, schmächtig. Sie hatte aber auch keine Lust, die Nacht vor dem altersschwachen, bombengeschädigten Gebäude zu verbringen. Um von ihm nicht etwa ausgesperrt zu werden, schob sie ihren Fuß im Flur zwischen Tür und Schwelle, klingelte dreimal nebenan bei Mühlberg und schrie das ganze Haus zusammen vor Zorn und Angst. Herr Mühlberg öffnete ein Glasfensterchen in seiner Eingangstür gleich nebenan und schrie zurück. »Geben Sie endlich Ruh, Herdmann, die junge Dame ist allein, sie hat ihren Gast zum Bahnhof gebracht. Gute Nacht.«

Ein Glück, dass es Mühlberg gab. Er stellte ihr zwar unverfroren nach, aber bei solchen Szenen, es war nicht die erste dieser Art, half er ihr regelmäßig. Komischerweise war er so gut wie immer zur Stelle. Walburga wusste nicht, dass er ihr informeller Mitarbeiter war, ihr IM, der Spion des Hauses Waldstraße 7. Dreißig Jahre später sollte sie erfahren, wie er sich nannte: IM Waldi!

Natürlich war die Szene im Grunde lächerlich. Aber Walburga hatte doch gezittert vor Furcht und Ekel, und jetzt verstellte sie ihre Kammertür mit Tisch und Koffer, obenauf eine Glasvase, damit sie sofort aufwachte, wenn sich jemand einschleichen wollte zu ihr, direkt an die Bettkante. Es gab ganz sicher einen Zweitschlüssel. Wenn das kein übles Omen war! Sie musste hier raus, und zwar so bald wie möglich.

Ihr war nun auch klar, dass die Wände Ohren hatten. Wie sollte denn Mühlberg wissen, dass die beiden zum Bahnhof gefahren waren?

Inzwischen hatte Gustav auch einmal die Claudia kennen gelernt. Zu dritt wurde im Kino gelacht. Claudias Entzücken über West-Berlin konnte sich durchaus mit Walburgas Begeisterung messen.

An einem Wochenende Zuhause in Dresden packte Claudia gleich bei der Begrüßung eine echtgoldene Armbanduhr aus.

»Die soll ich dir übergeben, von Gustav. Und ich soll dich fragen, wann du mal wieder kommst.«

»Wie lieb von ihm. Ja, jetzt während des Examens klappt das natürlich nicht; es dauert ja alles Wochen, jedes Fach, mündlich, schriftlich, aber da kannst du mal sehen, wenn man geliebt wird!« Triumphierend blickte sie in Claudias Gesicht. Claudia war schöner als alle jungen Mädchen, die sie sonst in ihrem Alter kannte; man verglich sie mit Marina Vlady.

»Eines Tages wirst auch du es erleben, wie sich das anfühlt, wenn man angebetet wird«, lehrte Walburga und zog die Uhr auf. »Aber merke dir, Claudia, es ist nicht das Entscheidende. Auf die Anbeterei darf man sich nicht verlassen. Die kann auch mal schnell vorbei sein.«

Walburga dozierte gern, sie sah sich in der Rolle der Älteren und Überlegenen. Claudia schwieg; überhaupt lief sie in letzter Zeit bedrückt herum. Hatte sie Liebeskummer? Wohl kaum, das würde sie ihr, der geliebten älteren Schwester, sofort berichten.

»Was ist los, Claudia?«

»Ach, Mutti hat wieder ihre Anspielungen gemacht. Ganz

höflich natürlich. Comme il faut. Wir sollen uns nun endlich selbstständig machen.«

»Aber wir sind doch schon weg, du in Berlin, ich in Leipzig. Werden ihr die Wochenenden auch zu viel? Die wollen ihre gesellschaftlichen Ambitionen ausleben, ohne uns. Raus aus dem Haus!«

Beide riefen im Chor: »Raus aus dem Haus!« Sie lachten. »Papa hat gesagt, ich sei zu dumm für ein Medizinstudium, ich solle heiraten und Kinder kriegen.«

Walburga nahm Claudia in den Arm. Beide sahen sich als verschworene Gemeinschaft, untrennbar, sie liebten sich, für immer und ewig. Nur eben, Claudia wurde immer schöner. Eine Filmgesellschaft hatte schon angerufen, und gleichzeitig wurde sie schweigsamer und gab sich längst nicht so kontaktbereit wie Walburga. Ihr Spitzname, vor allem in der Welt der jungen Männer, war ›die Sphinx‹. Claudia selbst glaubte an kein einziges Kompliment, denn sie empfand sich als hässlich und chancenlos.

Wenn Walburga vor den Spiegel trat, schauderte es sie ebenfalls. Die Zahnspange war zwar entfernt worden, die Brille jedoch blieb. Als Elfjährige hatten sie ihr »Brillenschlange«, »Bohnenstange«, »Streberin« und »Zahnspange« hinterhergerufen. Aber auf der Dresdener EOS ließ man sie in Frieden. Da stürzte man sich auf ganz andere Kaliber, die wirklich interessant aussahen. Sie war froh, ziemlich unbeachtet im Mittelfeld zu rangieren, man hatte seine Ruhe und konnte genüsslich die Aufregungen um sich herum verfolgen.

Bis zum elften Schuljahr. Da hatte es sie dann auch erwischt. Sie verguckte sich in ihren Klassenkameraden Roland. Aber Rolands Hobby, das Tanzen, hatte ihm eine gewisse Susi zugeführt und er ging ganz fest mit ihr. Alle wussten das auch. Wunderlich, noch vor dem Abitur, aber bitte sehr, wenn das Roland so gefiel. Trotzdem gab Walburga nicht auf. Sie bekämpfte ihre Pickel, aß wenig, unterzog sich einem Peeling mit Phenolphthalein, um die Sommersprossen auszumerzen, und zu Beginn des zwölften Schuljahres fand sie sich selbst zumindest ansehbar. Ihre Brille benötigte sie nur noch zum Lesen.

Jungen aus anderen Klassen warfen schon mal ein Auge auf sie. Auch die Klassenkameraden agierten nicht mehr ganz unbeteiligt. Sowieso war die gesamte Klasse ein bisschen aufgeregt. Aber nicht wegen der Flirts, die ja höchstens frischen Wind in die Lernwelt fegten, nein, die allgemeine Unruhe entstand aus der öden, täglich wiederkehrenden ideologischen Verbrämung der Sachverhalte. Die sozialistische Einfärbung, die Appelle und die Versammlungen, das ging allen schon gewaltig auf den Geist. Auch die Tatsache, dass Lehrer mitten im Unterricht plötzlich hinausgerufen wurden und für den Rest der Stunde einfach nicht mehr erschienen, befremdete zumindest manche und verunsicherte auch. Sicher, man war für eine Weile erlöst von der gnadenlosen Routine des Unterrichts, man rief frech im Chor: »Nie wieder Russisch!« – aber so viele Freistunden?

Merkwürdige Freistunden in Dresden.

Egal, das alles war vorbei. Walburga bereitete sich auf die Englischprüfung in der Karl-Marx-Universität Leipzig vor. Englisch mündlich, man erhielt in einem abgetrennten Zimmer einen Text, dazu fünfzehn Minuten Vorbereitungszeit; dann Führung in das Zimmer gegenüber, vorlesen, übersetzen und dann sofort auswendig nacherzählen. Walburga schaute in die Luft und wiederholte im Geiste den Inhalt; natürlich ging es wieder nicht ohne sozialistische Klage, diesmal über hoffnungslos unterbezahlte, hungrige, gedemütigte britische Fabrikarbeiter.

Die Aufsicht meinte plötzlich: »Sie gucken ja immerzu in die Luft, das machen die anderen aber nicht. Ich gehe mal kurz raus, Sie sind hier im Moment die einzige, und zum Abgucken gibt es rein gar nichts. Bis gleich.« Wenn ich etwas lerne, schaue ich natürlich nicht auf die Zeilen, dachte Walburga, diese Kontrollperson hat wohl noch nie etwas vom Auswendiglernen gehört.

Als es Walburga langweilig wurde, schaute sie heimlich aus dem Zimmer und horchte, genau gegenüber, im penetrant riechenden Linoleum-Flur an der dünnen Sperrholztür. Da stand: »Ruhe bitte! Prüfung! Eintritt verboten!« Tatsächlich konnte man ohne Anstrengung verschiedene Stimmen hören. Die Kandidatin drinnen wusste nicht, was »truck« hieß, und die Prüfer höhnten. Wie gemein die sind, dachte Walburga und wie einfallslos! Die Unbekannte kam fürchterlich ins Stottern, sie war von dem lauten Spott völlig durcheinander. Es handelte sich doch tatsächlich um den gleichen Text wie der ihre, der dort diskutiert wurde. Sie kehrte in ihr Vorbereitungszimmer zurück und nahm sich vor, es ganz anders zu erzählen als die Kandidatin vor ihr. Sie wollte statistische Phantasiezahlen hinzufügen, niedrigen Dumpinglohn anprangern, ausgemergelte Gesichter schildern und von Maschinensabotage berichten, sozusagen als zusätzliches Wissen. Sollten sie doch ein bisschen staunen, und wehe, sie spöttelten oder mokierten sich wie eben erlauscht! Dann würde sie auch spotten, aber wie!

Während der ›Veranstaltung‹, Walburga war mit sieben Prüfern konfrontiert, merkte sie, dass sie in Form auflief, wenn sie allein dozieren durfte, wenn die Bühne sozusagen frei war. Sie wusste, dass man sie nun mit der Vorigen verglich, und sie wunderte sich nicht, dass die Münder teilweise offen standen. Ein satter, erfolgreicher Abschluss!

In Spanisch mündlich hatte sie einen Trick anwenden müssen. Sie war in der erst kürzlich erlernten Sprache längst nicht so sicher. Man musste da auf ein x-beliebiges Thema eingehen, das die Prüfer wählten. Es sprach sich als offenes Geheimnis herum, dass die Dozenten willkürlich irgendetwas herausgriffen, Markt, Frisur, Zimmereinrichtung, Ernte im August. Also, folgerte Walburga, musste man sie auf etwas aufmerksam machen, das auf ein für sie förderliches Thema wies. Und dieses bereitete sie genüsslich in ihrer Kammer vor.

Walburga erschien humpelnd mit einem unübersehbaren weißen Verband ums Knie. Sie sprangen drauf an, und Unfallhergang, Bänderzerrung, die ambulante Behandlung im Krankenhaus, das Thema lief glatt ab.

Kurz darauf erhielt ein Großteil der Studenten die ersehnten Zeugnisse und Walburga war außer sich vor Freude. Schnellstens musste Ada nach Leipzig eingeladen werden. Eine Feier stand an.

Mit den Kommilitonen war das zwecklos; mit denen konnte man kein offenes Wort wechseln. Jeder Satz wurde einem im Munde umgedreht.

3

»Ergo bibamus!«

»Prost, meine liebe Walburga, Gratulation! Weißt du, dass du meine beste, meine allerliebste Freundin bist?«

Walburga, die frisch gebackene Dolmetscherin, überlegte. Es kam ihr so vor, als hätte Ada um Kontakt und Freundschaft geworben, zielgerichtet. Sicher hatten sie innerlich miteinander zu tun, rein gefühlsmäßig, aber - beste Freundin - das konnte sie eigentlich nicht bestätigen. Ada war längst nicht so erfahren wie sie, ihrer Meinung nach ein geistiges Küken. Ada wusste doch gar nicht, wo es lang ging.

»Was ist mit meiner Schwester Claudia, ihr lerntet doch in der gleichen Klasse. Öfters sah ich euch auf dem Schulhof, eingehakt. Ist nicht sie deine engste Freundin?« fragte Walburga.

Adas Mimik veränderte sich jäh. Jedwede Freundlichkeit wich aus ihrem Gesicht. »Lassen wir Claudia mal beiseite. Was hast du nun vor, Walburga?«

»Drei Angebote haben sie mir gemacht. Sömmerda, Ost-Berlin, Pirna.«

»Also sie schreiben dir die Einsatzorte vor?«

»Ja. Ich gucke mir alle Firmen an, tendiere aber doch zum Außenministerium Ost-Berlin. Weil auch meine Oma in West-Berlin wohnt...«

»Und Gustav«, ergänzte Ada.

»Der wird sich freuen. Aber ich rufe ihn erst an, wenn ich Stellung und Wohnung habe, sein Hilfsangebot ist wirklich reizend, aber ich möchte ihn keinesfalls ausnutzen, so ein feiner, vertrauenswürdiger, verlässlicher und treuer Gentleman.« Walburga rieb sich die Hände.

Ada schwieg, sie staunte über die grenzenlose Unschuld dieser Idealistin und beschloss, das Visier zu öffnen. Sie beugte sich vor und flüsterte:

»Walburga, aufgepasst! Vom Außenministerium hört man nur das Schlimmste. Wie im Gefängnis! Ich sage dir jetzt, was mit mir los ist. Ich will rüber!!!«

Wenn sie dachte, Walburga würde vom Stuhl fallen, so hatte sie sich gründlich getäuscht. Die nickte nur, nahm einen Schluck Krimsekt und meinte lakonisch: »Ich gucke mir den Laden an, Ada, und entscheide danach, ob ich abhaue. Du kommst nach. Ich bereite alles vor, auch für Claudia...«

Wie mutig Walburga war! Ohne Geld und Gut einfach rüber! Sie würde aus allen Wolken fallen, wenn sie erst mal nach Hannover käme und wenn sie die Wahrheit über ihren wunderbaren Gustav erführe. »Du scheinst von meinen Plänen nicht recht überzeugt zu sein«, rief Walburga empört.

»Pssssst!!!«

»Ich realisiere das alles, das schwöre ich dir, Ada.«

An der Zimmerwand hörten sie ein leises Schaben. Die Mädels verständigten sich mit einem kurzen Blick, griffen Flasche und Gläser und verließen die widerliche ›Blindenanstalt‹ laut und unmissverständlich. Walburga schrie im Flur: »Es ist sechzehn Uhr. Wir gehen spaziiiiiieeeeren.« Erstickter Husten tönte aus dem Wohnzimmer des blinden Ehepaares.

Auf der Parkbank am Elsterbecken endlich ließen sie ihrem Temperament freien Lauf. »Juhu, auf die Freiheit!« Und sie prosteten sich selig zu.

»Tja«, rief Walburga, stolz und unvorsichtig, »auf Gustav ist natürlich Verlass. Und wenn ich nicht...«

»Das Thema Gustav nervt mich wirklich, Liebes, reden wir lieber vom Westen.« Das klang bitter und herablassend.

Gustav hatte genug für die DDR-Bürgerin getan; Walburga würde es, auch im Westen, ganz allein schaffen. Nicht jeder konnte auf solch einen prima Freund zählen, und es war verständlich, dass Ada Neid empfand. Trotzdem kroch ein Schauder an Walburgas Rückgrat empor. Wer neidisch war, petzte auch und verteilte Hiebe. Und Ada wusste etwas. Wahrscheinlich wusste sie etwas Entsetzliches; etwas, das Walburgas Leben erschüttern würde.

»Das Thema nervt dich? Was ist los?« Tonlos und leise klang Walburgas Stimme.

»Nun gut. Du musst aber schweigen.«

»Selbstverständlich.«

»Das sagst du jetzt so leicht...aber...trotzdem. Ich muss dich da aufklären, sonst erlebst du nur noch Furchtbareres im Westen.«

»Wenn es je zur Flucht kommt, Ada. Bitte.«

»Ja, aber egal wo, das passiert überall.«

Eine lange Pause entstand. Ada konnte sich nicht entschließen zu reden. Sie hatte wohl ihrerseits ein heiliges Versprechen gegeben, niemandem etwas zu sagen. Walburga dachte plötzlich an ihre goldene Uhr, das Geschenk Gustavs; die lag noch in Dresden, im Kinderzimmer. Claudia hatte sie ihr überbracht. Großer Gott! Wieso eigentlich überbracht?

Ada leerte ihr Glas und warf es in weitem Bogen in das Elsterbecken. Im Wasser klatschte und spritzte es. »Sei's drum. Du bist stark, Walburga, und ich finde den Betrug so gemein, wie man von zwei Seiten deine Stärke untergräbt und verrät. Du tust mir direkt Leid.«

Mitleid, das war für Walburga tödlich. Sie war nun auf alles gefasst und setzte ein flüchtiges, charmantes Lächeln auf. Jetzt hieß es, eisern durchzuhalten.

»Vor zwei Monaten, musst du wissen, Liebes, hat Gustav schon Claudia entjungfert.«

Zwei Ruderboote zogen vorbei. Beide Mädels vernahmen den Rhythmus der sechzehn Ruderblätter und schauten auf die Wasserwellen.

»Er hat sie defloriert, Walburga.«

Ein Glück, dass sie gut schauspielern konnte. Walburga riss sich zusammen und meinte:

»Im islamischen Jenseits sollen ja 70 vor Sehnsucht wimmernde Jungfrauen nach den Herren gieren.«

Ada sprang auf. »O, hätte ich doch nichts gesagt!« Sie umklammerte die Schultern der Freundin, »du bist aschfahl geworden, nimm es doch nicht so tragisch.«

Es hatte keinen Zweck mehr. Walburgas Beine wurden weich, sie ihrerseits klammerte sich an Adas Taille. Die Uhr war das schlechte Gewissen von Gustav gewesen. Stolz hatte er zwei Jungfrauen defloriert! Wie hübsch für ihn! Dazu noch Schwestern! Und die sphinxartige Claudia hatte mitgemacht, hatte ihre ›geliebte‹ Schwester hintergangen! Neugierig auf das Luxusappartement in West-Berlin, und husch, lag sie in der Falle; konnte wohl im kapitalistischen Ausland bei ihrem Aussehen keinen anderen Mann finden? Daher also Claudias gedrückte Stimmung!!!

›Und die Treue, sie ist doch kein leerer Wahn!‹

Todeswut brodelte in Walburgas inzwischen hochrotem Gesicht.

Adas Hände flatterten. »Was wirst du jetzt tun?« fragte sie zitternd und setzte sich wieder dicht neben die Freundin.

»Erst einmal gar nichts!« erwiderte Walburga und zog ein Taschentuch aus ihrem Kleiderversteck. Sie putzte sich die Nase, rieb einen Anflug von Tränen fort, setzte sich zurecht und stellte laut fest: »Gar nichts tue ich, denn ich weiß ja von nichts. Aber in der Haut von Gustav und Claudia möchte ich nicht stecken. Nun wird mir klar, was das ist, Vertrauen, Verlass: eine sehr wertvolle, wichtige und schwierige Charaktereigenschaft.«

Sie gab es nicht zu, aber in Walburgas Leben hatte es einen Knacks gegeben. Nichts mehr war wie vor fünf Minuten. Eines wusste sie jetzt schon: Claudia durfte ihr nicht in den Westen folgen, vor allem nicht in ihren zukünftigen Wohnort! Nicht mit ihrer Hilfe!!! Schadensbegrenzung! Und bei dem Playboy würde sie sich nie mehr melden. Das ließ ihr gedemütigter Stolz nicht zu. Gustav hatte ihr wahrheitsgemäß berichtet, dass er eine frigide Ehefrau und Kinder versorgen musste. Eine faire Basis. Niemand wollte Ehen zerstören. Aber sie hasste es, angelogen zu werden und vorgeführt.

Beide erhoben sich von der morschen Holzbank, verstauten die leere Flasche und das restliche Glas im Papierkorb und umarmten sich schweigend. Walburga kehrte heim um zu packen. Innerhalb einer Woche wäre Leipzig passé!

Ada besuchte noch ihre Leipziger Tante, bei der sie auch übernachten wollte.

4

Im Ost-Berliner Außenministerium der DDR bat man sie an einen Konferenztisch. Zwar saß sie den drei Herren nicht direkt gegenüber, aber das Ganze ähnelte doch beträchtlich den entsetzlichen Vorladungen, die sie als Studentin hatte durchstehen müssen. Von kollegialem Ton konnte keine Rede sein, es schwang bei jedem Satz ein bedrohlich mahnender Unterton mit, in dem Sinne, wehe, du gehorchst nicht. Sie sollte mit mehreren Genossen in einem Großraum sitzen, der ab acht Uhr früh von einem Monitor überwacht würde, Dienstschluss wäre achtzehn Uhr, aber Sonnabend könne man um siebzehn Uhr raus. Freunde dürfe sie nicht haben, weder DDR-Bürger noch Russen, schon gar nicht Westdeutsche, niemanden eben.

Aber es gäbe hier im Ministerium 70 Junggesellen, und da würde wohl, bei Heirat, einer passen. Ja, man wüsste von ihrer Liebe zu der Sowjetunion, sicher, es existiere ja auch die Deutsch-Sowjetische Freundschaft als Organisation, sicher, sie hätte Russisch studiert, aber Kontakte – ausgeschlossen. Wegen der Geheimhaltung. Nein, sie dürfe natürlich nicht bei ihrer Großmutter in West-Berlin wohnen, sie dürfe überhaupt nicht mehr nach West-Berlin, und ja, sie wohne mit einer Genossin in Pankow, in einem Zimmer. Der Heimweg gestalte sich dann zwangsläufig zu zweit.

Walburga saß kerzengerade, neben sich ihre Schreibmaschine, ihr Köfferchen und ihr Pelz. Sie fror. Es war der dritte Oktober 1960.

»Was soll das bedeuten? Darf ich meine Großmutter nicht mehr sehen?«

»Nein.«

Fein lächelnd, mit einer reizenden Kopfneigung, hörte sie sich bitten: »Von meiner Oma muss ich mich aber wenigstens verabschieden. Heute noch. Ich fahre gleich hin, dann komme ich zurück und unterschreibe den Vertrag!«

Das passte ihnen ganz und gar nicht. Sie vergaßen aber die Möglichkeit, ihr das Gepäck abzunehmen. Die zukünftige Zimmergenossin kam herzu und beschrieb ihr den Weg nach Pankow, innerlich jedoch beschäftigte sich Walburga längst mit einer anderen S-Bahn, und ob sie noch unbehelligt nach West-Berlin gelangte. Kaum draußen, war sie froh, dass die keinen Verdacht geschöpft hatten. Über ihr Gehalt war nicht gesprochen worden. Und – sie hatte nicht gefragt. Die stutzten nicht, in ihrer Borniertheit kaum zu überbieten. Das war ja ein Gefängnis ohne Straftat! Ein Kerker! Lebenslänglich! Mit Überwachungskamera!

Hoffentlich kam sie ohne Kontrolle über die Grenze. Bisher liefen die S-Bahnzüge glatt durch die Friedrichstraße, wenn auch Uniformierte durch die Waggons marschierten. Sah man ihr nicht an, dass sie niemals wiederkehren würde?

*

»Oma!«

Ein Blick genügte der alten Dame. Sie sah auf die nervöse, zitternde Gestalt, beladen mit Koffer, Mappe, Schreibmaschine und Mantel, und sie wusste sofort, dass die Würfel gefallen waren.

»Oma, ich soll dich niemals wieder sehen.«

»Dachte ich mir. In weiser Voraussicht schrieb ich von hier aus schon einen Brief an die Firma Siemens, sie nehmen dich sofort.«

»O, Omchen! Aber wie soll ich jetzt rüberkommen?«

»Ich habe mich erkundigt. Der billigste Flug nach Hannover kostet 76 D-Mark, und die borge ich dir. Wenn du ins Lager fährst, dauert der Eingliederungsprozess weit über sechs Wochen. Und sie können dich da fangen – die Ostbanditen.«

»Mein erster Flug. Muss man da Angst haben?«

»Nicht mehr als in diesem Ministerium, Walburga, Herz, und jetzt dürfen wir keine Minute verlieren, schnell weg hier.«

»Wie, ich darf mich bei dir nicht ausruhen?«

»Entweder sofort weg oder aber du musst ins Aufnahmelager. Dann kannst du wochenlang gefährdet in einer Baracke leben... und...«

»Aber warum die Eile, Oma?«

»Weil sie in ein paar Stunden hier sein werden, sie kommen. Sie kommen!!!«

»Die wagen sich hierhin, in den Westen?«

»Richtiger Westen ist es nicht, West-Berlin hat Status quo, also sie können hier schalten und walten, bloß ab durch die Mitte, liebe Walburga, schnellstens!!!«

Oma war bereits im Mantel, nahm ihre Handtasche und griff nach Walburgas Pelz.

»Wo willst du hin, Oma?«

»Ich bringe dich zum Flughafen, und zwar per Taxi. Das nächste Flugzeug geht um fünfzehn Uhr zehn, hoffen wir, dass alles glatt verläuft. Ich werde erst ruhig sein, wenn ich dich in der Luft weiß.«

»Und was tue ich in Hannover?«

»Hast du mir nicht von einer Klassenkameradin erzählt, die dort als Cutterin bei Radio Bremen arbeitet?«

»Das stimmt. Division Hannover. Aber sie weiß doch von nichts.«

»Dann kannst du mal sehen, wer dir hilft und wer nicht.«
»Und Siemens?«
»Die sind in jeder Stadt, da solltest du dann aktiv werden. Hier hast du deren Antwortschreiben.«

Beruhigt kehrte die 75-jährige Dame in den Grunewald zurück. Aber sie wusste, dass dieser Tag noch nicht zu Ende war. Und richtig, kaum zehn Minuten später schellte es von unten her. Sie sah aus dem Fenster; eine schwarze Limousine stand vor dem Haus. Wild schlug ihr Herz. Mit eingerasteter Türkette öffnete sie einen Spalt breit und guckte fragend. Zwei grau gekleidete Herren fixierten sie grimmig.

»Ist Ihre Enkelin bei Ihnen?«
»Guten Tag! Wer sind Sie, und was wollen Sie? Welche Enkelin meinen Sie denn, ich habe drei.«
»Walburga Weda. Ist sie bei Ihnen?«
»Aber meine Herren, Walburga studiert in Leipzig, wie kann sie hier sein?«
»Weil sie in Ost-Berlin ist und ihre Stellung antreten soll.«
»Na, dann kann sie ja wohl nicht hier sein, tut mir leid. Bestellen Sie ihr viele Grüße, und ich beglückwünsche sie zu ihrer Anstellung.«

Die Herren, die keine waren, entschuldigten sich und fuhren ab.

Kaum war die Tür zu, brach die alte Dame zusammen. Sie musste, ob sie es wollte oder nicht, allein mit der Anstrengung fertig werden, denn einen Telefonanschluss gab es zu der Zeit in ihrer Wohnung nicht. Sie dachte an die schweren Zeiten nach Ende des zweiten Weltkrieges, an die Hungerjahre, als Walburga – fern von den Eltern – vier Jahre lang in ihrer Obhut war und wie eine Tochter von ihr erzogen und beaufsichtigt wurde. Hier, in dieser Westberliner Wohnung! Im Flugzeug saß Walburga zwischen zwei Geschäftsleuten, die in Akten wühlten. Sie neigte ihren Kopf nach links zum Fenster, um die Berliner Seen und Wälder, die Gebäude, die Parks unten kleiner werden zu sehen. Ihr entglitten Jubelrufe des Staunens und Entzückens, sodass der Mann am Fenster aufblickte.

»Sie fliegen wohl zum ersten Mal?«

Walburga strahlte. »Ja ja ja!!!«

»Und wohin soll es gehen?«

Jetzt gab es kein Halten mehr. Sie erzählte ihm alles, sie konnte nicht anders. Gustav, den ließ sie natürlich aus. Das war vorbei!

»Also wenn es so ist, dass Sie im Grunde überall hin könnten, welche Stadt wollen Sie dann auswählen?«

»Ich liebe Sprachen, möchte in eine internationale Firma, und ich glaube, das ist Frankfurt am Main.«

Der Geschäftsmann schmunzelte. »Na, das trifft sich gut. Ich habe in Hannover zu tun und am Flugplatz meinen Wagen stehen. Morgen fahre ich nach Frankfurt am Main, könnte Sie mitnehmen. Wenn Sie eine Nacht bei Ihrer Klassenkameradin, wie hieß sie doch gleich, verbringen, könnte ich Sie abholen.«

Tatsächlich! Kaum zu fassen! Er brachte Walburga zu der Adresse von Elvira. »Aber pünktlich morgen um acht!« mahnte er.

Es war achtzehn Uhr. Auf ihr Klingeln hin öffnete niemand. Die Nachbarin tröstete Walburga. Fräulein Uhl würde bald aus dem Sender eintreffen. Und so war's. Bass erstaunt starrte Elvira ihre Ex-Klassenkameradin Walburga an. Sie hatten sich vier Jahre lang nicht gesehen, jedoch hin und wieder korrespondiert. Selbstverständlich konnte Walburga bleiben, solange sie wollte, aber das Erlebnis im Flugzeug brachte die junge Cutterin zum Lachen.

»Ha ha, du glaubst doch nicht im Ernst, dass der dich morgen um acht hier abholt und in den Wagen lädt? Was hätte er davon? Das kannst du dir abschminken. Du glaubst wohl an Wunder?«

Nein, an Wunder glaubte Walburga nicht, aber sie kannte Leute wie Gustav, und sie wusste, was sie erwartete.

Er kam. Elvira staunte. »Schreib mir, Walburga, halte mich auf dem Laufenden, und wenn du Hilfe brauchst...«

Nach einer amüsanten Unterhaltung im Porsche hielten sie in der Kaiserstraße, Frankfurt am Main. »Hier sind 200 D-Mark für Sie, mein Mädel«, und er entnahm einer dicken Brieftasche die Scheine. Ich schenke sie Ihnen, wenn wir jetzt in so ein Hotel gehen«, er wies auf diverse Schilder, »wollen Sie?« »Keinesfalls!!!« »Gut, hier ist meine Visitenkarte, und wenn Sie mal Geld haben, senden Sie mir 300 D-Mark zurück. Zinsen, ganz klar. So, viel Glück nun, ich muss, wie ich schon berichtete, zu Frau und Kindern.«

Da war sie knapp davongekommen!

Welch Glück: eine erfolgreiche Flucht – ein freies Leben!

Jetzt hatte sie es ihren Eltern heimgezahlt: ihr seid mich los, aber nun kriegt auch ihr mal zur Abwechslung ein paar Schwierigkeiten ins Haus, richtige Schelte!!! Ob Claudia den Mut besitzen würde, es ihr nachzutun, bezweifelte sie stark.

Sie sah sich um. Brausender Verkehr am Nachmittag, glitzernde Reklame, todschicke Klamotten ringsumher und im Gedränge kaum Platz zum Laufen. Was sollte nun werden? Langsam wanderte sie staunend vor, zur Zeil, einer Geschäftsstraße, und nahm auf einer Bank Platz. Welch ein Genuss, dieses Westbenzin zu riechen, ja, und das völlige

Fehlen der sächsischen Sprache! Wo verkroch sich die Armut und wo das Heer der Bettler? Ihr Blick blieb hängen an einer wirklich riesigen, leuchtenden Reklame, Buchstaben, die alle paar Minuten die Farbe wechselten, mal blau, mal rot, mal ein strahlendes Goldgelb: DEGUSSA. Von dieser Firma hatte sie noch nie gehört, aber ein Pfeil in zwanzig Metern Höhe zeigte die Richtung an, die sie nehmen musste, wollte sie zu einem Empfang gelangen. Warum nicht? Das kostete nichts. ›Siemens‹ hatte Zeit, und in Gustavs Reden war eine ›Degussa‹ nie vorgekommen.

Es war kaum zu glauben, aber man empfing sie und ihre Zeugnisse, als wären die Angestellten ohne sie dem Tode durch Ertrinken preisgegeben.

»Russisch? Englisch? Spanisch? Deutsch? 600 D-Mark netto. Sie sind eingestellt. Ja gut, bis Sie eine Unterkunft haben, schlafen Sie einfach in Ihrem Büro, hier entlang, bitte sehr. Drei Monate Probezeit. Hier steht eine Batterie Wörterbücher. Machen Sie es sich bequem, Sie können ruhig telefonieren – Inland und DDR. Gute Nacht. Ruhen Sie sich aus.«

5

»Was hast du uns angetan? Papa ist außer sich. Es wird schwere berufliche Blockaden geben. Er wird dich enterben. Er sagt, er hat keine Tochter mehr. Schreib bloß sofort einen Absagebrief, höflich bitte, an das Außenministerium, es täte dir Leid, du hättest es dir anders überlegt, so ungefähr.« Die Stimme von Walburgas Mutter klang jedoch ganz anders: vollstes Einverständnis und Billigung. Ein froher Unterton! »Von wo rufst du an, Herz?«

»Aus dem Büro in meiner neuen Stellung. Bitte grüße alle von mir und versuche, Papa gnädig zu stimmen. Aber im Grunde, Mami, nehme ich gelassen alle Folgen auf mich. Und ihr? Ihr habt doch nichts gewusst! Ich habe mein restliches Ost-Geld, siebzehn Mark, bei Oma gelassen, und hier habe ich mir ein bisschen West-Geld geborgt. Ich war immer knapp bei Kasse, daran bin ich gewöhnt. Kannst du Ada von mir grüßen, Mama? Sag ihr, dass die Glocken läuten, sie weiß dann schon. Und Claudia grüße bitte ganz besonders. Sie soll niemals nach Frankfurt am Main reisen. Sie kann hinfahren, wo sie will, aber nicht in diese Stadt.«

»Wird gemacht, Liebling. Ach, Walburga, du siehst sie als Konkurrenz, aber glaub mir, Engel, du wirkst genau so gut aussehend wie sie, manche sagen, du bist sogar attraktiver und lebendiger. Gott, Süße, muss ich mir nun Sorgen machen, ich bete, dass alles gut ausgeht, vergiss uns nicht, denke an uns.«

»Wird gemacht, Mama. Sobald ich eine feste Adresse habe, schreibe ich dir, ganz klar. Und erkundige dich bitte, ob ich jetzt straffällig geworden bin, und ob ich nie mehr in die DDR darf. Das wäre natürlich furchtbar. Dann würde ich euch niemals wieder sehen.« Mühsam unterdrückte sie ihre Freude, den elterlichen Meckereien entkommen zu sein.

Walburga legte den Hörer zurück. Wie elegant dieses Telefon aussah, wie gemütlich der flauschige, weinrote Teppichboden wirkte, wie das Buchenholz ihres Schreibtisches glänzte, wie viel Platz ihr hier zur Verfügung stand, oh, da würde die Arbeit Spaß machen. Sie öffnete das Fenster. Die Verriegelung, der Fenstergriff, so etwas hatte sie vorher noch nie gesehen und angefasst.

Es klopfte. Der Hausmeister brachte ihr eine Luftmatratze und den Büroschlüssel. Nun konnte sie raus und rein, wie sie wollte, denn die Portierloge war Tag und Nacht besetzt.

Rasendes Glück umnebelte sie.

Still faltete sie die Hände, schaute und schaute, sprach langsam das Vaterunser und dankte, dankte ihrem Gott. Und da – es war achtzehn Uhr – ertönten doch tatsächlich Kirchenglocken. Gut, dies war ein Zeichen. Sie hatte Hunger und wollte auch möglichst schnell zur polizeilichen Meldestelle, um festzustellen, was getan, beantragt und geschrieben werden musste. Acht Passfotos besaß sie, in vorausschauender Planung, aber sonst wusste sie nichts von den zu erwartenden Behördengängen.

Draußen fiel ihr das viele Glas auf, das sie umgab. Es glitzerte und glänzte und leuchtete, fast schon wie auf einem Rummel, mit Krachen und Quietschen, bisschen sehr arg, fand sie. Man konnte sofort und problemlos eine Menge Waren am Kiosk kaufen, keine Wartezeiten, keine Schlangen. Sie nahm eine Bockwurst mit Pommes frites, wechselte 100 Westmark. Jetzt kam sie sich ganz reich vor. Aber was war denn das? Sollte dies eine Wurst sein, heiß, saftig und knackig? Die schmeckte fade, nach nichts. Na, sie hatte wohl die falsche Quelle erwischt und gedachte der herrlich-würzigen

Leipziger Bockwürste. Aber sonst musste es nun vorbei sein mit den Heimatgefühlen!

Ausweis, Reisepass – rasch und freundlich wurde sie begrüßt und abgefertigt.

»Sobald Sie einen festen Wohnsitz vorweisen, können Sie Ihre Unterlagen abholen. Die Wohnsituation in Frankfurt gestaltet sich allerdings schwierig, wir wünschen Ihnen viel Glück beim Suchen.«

Zum Suchen hatte sie jetzt keine Zeit. Viele Tage lang arbeitete sie sich ein, lernte ihre Helfer und Mitarbeiter kennen, und mit Schrecken stellte sie fest, dass ihr Studium in Leipzig völlig unzureichend verlaufen war. Sie wusste, außer der jeweiligen Sprache selbst, fast nichts. Import-Export, Ursprungszeugnisse, Warenbegleitscheine, Währungsfragen, Zollbestimmungen, zur Gänze unbekannt! Der gesamte marktwirtschaftliche Ablauf des Goldhandels – nie gehört. Mit den Rufen »Der Sozialismus siegt«, »Seid bereit!« »Immer bereit!« und dem Schlagwort »Die Produktionsmittel in die Hände des Volkes!« war hier nichts zu machen. Abends strich sie durch die Stadt, um sie zu erkunden, in den Händen ihre ellenlangen Listen mit neuen Fachbegriffen, die sie in- und auswendig kennen musste, wenn sie nicht entlassen werden wollte. Bis zur Geschäftsleitung war nichts durchgedrungen, aber nur deswegen, weil ein Herr Dr. Bohn sie mehr oder weniger unterrichtete.

An eine Wohnung war nicht zu denken. Schon die Kaltmieten an sich verschlangen ihr kleines Salär. Es konnte nur ein Zimmer sein, leider. Am Kastanienbaum hing ein Zettel, und es gelang ihr, hinter einer Villa in Eschersheim eine Art Gartenzimmer zu mieten, allerdings im angrenzenden

Schuppen bewacht von einer riesigen, sabbernden Bulldogge. Herr Rohmer kam oft herüber zu den Gemüsebeeten, rief den Hund, jätete Unkraut.

Und eines Abends stand er in der Tür: »Heute machen wir es uns gemütlich, Fräulein Weda, lassen Sie mich mal rein.«
»Tut mir leid, Herr Rohmer, ich bin schon im Nachthemd, was gibt es denn?«
»Na, umso besser, das können Sie auch gleich ausziehen.«
Walburga öffnete den kleinen Ausguck neben der Tür. Da stand der Mann, an der Seite die hechelnde Dogge.
»Es steht aber nicht im Mietvertrag, Herr Rohmer, dass ich jetzt meine Zeit für Sie opfern soll.«
»Na, hören Sie mal, Fräulein, mit 90 D-Mark im Monat sind Sie prima bedient, Waschbecken, WC, alles da.«
»Einen Moment, ich ziehe mir nur meinen Mantel über, und dann gehen wir beide herüber in die Küche zu Ihrer Frau!«
Rohmer hob die Hände. »O, so war das doch gar nicht gemeint. Nichts für ungut. Pluto aus! Pluto komm!«
Er rannte fast davon, Pluto bellend hinterher. Walburga kicherte froh. Hier kam kein Mensch unbeschadet zu Besuch. Jedweder Gast wäre zerfleischt worden. Es hatte drei Tage gedauert, bis Pluto sie akzeptierte und in ihre Bude ließ. Rohmer unterschätzte Walburga, denn sie kannte sich aus im Jagdfieber des männlichen Geschlechts. Auch in der Firma ging es schon los, in der Kantine, in den Waschräumen, selbst ins Büro gelangten einige mit fadenscheinigen Anliegen. Draußen in den Straßen wurde sie oft angesprochen, es war wirklich kein Mangel an Unterhaltung.

Schneller als befürchtet war Walburga eingearbeitet, die Probezeit vorbei, und die Routine begann.

*

Endlich traf Ada ein. Zunächst sprach sie in der Firma vor, und die Freundinnen konnten kein Ende finden. »Ach, Walburga, jetzt darf ich endlich frei reden, meine Entscheidungen selber treffen!!!« Welch eine Aufregung! Im Gegensatz zu Walburga war Ada acht Wochen durch das Lager gegangen und hatte dort, in epischer Breite, täglich, von einem Rett gehört.

»Rett? Ada, wer ist Rett?«

»Ich lernte im Lager Retts Onkel kennen, der immerzu von Rett erzählte. Und der Onkel nahm mich mit nach Frankfurt, und als wir Retts Wohnung betraten, lernte ich schlussendlich seinen Neffen kennen. Rett.«

»Soll das heißen, du gehst mit Rett?« »Besser, Walburga, heißer. Wir wohnen zusammen, wir wollen uns verloben. Herrlich ist es mit ihm. Er lobt die DDR immerzu!«

»Wolltest du nicht studieren?«

Ein weiterer Unterschied trat zutage: Walburga hatte studiert, aber die jüngere Ada noch nicht.

»Ja, ich will natürlich, gerne sogar, aber was? Ich fühle mich zu nichts hingezogen. Geld verdienen muss ich natürlich. Rett ist Journalist bei der ›Frankfurter Rundschau‹, er verdient kaum etwas, und ich muss zukünftig zur Wohnungsmiete beitragen, ganz klar.«

»Und was ist aus dem Onkel geworden?«

»Der ist weiter nach Düsseldorf, hat dort Kinder, und er wird eine Invalidenrente beantragen; um den müssen wir uns nicht sorgen.«

Auch Walburga musste zu Geld kommen. In dem Zimmerchen wurde es gefährlich bei einsetzender Kälte. Eine Wohnung, eine Wohnung. Und vor allem: ein Reich ganz für sich allein!

6

Wenn man das Glück hatte, eine neue Bekanntschaft zu schließen, und man rief fröhlich (weil dem Staat entronnen!): Studium Leipzig, Elterndomizil Dresden, dann begannen diese arroganten Westburschen, sich zu zieren, und nach kurzer Gesprächszeit war man subtil zu einer Hinterwäldlerin, einer Schwarzen, zu einer Aussätzigen, gar zu einer Bettlerin mutiert. Walburga wunderte sich etwas, sie hatte einen Beruf, Degussa, ein Zimmer für sich; Ada, fast verlobt, lebte ebenfalls mit festem Wohnsitz. Sie hatte den Dressurkurs (Stimme, Geruch) bei Pluto erfolgreich absolviert und konnte jederzeit bei Walburga vorbeischauen. Andere Besucher natürlich nicht! Einfach so hereinschneien, das ging bei Fremden keinesfalls.

»Hat deine Familie, Ada, Schwierigkeiten bekommen?«

»Ach, nicht nennenswert. Und bei dir?«

»Sie haben keinerlei Verluste erlitten. Im Gegenteil. Das Haus ist nun leer. Und Claudia wird wohl bald heiraten. Sie verlangen eine gute Partie von ihr.«

»Also, wie gehen wir vor, wenn wir nicht aus der DDR stammen wollen?«

Beide waren sich im Klaren: DDR – tabu!

Sie hatten es sich bei Käsebrot und Filterkaffee gemütlich gemacht.

»Woher kommen wir?«

Ada saß auf der Holzkante der Pritsche, Walburga lag eine Weile auf dem Teppich und trieb Verrenkungen in Richtung Yoga. »Die höchste Anerkennung«, dozierte Ada, »ergaunern wir mit ›München‹. Aber wir beherrschen den bayerischen Dialekt nicht, und die Entlarvung würde bald folgen. Wir bleiben besser nah an der Wahrheit, wegen der späteren möglichen Entwicklung, wenn die Liebe sich entgegen jeder Erwartung doch manifestiert. Am klügsten ist es, wir sind gebürtige Frankfurter, und nur unsere Verwandten stammen aus Sachsen.«

Walburga setzte sich. »Aber wir beherrschen doch nicht den Frankfurter Dialekt!«

»Da behaupten wir, und das ist ja auch die Wahrheit, wir wären von klein auf zur deutschen Hochsprache gezwungen worden.«

»Genau. Wir durften Zuhause ja auch kein Sächsisch sprechen.«

»Wunderbar!!!«

»Und dann können wir gemeinsam mit den neuen Verehrern oder Kollegen die Verwandtschaft von Herzen bedauern, einschließlich die Dresdener, die im Tal der Ahnungslosen vegetieren!!!«

»Prima!!!«

Ada nahm ihre Tasse, genoss den himmlisch riechenden Westkaffee, lehnte sich zurück und sinnierte:

»Du, der Journalismus gefällt mir sehr, aber Rett mit seinen politischen Tiraden, nein, das ist nichts für mich. Ich muss ins Tiefe.«

»Was meinst du damit, ins Tiefe, ist es die Analyse?« fragte Walburga.

»Also Arzt nicht, und religiös bin ich auch nicht. Aber was die einzelnen Menschen so treiben, das ist es. Warum? Wieso? Weshalb fuhrst du so schnell in den Westen? Du hast keinem Menschen etwas gesagt. Am zweiten Oktober, einen Tag vor deiner Flucht, bist du sogar mit einem Bekannten ausgegangen, in das Tanzlokal »Sozialistischer Sonnenschein«, dein Papa hat ihn, den Freund, zu einem Gespräch bestellt!

Der Mann musste gegenüber dem ›verdienten Techniker des Volkes‹, deinem Vater, zugeben, dass in den fünf Stunden Flirt und Tanzen kein politisches Wort gefallen war.«

»Ja, das stimmt. Jener Mann schien mir der letzte Kandidat, der es eventuell wert war, der DDR die Treue zu halten. Aber das Treffen verlief öde und ätzend. Diese Spießbürger wissen nicht, dass man mit Humor und ›Rock and Roll‹ Meinungsverschiedenheiten verdecken kann. Es war nichts als Seelenleere, ich meine, die Wellenlänge stimmte überhaupt nicht.«

Ada nickte verständnisvoll: »Äußerste Geheimhaltung war natürlich angesagt. Sonst kommen die Daheimgebliebenen in die Bredouille. Sag, Walburga, was ist für dich ein Spießbürger? Leider höre ich den Ausdruck öfter. Bin ich auch eine Spießbürgerin?«

»Aber nicht doch«, lachte ihre Freundin. »Erinnerst du dich noch an Cara?«

»Natürlich!« nickte Ada.

Walburga erhob sich: »Die las ständig im Unterricht Tolstoi, Shakespeare und Goethe; sie hatte die Begabung, dem Unterricht zu folgen und gleichzeitig dicke Schmöker zu verschlingen. Man hat sie in den vier Jahren Nexö-Oberschule, Blasewitz, in unserem Dresden, nur einmal direkt erwischt, im Biologieunterricht, na, das hat sie auch weggesteckt, als Krahl sie prüfte, und sie locker einige Halbaffenarten aufzählte.«

»Ja, ich erinnere mich. Das war ein schweigsames Mädelchen«, meinte Ada.

Walburga fuhr fort: »Wenn ihr auf dem Schulhof jemand in die Quere kam, hat sie nicht reagiert. Denn auch auf dem Hof las sie. Cara war es, die den ›Spießbürger‹ definierte. Und das kam so, weil wir bei Fauster den ›Woyzeck‹ durchnahmen. Ihre Ausführungen waren so eindrucksvoll, dass ich sie nicht vergessen habe.«

»Na sag schon!« verlangte Ada.

»Warum im Besonderen?«

»Na ja, weil ich Rett gegenüber einmal von Heirat anfing, nannte er mich spießbürgerlich.«

»Ach so. Also Cara meinte in etwa, dass bei Spießbürgern das Leben geregelt und intakt ist, wenigstens nach außen hin. Bei ihnen ist jeder Tag durchstrukturiert, vom Bad am Freitagabend bis zu der vorgeschriebenen Reihe der Topflappen überm Herd, vom Ferienziel, das bereits ein Jahr vorher feststeht, bis zu den streng nach Turnus geputzten Fenstern; außerhalb ihrer Sphäre erkennt man sie wohl daran, dass sie, wenn sie paarweise auftreten, immer einer Meinung sind; oder ein Teil, der das Sagen hat, spricht seine Meinung aus als für beide Teile gültig; Spießer sind egoistisch, interessieren sich nur für andere, wenn sie sich aufregen können, wie jene anderen sich benehmen – skandalös natürlich, sonst wäre es des Tratsches nicht wert, oder über die Tragödie anderer, die sie lange und genussvoll ausschlachten; eigene Tragödien machen aus ihnen Berufs-Märtyrer; und jeder ist herzlos, der das nicht respektiert; Spießer haben eine vorgefasste Meinung, die sie selten ändern, weil es ihnen an der dafür erforderlichen inneren Elastizität und Großzügigkeit fehlt.«

»Donnerwetter!« rief Ada, »welch ein fantastisches, großes Erinnerungsvermögen du hast!«

»Ach komm, Ada, du könntest jetzt bestimmt einen spannenden Vortrag halten über die Charakteristiken eines Bohemien. Aus dem Stehgreif! Du zerfleischst dich darüber, was dir liegt, dir entspricht, was du studieren möchtest, was du in der Welt verbessern musst, Ada, ich sage, studiere etwas mit Reden.«

»Wie, mit Reden. Reden kann jeder. Da gibt es kein Studienfach. Reden.«

»Doch, Ada, zum Beispiel der Jurist, der Verteidiger. Du verteidigst doch so gerne Menschen, versuchst, ihre Motive zu erforschen, bei mir zum Beispiel, warum ich meine gesamte Familie im Stich ließ, in ein verfeindetes Land floh, warum gerade Frankfurt am Main, warum du hinterher... reiner Zufall? Du diskutierst mit Rett, wie du mir sagst, ein fanatischer Kommunist, der dir jeden Tag, nach dem Akt, vorwirft, warum du als Spießbürgerin nicht in der DDR geblieben bist, dass er nur auf den Tag wartet, wie der Kapitalismus abgeschafft wird und das Proletariat Europa in die Hand nimmt!«

Ada schwieg bestürzt. Ihre Wangen stachen hochrot hervor.

Walburga setzte eins drauf: »Wie der Imperialismus in Westdeutschland hinweggefegt wird...«

»Genug!!!« Ada hielt Walburga den Mund zu und schrie, jäh totenblass: »Zurück zum Thema! Was soll ich studieren? Wofür eigne ich mich?«

»Was ist denn mit dir los, Liebste, habe ich etwas Falsches gesagt? Ich kenne mich in den Studienfächern nicht aus. Da eben, wo es viel zu reden gibt. Dialoge. Diskussionen. Einweisungen. Diagnosen, na ja, auch seelisch. Frag doch mal Rett. Er weiß Bescheid, ganz bestimmt.«

Das hätte sie nicht sagen dürfen. Ada brach in Tränen aus. »Politisch stimmt es mit uns beiden nicht. Er ist mein Traummann. Aber diese krankhafte Anhimmelei von Stalin und die Hasstiraden auf den Kommunistenverräter Trotzki, das macht mir auf die Dauer wirklich zu schaffen. Er schreckt ja nicht davor zurück, meinen lieben Vater, du kennst ihn, als widerlichen Imperialisten zu beschimpfen, nur weil er als Optiker Brillen verschreibt und verkauft – in der DDR.«

»Ja, in Dresden. Meine Mutti hat ihre sämtlichen Sonnenbrillen von ihm. Ach Ada, das wird sich schon geben. Dein Papi wird den Laden aufgeben, dann kann er als Rentner sein Leben genießen, reisen...«

»Nein, Walburga. Rett will so einen Imperialisten nicht zum Schwiegervater.«

»Jetzt begreife ich gar nichts mehr. Liebt er dich nun, oder liebt er dich nicht?«

»Er brennt in Liebe. Also was ich sehe oder in mir fühle.«

Sie hüstelte und fuhr fort:

»Aber zum Beispiel dich will er nicht kennen lernen. Er meint, und das liest er aus meinen Reden, du seiest strohdumm, naiv und rudimentär. Deine Familie lebe in Glanz und Gloria, voll abgehoben, mit eigenem ›Club der Intelligenz‹, total angepasst im Sozialismus, du seist eine verkappte Bürgerliche, trotz Gartenzimmer und Hund Pluto.

Walburga überlegte. Langsam zerteilte sie eine Schnitte mit Tilsiter Käse, nahm dazu Messer und Gabel. »Vielleicht hat er Recht?«

»Bist du des Wahnsinns? Wie du das hier erst einmal geschafft hast!!! Was denn noch?«

Walburga wischte sich die Lippen mit ihrer Serviette. Hier nun, an dieser Stelle, merkte sie, dass Ada sie im Grunde ablehnte. Sie merkte es am Ton! Dass die Freundin Walburga hassenswert, ablehnenswert war, Neid brannte in Ada! Was hatte sie denn da dem Rett gegenüber verzapft, gelästert, geredet?

Ada Wildt realisierte nicht, dass sie zwei Jahre jünger

war, dass sie im Grunde voreilig – aus welchem Grunde auch immer – das DDR-Handtuch geworfen hatte, ohne Berufsabschluss. Wusste sie im Inneren, dass es mit Rett nichts wurde? Und warum, das wagte sie sich nicht einzugestehen, fühlte sich natürlich schuldlos.

Aber Walburga konnte ihr auch nicht weiterhelfen. Rett war ein Hamburger. Und was an Dünkel in deren Kopf vor sich ging, das, so Walburga, wusste sie zur Genüge von ihrer Mutter, einer Hamburgerin. Aber bitte mal eben! Da zog man die fein ziselierten Augenbrauen hoch und die Mundwinkel herab! Jede Diskussion überflüssig. Aber bitte mal eben! Emilia, den Tee, bitte! Dass ihr mir ja eine gute Partie macht! Und gnade euch Gott, ihr schleppt uns ein uneheliches Balg an!

7

Jetzt weißt du endlich, warum ich es so eilig hatte, die DDR zu verlassen«, rief Ada, rank und schlank, in einem braunseidenen Kleid, und stürmte, Pluto bellend an ihrer Seite, in die Kemenate ihrer Freundin. Rohmer, Walburgas Vermieter, äugte verbissen. Er hatte sich auch in unverschämtester Weise an Ada herangemacht und stieß auf Granit. Wie Ada das abgewehrt hatte, war eine Geschichte für sich. Walburga kaute gerade an einem Stück Kirschkuchen, den ihr Rohmers Frau herübergebracht hatte. Die litt unter Rückenschmerzen und fand im Kneten eines Hefeteigs, im Sitzen, Beine hochgelegt, ihr Glück.

»Was ist geschehen?« fragte Walburga und wischte sich den Kirschsaft vom Kinn.

»Hast du nichts gehört?«

»Nein. Stell dir vor, in der Degussa gibt es eine Gewerkschaft, und die fangen an, Ärger zu machen.«

»Walburga, ich glaube, es ist etwas passiert. Die errichten einen Zaun aus Stacheldraht.«

»Was? Wo denn?«

»An der Friedrichstraße. In Berlin!«

»Na, da kommen sie nicht weit. Die Grenze zwischen DDR und Westdeutschland, die ist ja irre lang. Oder?«

»Die machen Ost-Berlin dicht. Mehr aber nicht.«

»Schade!!!« meinte Walburga, kauend. »Da können die mich von drüben ja immer noch heimsuchen.«

»Ach, ich fürchte, es wird doch eine Mauer geben, und die läuft voll durch!!!« erklärte Ada, setzte sich und schlug die Beine übereinander.

»Wer's glaubt, wird selig, Ada, das kann nicht funktionieren. Eine Mauer! Das ist ja wie im Kindergarten. Als ob eine Mauer... dafür haben die doch gar kein Geld! Denk mal, sogar in manchen Krankenhäusern werden die Dächer undicht, und es tropft auf die Betten...« Walburga tippte sich an die Stirn. Sie stand auf, lief zum Waschbecken und säuberte ihre Finger vom Fett. Leider war der Obstkuchen alle. Sie konnte Ada nichts mehr anbieten.

»Na, liebste Ada, wie ist deine Analyse?«

Ada sprang auf und warf sich auf Walburgas Pritsche. »Enterbt werden wir mit und ohne Mauer. Mein Vater hat sowieso kein Westgeld. Für uns ist es so oder so katastrophal. Wir sind auf uns allein gestellt. Ich habe keine Geldquelle. Ich bin fertig. Was sollen wir bloß machen?«

»Gib zu, dass wir beide, jede auf ihre Art, ganz besonders und attraktiv sind. Ein Abendjob in einer Tanzbar, was hältst du davon? Ich muss meine Schulden tilgen, insgesamt rund 400 D-Mark, Oma und der Hannover-Mann, ich will endlich eine Wohnung für mich allein, also los geht es mit einem Job. Extra. Schwarz und ohne Finanzamt.«

Ada runzelte die Stirn. »Weißt du, dass sich solche nächtlichen Aktivitäten im Rotlichtmilieu abspielen?«

»Quatsch. Natürlich ist es eine Gratwanderung. Den Chef der Bar auf die Seite ziehen. Bedingung: Chef muss heiß verheiratet oder verbandelt sein, mit einer Eifersüchtigen. Dann lässt er uns in Ruhe. Dann klappt es. Vier Stunden von 20 bis 24 Uhr. Acht Uhr früh, was mich betrifft, dann wieder Dienst in der Degussa. Ich muss zu Geld kommen. Und übers Wochenende ackere ich acht Stunden an der Theke.«

»Getränke. Rechnung. Das können wir doch gar nicht, Walburga.«

»Dann werde ich es lernen.«

»Gut«, meinte Ada, »aber du musst mir ein heiliges Versprechen geben.«

Walburga wunderte sich.

»Ja?«

»Egal, mit wem wir zusammenarbeiten, was alles passiert, wer auf wen abfährt, welche Kolleginnen wir treffen, kein Wort von meinem Verlobten Rett!!!«

»Wieso denn das?«

»Wenn der erfährt, was ich treibe, in welcher Bar auch immer, bin ich ihn los.«

»Ada, du bist dir ja seiner gar nicht sicher? Weihe ihn doch ein!«

»Die Ausbeutung der Werktätigen, noch dazu ohne Steuerkarte, ohne Sozialversicherung und ohne Krankenversicherung würde Rett so treffen, dass er mit mir Schluss macht.«

Walburga schüttelte den Kopf und verschob das Thema für sich ins Abseits. Das war doch alles absurd. Selbst wenn es rauskäme, niemand würde Retts Namen kennen.

»Den ganzen Tag hört er auf Schallplatte die Dreigroschenoper, dazu schimpft er in unflätigster Weise auf das Adelsgesocks, auf das degenerierte Grafenpack, das ist meines Erachtens neurotisch. Ich bin machtlos. Wenn ich ihn bitte, mal eine Pause einzulegen, holt er Revolutionsgesänge, meist russisch, aus dem Plattenschrank. Die Leute über uns haben sich schon beschwert.«

Was sollte Walburga antworten? Sie war froh, solo zu sein.

»Lass uns jetzt mal überlegen, Ada. Welche Bar suchen wir uns? Eingestellt werden wir überall, das sieht man schon an den Zeitungsinseraten. Was hältst du von der ›Fledermaus‹...? Sie liegt nur zehn Minuten entfernt mit der Straßenbahn, die auch noch nach Mitternacht fährt, und sie steht weit weg

von der Degussa. In die Quere kommen wir uns nicht, wir sind zu verschieden. Und kein Wort zu den ›Kolleginnen‹.«
Ada ließ sich breitschlagen und stimmte endlich zu.

*

Gleich bei Arbeitsbeginn entwickelte sich ein irrsinniger Trubel. Der Chef war begeistert, weil der Profit stieg. Ohne Brille war es mühevoll für Walburga, richtig herauszugeben. Aber meistens riefen die Kavaliere oder besser, die Gäste: »Schon gut.« Trotzdem fiel es besonders Walburga schwer, lockere Gespräche zu führen und die Getränke, fertig gemixt, über die Theke zu schieben. Das strengte an. Dazu musste man immer blendend aussehen, ununterbrochen lächeln, das ermüdete sie. Und tagsüber schlief sie recht bald im Büro ein. Ada dagegen blühte auf, sie verlängerte ihre vier Stunden auf acht. Beide zahlten in Kürze ihre jeweiligen Schulden ab und legten sich heimlich eine Rücklage an. Rett merkte nichts, denn er war als Journalist laufend unterwegs.

Nach einer Woche – Ada fing an diesem Tag erst später an – hörte Walburga, Gläser putzend, unwillkürlich ein Gespräch zwischen Dorle und Anna.

»Die ist doch im Grunde todhässlich, diese Ada, wieso kreisen die Kunden laufend um sie und nicht um uns? Die kriegt doch nie einen Mann, so verfressen, wie die blickt...« Walburga wurde ganz schlecht vor Wut. Das konnte sie so nicht wegstecken.

Sie blickte um die Ecke und rief:

»Das darf ja wohl nicht wahr sein, was ihr da blökt! Ada sieht smart aus, sexuell aufreizend, sie hat tausend Angebote!«

»Ach Quatsch!« meinte Anna. »Die babbelt nur geschickt

und ohne Unterlass, die macht das mit ihren ellenlangen Kommentaren.«

»Wirkliche Chancen hat die nie!« schloss Dorle ihr Urteil ab. Da wurde es Walburga zu viel. Sie schrie: »Haha, was keiner hier schafft, sie ist schon verlobt.«

O Gott, das durfte sie nicht sagen. Es war aber zu spät.

Dorle und Anna blieben die knallrot geschminkten Münder offen stehen.

»Ja – na ja – fast verlobt...« beschwichtigte Walburga sie. Zu spät, jetzt hatte sie das Vertrauen ihrer Freundin Ada verspielt, und es würde zu einem deftigen Krach kommen. Als Ada eintraf, umringte man sie, und die ganze Bar wurde von der Verlobung unterrichtet. Ada sah Walburga an, ein Giftblick. Das Ende. Aber Walburga wollte sowieso Schluss machen in dieser Bar, sie hielt es körperlich nicht aus. »Ob du mir je verzeihst, ich weiß es nicht, Ada, ich musste dich verteidigen, sie sind so arg über dich hergezogen...« Schnell taten beide es als Gerücht und Schauermärchen ab, und Rett erfuhr gar nichts. Der verkehrte sowieso nur an kommunistischen Versammlungsorten, und seine Artikel und Reportagen waren politischen Inhalts – fern von Nachtbars wie der ›Fledermaus‹.

Noch in dieser Nacht hörte Walburga auf mit ihren vier Stunden, sie eignete sich nicht für eine Dienstleistung, sie fühlte sich als Chefin. Dienerisches ging ihr gegen den Strich, und das anstrengende Nettsein mit anrüchigen Blicken trotz aller Kulanz fiel ihr zunehmend lästig. Als sie in der Straßenbahn saß, fiel es ihr wie Schuppen von den Augen: Natürlich: das ›Gebabbel‹ der Ada, sie war die geborene Psychologin, Soziologin, Therapeutin, die Richtung eben. Und das waren doch anerkannte Wissenschaften. Noch in der Nacht schrieb sie einen Brief an Ada, bat sie händeringend um Verzeihung für den Vertrauensbruch und berichtete ihr von ihrer Erkenntnis. Ihr fiel auch noch ein, dass eine unverheiratete Bardame mehr Trinkgeld erhält.

8

Der harte Lebenskampf im Westen nahm beiden jungen Mädchen fast den Atem. Schon daher hielt sich die Ada-Walburga-Allianz, egal, was alles geschehen würde. Gustav musste nicht gleich vernichtet werden, das hatte Zeit. Frau und Kinder informieren, die im krassesten Fall eventuell nur ein müdes Lächeln übrig haben mochten, das erschien ihr als Rache zu unwirksam. Jedenfalls wusste Gustav nichts von ihr, sie war aus seiner Sicht verschwunden und sie glaubte, dass Claudia auch nur ein Zwischenfall war, eine von seinen sexuellen Eskapaden.

Es gab jetzt erst mal Wichtigeres: beide Übersiedlerinnen waren übereingekommen, dass es einzig und allein, wollte man seine Würde bewahren, auf Leistung ankam. Mit ›Korruption‹ – da hatte die DDR einmal nicht gelogen – wollten sie nichts zu tun haben. Ada schrieb sich für Soziologie ein, bekam sofort Bafög, und Walburga fand plötzlich, dass die ewige Fragerei in der Degussa »Ach, da muss ich zur Französisch-Dolmetscherin rüber?«, nur weil sie für Französisch nicht zuständig war, an ihrem Ehrgeiz nagte.

Wie es bei Sehnsüchten so ist, manchmal fehlt ein Anstoß, ein unmittelbarer Anlass, um etwas Neues in Angriff zu nehmen.

Am Abend schlug die Uhr wie gewöhnlich acht vom Dom, und Walburga zählte Zuhause gerade ihre Barschaft, die sie so unauffindbar versteckt hatte, dass auch eine Dogge sie nicht erschnüffelt hätte, als unvermutet der Hund wie verrückt anschlug und auch drüben in der Villa die Tür aufgerissen wurde. Rohmer, Pluto, die Ehefrau und Ada – mit zwei Koffern und drei Reisetaschen – näherten sich ihrer Zimmertür.

Das Schlimmste: Ada war völlig ungeschminkt und zitterte am Leib. Tränenbäche rannen ihr über die Wangen.

»Hier bringen wir Ihnen Ihre Freundin, reden will sie nicht, vielleicht können Sie tröstende Worte finden. Wir sagen nichts, ausnahmsweise, falls sie heute bleiben möchte.«

»Danke, Frau Rohmer, sehr lieb von Ihnen. Komm bloß herein, Ada, die Koffer auch, ich mache dir auf der Stelle einen starken Ceylontee. Du hast wohl gleich bei Rohmers geklingelt, weil du in dieser Nacht bei mir bleiben willst?«

»Ja, häm. Ähm.«

»Schon gut. Schon gut, Ada.«

Ada schluchzte, schwieg, völlig ungewöhnlich bei ihr, schnäuzte sich und hockte sich auf ihre Koffer.

»Komm, Süße, stell alles in die Ecke, setz dich auf den Stuhl und mach es nicht so dramatisch. Du hast also Rett verlassen? Ja? Oder er dich? Das kommt davon, wenn man sich abhängig macht!« Walburga verbarg ihr stolzes Gefühl nicht. Sie war unabhängig, konnte sogar schon Westpakete nach Dresden senden. Ihr heißer Wunsch nach Anerkennung, endlich, ließ sich nicht unterdrücken.

»Rett setzte mich regelrecht vor die Tür! Seine Wohnung hat er heimlich bereits vor drei Monaten gekündigt, mir nur nichts gesagt, der feige Hund.«

»Feige sind sie alle! Eine Erkenntnis meiner Mutter! Alle! Ach lass doch den fanatischen Kommunisten gehen, du warst nie glücklich mit ihm...«

»Was ich dir jetzt erzähle, das ist so unglaublich, das ist so haarsträubend, selbst du wirst es nicht fassen.«

»Lass mich raten: er hat eine andere!«

»Da übertrumpfe ich dich: er hat vor drei Wochen eine Gräfin geheiratet, Gräfin Weitgendorf, ganz heimlich, er zieht auf ihr Rittergut nach Kronberg.«

Walburga blieb der Mund offen stehen. Der Schwarztee im Stahltopf kochte zischend über. Sie konnte sich nicht mehr bremsen, schallend lachte sie los, das war ja Wasser auf ihre Mühle. Sie lief zu Ada und umarmte sie, drückte sie fest an sich und rief: »Das wird uns eine ganz einzigartige Lehre sein. Von wegen wie die Männer lügen und sich sogar selbst betrügen! Er war also nur krank vor Neid auf das so genannte ›Adelsgesocks‹! Ach Ada, und du hast das nicht durchschaut?«

»Er hat, fies und gemein, bis zum Schluss, also bis gestern mit mir geschlafen, stell dir das vor, und ich habe nichts gemerkt.« »Bemerkenswert, Achtung, Achtung«, resümierte Walburga anerkennend. »Da hintergeht er die Gräfin ebenfalls, und zwar von Anfang an!!! Der hat schon gewusst, warum er mich nicht kennen lernen wollte. Bei anderen erahne ich vieles und davor hatte er Angst. Bei mir sehe ich allerdings nichts, leider.«

Ada begann ihren würzigen Tee zu schlürfen und schwieg.

»Bist du etwa schwanger?«

»Nein, gottlob das nun nicht, ich habe mir damals etwas einsetzen lassen.« Ada begann erneut zu heulen. Na, was sollte nun mit ihr werden? Ihr Studium musste doch weitergehen.

»Sag mal, Ada, jener Eduard, einer der Freunde von Rett, der hat dir von Anfang an nachgestellt, was ist mit dem?«

»Der kam heute noch an, ich sollte erst mal bei ihm einziehen. Aber Walburga, da komme ich vom Regen in die Traufe, außerdem ist das sicher ein sehr netter Mann, aber entweder liebt man oder man liebt nicht. Sympathisch ist er sicherlich, und ich werde den auch wieder treffen.«

»Hat dieser Eduard von Retts heimlicher Hochzeit gewusst?«

»Er sagt nein.«

»Hm.«

Nun war es so weit! Das war eine einzigartige Gelegenheit. »Du hast doch gehört, dass mir noch Französisch fehlt, und du weißt von der Möglichkeit, nach Paris zu fahren und an der Universität der Sorbonne ein so genanntes Zertifikat der »Civilisation Française« zu erwerben! Ich suche mir sofort als Au-pair-Mädchen eine Stellung in Paris und du kannst hier mein Zimmer übernehmen. Sozusagen die Stellung halten, bis ich wieder komme. Na?«

Adas Gesichtszüge begannen zu leuchten. »Das würdest du für mich tun?« »Aber nein, Liebes, das ist Zufall. Ich will schon lange weg. Hier, die Such-Inserate nach deutschen Mädels.«

Walburga reichte ihr ein Zeitungsblatt.

»Man bekommt die Gebühren, Kost und Logis bezahlt, darf dreimal in der Woche für sechs Stunden in die Sorbonne, ansonsten putzen und aufpassen.« »Ja, aber die Degussa?« »Die müssen mir eine Auszeit geben. Wenn nicht, kündige ich. Ist mir eh schon langweilig. Überhaupt, dieser Beruf, Dolmetscherin, Übersetzerin, da muss ich quasi unsichtbar sein, aber ich will sichtbar agieren, ich brauche die Kommunikation und nicht das Nachplappern von stereotypen Kommentaren in fremden Sprachen. Wir müssen jetzt nur die Rohmers überreden, dass sie dich übernehmen. Die Miete trägst jetzt du, sagen wir, ab dem nächsten Ersten, und mit Pluto verstehst du dich doch prima, oder?«

Es wurde eine schlaflose Nacht, ohne dass die Diskussionen endeten. Alle Anzeichen und Signale der urplötzlichen Trennung von Rett kamen zum Vorschein, und öfters griffen sich Ada oder Walburga an den Kopf, sie lachten und schluchzten zugleich. Am Morgen packte Walburga ihre Sachen zusammen, schrieb eine Zusage nach Paris, und Ada füllte ein leer geräumtes Regal.

»Drück mir die Daumen, Ada, dass die Degussa mitspielt!«

9

Eine Woche lang mussten sie noch gemeinsam das Zimmer teilen. Hartnäckig und innerlich erfroren arbeitete Ada in der ›Fledermaus‹, versäumte keine Vorlesung. Sie lief herum, mit ihrem Katzengang, graziös wie eine Schlange, sie lächelte jeden an und hatte sich enorm verändert. Sie schwieg viel, Fleiß und Ehrgeiz trieben sie voran.

Walburga wiederum musste ihre Nachfolgerin im Übersetzungsbüro einarbeiten. Man hatte ihr gekündigt. Eine Auszeit oder unbezahlter Urlaub kamen nicht in Frage. Sie erhielt eine nette Einladung, zwar nicht nach Paris direkt, aber doch nahe bei, es schien sich um eine wohlhabende Familie zu handeln. Ein halbes Jahr in Frankreich! Ein sagenumwobenes Land, das sie nur aus den Romanen von Dumas dem Älteren, »Die drei Musketiere«, oder aus dem Film »Fanfan, der Husar« erlebt hatte!

*

Sozialkunde, die Vielschichtigkeit von Gesellschaft und Volk, das war den FDJlern in Dresden unbekannt; im Fach ›Gegenwartskunde‹ hatten sie den Morgenappell, das Strammstehen, geübt, den Schrei »Seid bereit! Immer bereit!«, das Hissen der DDR-Fahne, die Versammlungen in der Aula mit dem befohlenen Händeklatschen, und dieses Fach schloss ›freiwillige‹ Ferienverpflichtungen ein, wie die Kartoffel- und Roggenernte oder die Schießausbildung in der GST, der Gesellschaft für Sport und Technik. Im Kommandoton waren sie nach der Stoppuhr der GST-Ausbilder in Sekundenschnelle über

Drahtzäune geklettert, Baumstämme entlang balanciert und über Wildbäche gesprungen. Zuhause war der Ruf nach dem Abitur eine Selbstverständlichkeit gewesen. Die Lebenswege von Claudia, Walburga und auch Ada wurden so eindeutig vorgezeichnet und auch überwacht, dass die Abiturientinnen diesen Prozess erst einmal im Traum nicht anzuzweifeln wagten. Wie es also dazu kommen konnte, dass sowohl Ada als auch Walburga neben vielen anderen Teenagern versagten, indem sie in den dekadenten, imperialistischen Westen flohen, das war unverständlich und eine bodenlose Undankbarkeit gegenüber Staat und Familie. Nun, die beiden, hieß es, würden ja sehen, wo sie endeten.

Ursprünglich waren eigentlich die Oberschüler, soweit Walburga das überblicken konnte, begeistert vom sozialistischen Wind, von der Forschheit der Gerechtigkeit, wenn sämtliche Mitschüler, gemeinsam alarmiert, die breite Schultreppe abwärts rasten, ein Appell... wann kam der Bruch? Ja, richtig.

Eines Morgens mussten zwei Mädchen aus einer anderen, wohl etwas höheren Klasse hervortreten, und, vor den Augen der vollzählig versammelten Schülerschaft, wurde mitgeteilt:

Es ist streng verboten, die erste und zweite Strophe des Liedes der Deutschen von Hoffmann von Fallersleben zu singen, dazu noch laut auf dem Schulhof. Daher werden ab heute die beiden Mädchen, und nun folgte deren Namen und in welcher Klasse sie lernten, aus der Martin-Andersen-Nexö-Oberschule verwiesen. Henriette, Walburgas Klassenkameradin, die neben ihr stand, drückte schmerzhaft ihre Hand. Walburga blickte herüber zu der Klasse von Ada und Claudia. Unbewegte Gesichter. Was war denn das? Und vor allem die peinliche Stille, die jetzt herrschte!

Im Fach Geschichte war sehr ausführlich die Entwicklung der Länder Sumer und Akkad behandelt worden, so in etwa 2200 vor Christus, Vorläufer von Babylonien; dann lang und breit die Sklavenkriege mit dem römischen Sklavenführer Spartakus an der Spitze, 70 vor Christus; sofort danach kam der Spartakusbund dran, eine linksradikale Vereinigung unter Führung von Karl Liebknecht und Rosa Luxemburg, das war 1917, schnelle Wendung nach Russland, zum feudalistischen Zaren und zur bolschewistischen Revolution. Dieser furztrockene Cethegus, wie Karl, der Primus, den Geschichtslehrer nannte! Zumindest Walburga hatte keinen Schimmer von der Weltgeschichte. Sie ärgerte sich herum mit Stückwerk und kannte nur gewisse Themen aus dem Elternhaus, zusammenhanglos und nicht innerlich in Folge einverleibt. Napoleon war böse, Bismarck autoritär, Scheidemann musste weg, Hitler auch – nur jetzt, jetzt herrschte der Fortschritt, der Aufbau des Sozialismus, und zwar für immer. Papa war Dresdener und wollte es bleiben.

Dann kam die Sache mit Arnold. Dieser Klassenkamerad sah fantastisch aus und es gab kein Mädel, das nicht in ihn verschossen war. Er trug lockiges Haar, sein Körper war dünn und drahtig, es hieß, er stiege auf jeden Felsen, und er wirkte wie ein sportlicher, blasser Botticelli-Engel. Warum er Stenographie lernen wollte, außerhalb der Schule, wusste Walburga nicht, jedenfalls fuhren Arnold, Knut, Roland und Paul, alle in Seppelhosen, zur Zeignerschule am Postplatz, dort sollte der Stenounterricht stattfinden. Aber sie kamen mit ihren Fahrrädern nicht weiter. Die kasernierte Volkspolizei hielt sie gereizt an, was sie hier wollten, und in der Ferne erblickte zuerst Arnold russische Panzer. Natürlich machten die Jungs, dass sie weg kamen, aber was war das? Panzer am Dresdner Staatstheater? Und deshalb kein Steno?

Walburgas Eltern gehörten irgendwie zur Ausnahme, obwohl keiner in die SED eintrat und niemand aus einer Arbeiter- und Bauernfamilie stammte. Es kam, weil Papa als Ingenieur gebraucht wurde, die Leistung war es, Fähigkeiten und Fertigkeiten! Und bei Ada, deren Vater als Optiker arbeitete, ein Experte, ein Meister seines Fachs, mussten sie wohl auch zähneknirschend beide Augen zudrücken, denn die Menschheit, auch in der DDR, brauchte Brillen. Es war ein Privileg, auf der Erweiterten Oberschule, der EOS, lernen zu dürfen, wenn man unangenehmerweise nicht aus der Arbeiterklasse stammte.

*

»Alles Gute und viel Erfolg in Paris, Walburga, schreib mir bald!«

Eine letzte Umarmung.

Dann saß sie im D-Zug Frankfurt am Main/Paris und war nun ganz auf sich allein gestellt. Madame holte sie ab, in einem gepolsterten, dunkelblauen Citroën, sehr nett, aber der Vorort Ermont befand sich doch ein Stück weit weg von Paris: zwanzig Kilometer. Zur Sorbonne galt es also, den Vorortzug zu benutzen, und der kostete. An vier Tagen, Dienstag, Donnerstag, Samstag und Sonntag, ging es um sechs Uhr los, zum Bäcker. Durchgehend bis 22 Uhr spielte sie mit den drei Buben, versorgte sie, fünf, sieben, zehn Jahre alt, Villa putzen, Betten machen, Kindergarten gab es nicht, und die Schule endete immer sehr schnell. Harte Arbeit! Aber dann kam der Montag, der Mittwoch und der Freitag und da erschien ihr das Studium der französischen Sprache wie Erdbeeren mit Schlagsahne. Man entließ sie frühmorgens mit einem von Madame selbst belegten Baguette und erwartete sie gegen siebzehn Uhr zurück. Der totale Geldmangel war wie immer schlimm, aber sie kannte ihn ja von Leipzig, ganz zu schweigen von Frankfurt/Main. Lästig wurde es, weil sie immer öfter richtigen Hunger verspürte, der nicht gestillt werden konnte. Ein Baguette für den Tag! Wenn sie nun das Geld für den Vorortzug sparte und stattdessen per Anhalter fuhr? Dann konnte sie sich hier und da eines von diesen exquisiten Schokoladen-Eclairs leisten. Als Anhalterin hatte sie sich zum Profi entwickelt, schon in Leipzig. Freundlich winken, nett anziehen, nicht böse sein, wenn er oder sie vorbei fuhr, weiter lächeln. Und sie konnte dabei wundervoll die französische Konversation trainieren.

Aber dann traf sie unvermittelt der zweite Schlag, nach Gustav. Drei Monteure in einem kleinen Lieferwagen nahmen sie mit. Nach zehn Minuten bogen sie ohne Ankündigung in das nächste Tannenwäldchen ein. Da half kein Schreien, kein Drohen, und ihre gewaltigen Kraftanstrengungen, sich zur Wehr zu setzen, verebbten bei sechs kräftigen Armen und sechs muskulösen Beinen. Diese Heimfahrt aus Paris scheiterte. Walburgas Schenkel riss man auseinander, Kleid und Schlüpfer wurden zerfetzt, mit einer grellen Taschenlampe leuchtete einer lachend und freudig-geil die Zielscheibe aus und dann fuhr der erste Franzose brutal in sie hinein. Walburga erstickte fast vor Entsetzen, ihr Speichel drang in die Luftröhre, sie röchelte, da sie auch den Kopf nicht bewegen konnte. Schraubstock! An ihrer Gurgel fühlte sie ein Taschenmesser. Es war vollkommen unmöglich, sich zu bewegen. Der dunkelblaue Himmel über ihr leuchtete besonders klar – sie blickte direkt auf die Venus und dicht daneben auf den ungeduldigen Messerstecher. Der grinste gierig, roch nach Urin und drückte mit seiner rechten Hand ihren Kopf fest auf den Waldboden. Und in einer nie vorher erlebten Woge der Angst betete sie flehentlich zu Gott: O mein Gott! Lass kein Kind entstehen. Ich wüsste nicht den Namen des Vaters, nicht, wer er ist, tu mir das nicht an, ich gebe ja zu, dass ich Claudia nicht verziehen habe, aber straf mich nicht so, ich will Claudia vergeben, und es war auch nicht richtig von mir, das mit Gustav, er ist immerhin verheiratet... der zweite... der dritte... wurde sie noch festgehalten? Hörte sie den Motor laufen? Rief da jemand? Mahnende männliche Stimmen. Namen? Vielleicht bin ich schon tot, dachte Walburga. Sie verlor das Bewusstsein.

Als sie erwachte, lag sie gelähmt auf eiskalter harter Erde. Rote Waldameisen wimmelten umher und krabbelten über sie hin. Was war eigentlich geschehen? Ach ja, vergewaltigt von drei Männern. In Frankreich. Blamage vor der Polizei, man mokiert sich über eine junge, blonde Deutsche, na, wird wohl nicht schuldlos sein, wollte es gar.

Polizei?

Ausgeschlossen!

Walburga, du bist am Ende. Gibt es noch eine Chance? Schieb nicht die Schuld auf andere, du dumme Gans, du bist per Anhalter gefahren, du musstest ja ohne Geld nach Paris. Deine Eclairs hast du genossen, statt anständig Fahrkarten zu lösen. Das hast du nun von deiner Vertrauensseligkeit! Reiß dich jetzt zusammen. Eine Chance gibt es sehr wohl: es weiß niemand davon. Unsinn! Schau doch dein Kleid an. Alles kommt raus. Und ein Kind! Nein, es ist zu spät.

Spät ist es, aber nicht zu spät. Schleich dich durch die Wälder zurück, die Richtung kennst du, es dürften noch ein paar Kilometer sein. Erheb dich! Steh auf! Es muss gehen.

Dein Examen. Dein Zertifikat, was auch geschieht. Wenn dich jemand sieht, Hand vors Gesicht! Verstecken. Weiterlaufen!!!

Sie fasste nach unten und betrachtete ihre Hand: Blut. Sie war im Inneren gerissen. Egal. Sie kroch hoch, und dann rannte sie los, über Stock und Stein. Immer wieder wurde ihr speiübel, auch weil ständig Samenschwälle aus ihr herausgurgelten und die Schenkel nässten. Sie eilte voran, fast nackt. Ein paar restliche Stofffetzen wehten am Po. Es durfte ihr einfach niemand begegnen, sie betete wimmernd, sie flehte um Gnade. Mein Gott! Mein Gott!

Eine nützliche Geschichte hatte ihnen damals der Klassenlehrer Cethegus beigebracht: die Odyssee des griechischen Dichters Homer. Jetzt musste ihr dieser Odysseus zur Seite stehen. Ein listiger Feldherr! Die Schläue des Odysseus! Sie ballte die Fäuste, klebrig wie sie waren.

Mit List, unhörbar schleichend und mit äußerster Wachsamkeit tappte sie durch den Hintereingang der Küche (Schlüssel unter einem Felsgestein) - und hoch in ihre Bodenkammer, verdreckt, verschlammt, mit eiskalten Händen, wusch sich, zog sich blitzschnell um und schaute auf die Uhr. Es war sechs. Ab zum Bäcker, Ruhe, Ruhe. Beherrschung. Gelassenheit.

Eines stand fest: den Teufel gab es. Er war in diese drei Monteure gefahren. Und wenn es den Teufel gab, nun, dann würde sie sich seiner auch bedienen. Ihr Herz schlug bis zum Hals vor Aufregung. Ihr wurde bewusst, dass sie jetzt sehr weit fort war von ihrem christlichen Glauben, weit fort von den zehn Geboten, und es auch bleiben würde.

Mit unbewegtem Gesicht legte sie die täglichen drei Weißbrotstangen auf den Küchentisch. Ihr ging auf, dass sie mindestens fünf Stunden gerannt war, wohl teilweise im Kreis.

»Bonjour, Walburga, wie sehen Sie denn aus? Sind Sie krank?«

»Bonjour, Madame!«

Dort stand plötzlich die aufgescheuchte Glucke, die Mutter der drei Buben. Die spürte natürlich etwas. Eine Mutter. Jetzt hieß es, überzeugend agieren!

»Ich muss Ihnen etwas beichten, Madame, ich bitte Sie um Verzeihung. Gestern wurde eine unerwartete Studentenfête anberaumt, wir betranken uns ziemlich, ich erlebe das zum ersten Mal. Dann übernachtete ich bei einer Kommilitonin in Saint Germain. Aber ich nahm den ersten Frühzug und bringe hier...«

»Ja, wirklich, man sieht es Ihnen an.« Die Französin lächelte verschmitzt. »Sie hätten doch nur anzurufen brauchen, dann hätte ich Bescheid gewusst, wo Sie bleiben.«

»Gewiss, Madame, aber ich war zu beschwipst, um Ihre Nummer zu finden und zu wählen.« »Na, das macht jeder einmal mit, doch ich möchte nicht, dass Ihre nächtliche Abwesenheit einreißt, meine Jungen sollen ordentlich, friedlich und ruhig erzogen werden.« Sie liebte ihren Mann, ihren Beamtenstatus; man konnte sich ein Au-pair-Mädchen leisten.

10

Unklar blieb, warum Madame eine Deutsche engagiert hatte. An Deutsch war hier niemand interessiert, alles lief auf Französisch ab, Madame sprach französisch und damit basta. Walburga hatte auch Anweisung, mit den Buben ausschließlich französisch zu reden. Sie entpuppten sich als herrliche Lehrer, es wurde viel gegiggelt und gegackert. Ob es damit zusammenhing, dass die Deutschen als pünktlich und fleißig bekannt waren?

Eisern besuchte Walburga die Seminare, sie fehlte nie. Manchmal waren von 42 international zusammengewürfelten Studenten nur fünf Interessierte anwesend. Es war eindeutig, was die anderen trieben: sie schmusten herum und ließen sich zum Essen ausführen. Geld hatte keiner! Paris verschlang sie. Zur Mittagszeit saß Walburga am Seineufer und verspeiste langsam, genussvoll ihr Baguette, sprach mit den Clochards und zählte heimlich Sauerampfer ab: Kind, kein Kind, Kind, kein Kind. Abtreibung. Keine Abtreibung. Verrückt vor Sorge büffelte sie weiter, lernte und stieg entschlossen in den Vorortzug. Sie hatte den Vorfall verschleiert; noch wusste niemand etwas. Alles würde gelingen!

Der nächste Streich schlug auf der Pont des Arts zu, der Brücke der Künste. Ein irrsinniges Brennen – unten – überfiel sie – rasch, in den nächsten Hausflur, kratzen, kratzen. Kühl und unbeobachtet wirken die französischen Treppenhausflure. Hier also onanierten die Männer, wie sie vernommen hatte, wenn es sie überkam. Haha. Und nun stand sie selber hier und schien sinnlich zu werden. Wie kann es denn sein, dass die Schleimhäute mit einem Mal so höllisch brennen? Kaum auf der Straße, ging es wieder los, ärger und ärger. Das war keine Sinnlichkeit! Hausflur. Reiben. Hausflur. Kratzen. Was für ein Chaos! Eine Entzündung? Ja, natürlich. Ein Arzt. Für die Krankenkasse hatte sie in Deutschland gesorgt. Aber wie sollte sie einen Arztbesuch vor der Familie vertuschen? Die Uni zu schwänzen kam überhaupt nicht in Frage. Lieber fiel sie tot um. Noch heute musste sie einen Furunkel erfinden und zum Hautarzt.

Madame vernahm ruhig ihren Bericht und zeigte vollstes Verständnis, allerdings nur, wenn Walburga ihr Putzpensum trotzdem bewältigte.

»Warum konsultieren Sie nicht meinen Hausarzt, gleich nebenan...« Na, das fehlte noch!!! Wenn der seine Schweigepflicht nicht einhielt!

Mitten in Paris, beim nächstbesten Arzt, kletterte sie auf einen Gynäkologenstuhl und Monsieur Lecorps tat alles, um sie zu beruhigen. »Mademoiselle, es ist gar nicht schlimm. Kommt täglich vor, es ist nur der Tripper.«

»Um Gottes willen!«

»Très bon, dass Sie so zeitig erschienen sind, drei Spritzen, und die Sache ist vergessen.« Zwei Tage später wurde sie nun endlich von einer anderen Sorge erlöst: kein Kind.

Unendlich glücklich ackerte sie mit Redensarten, Essays und Wörterbüchern, alberte mit den Bübchen und kaufte brav Hin- und Rückfahrkarten. Rein pro forma, wie Monsieur Lecorps betont hatte, sollte sie nach dem Abschluss ihrer Prüfungen noch einmal reinschauen. Er legte dazu ein Datum und die Uhrzeit fest. Das kam ihr zwar verdächtig vor, doch erneut und intensiv beruhigte er Walburga, mahnte nur zur absoluten Enthaltsamkeit. Da konnte nun wieder sie ihn beruhigen.

Sie bestand mit einem Gut. Drei hatten die erforderliche

Punktzahl erreicht, 39 fielen mitleidslos durch.

Madame und Monsieur, letzterer von der Kategorie zerstreuter Professor, gratulierten ihr aufrichtig, stolz und von Herzen, und sie beraumten doch tatsächlich eine kleine Fête an. Sie wurde gefeiert, ein Au-pair-Mädchen! Man wollte mehr über ihre Herkunft wissen und sah sie plötzlich mit anderen Maßstäben.

Walburga staunte. Wieder zählte die Leistung!

Dann nahte jener letzte Termin bei Monsieur Lecorps.

»Wie lange werden Sie noch in Frankreich bleiben, Mademoiselle Walburga?«

»Nicht mehr lange, in zwei Wochen...«

»Es ist mir sehr peinlich, aber ich muss Sie in das Krankenhaus überweisen. Ganz vorbei ist die Chose nicht. Eine Blutabnahme ist fällig. »

»Warum haben Sie mir das nicht gleich gesagt?«

»Weil es vier bis sechs Wochen dauert, bis wir etwas finden.«

»Finden?«

»Die Gonorrhö ist oft begleitet von der Syphilis, und dann wird es eine langatmige Behandlung.«

»In welcher Form?«

»Täglich eine Spritze. Penicillin. 90 Stück. Also drei Monate lang jeden Tag.«

»Wohin?«

»Tut nicht weh, in die Weichteile des Pos.«

Walburga starrte den Arzt an. »Werde ich dann registriert?«

»Ja, natürlich. Aber die Schweigepflicht greift auch hier. Und Sie können problemlos in Deutschland behandelt werden. Übrigens ist das mit der Syphilis gar nicht sicher. Sie könnten Glück haben.«

Walburgas Herz verwandelte sich in einen Stein. Sie dachte an das Märchen von Hauff: »Das kalte Herz«.

Im Krankenhaus unterwarf man sie einem Kreuzverhör. Von wem war sie angesteckt worden? – Sie nannte einen völlig unbekannten Namen, und der Täter wäre schon lange zurück in die USA, nach Idaho, geflogen. Sie notierten ihre Aussage. Die Unterlagen würden nach Deutschland geschickt. An die Schweigepflicht konnte nur Rumpelstilzchen glauben.

11

Die Herren in der Degussa hatten offensichtlich nicht so sonderlich zufriedenstellende Erfahrungen gemacht mit ihren Nachfolgern. Denn bei Ada fand Walburga einen höflichen Brief vor. Falls sie die Französisch-Prüfung an der Sorbonne bestanden hätte und wieder in Frankfurt lebe, solle sie sich bitte melden.

Sehr freundlich bot man ihr nach Betrachten des Zertifikats eine Firmenwohnung an, äußerst preisgünstig. Auch ihr Gehalt ließ sich sehen. Tja Donnerwetter!

Ada machte einen ausgeglichenen Eindruck. In der ›Fledermaus‹ war Schluss, das zweite Semester nahte und sie überlegte, ob sie nicht Eduard, er ließ sich auch sehr gerne Eduardo nennen, heiraten sollte. Er liebte sie, und nur das zählte. Sein Hobby, spanische Lieder auf Gitarre, konnte sie problemlos ertragen, jedenfalls leichter als die Zustände hier mit der Dogge. Herr Rohmer hatte Darmkrebs, Frau Rohmer kreischte in der Nacht, da sie zuviel Alkohol trank; kurz, Ada wollte weg.

»Musst du denn unbedingt heiraten, Ada?«

»Du kannst dir nicht vorstellen, wie ich die Schnauze, auch von der ›Fledermaus‹, voll habe, was hier alles ablief. Eduardo ist gebildet, er arbeitet als Sozialarbeiter, will aber höher hinaus, vielleicht mit Studium. Ich sehe nicht ein, warum ich diesem ›Gentleman‹ nicht seelisch zur Seite stehen soll.«

»Also nix Liebe?«

»Ach, Liebes. Das haben wir doch nun gesehen, wohin Sex führt. Ich habe nicht ein einziges Mal mehr etwas von

Rett gehört. Eduardo allerdings bekommt Briefe von ihm, wie glücklich er sei.«

»Ada, du bist sehr verbittert. Ist dir etwas Besonderes passiert?«

»Wieso. Nein. Nur immer um ein Haar, und viel Lästiges. Es ist eben besser, verehelicht zu sein.«

Äußerst wichtig war jetzt, dass Ada nichts von ihrem Unglück erfuhr. Niemand durfte das erfahren. Walburga bezog ihre Firmenwohnung und lief sofort zu einem renommierten Frauenarzt. Sie war positiv. Man nannte es hier Lues. Und nun hieß es, drei Monate lang täglich nach siebzehn Uhr vorbeizuschauen und sich von der Assistentin eine Spritze geben zu lassen. Selbst zu injizieren war tabu, weil man den Patienten generell nicht traute. Immerzu hoffte sie, dass es der erste Franzose gewesen war, der ihr die Syphilis und den Tripper eingebrockt hatte, denn dann waren die zwei weiteren auch betroffen. Was werden die für einen Zorn auf Nutten schüren! Denn vorher, vielleicht Stunden zuvor, mussten sie ein entsprechendes Etablissement aufgesucht haben. Das verräterische Brennen setzte bekanntlich erst nach drei bis vier Tagen ein. Und die drei fühlten sich offensichtlich in Topform. Aber vielleicht dachten sie ja auch, Walburga hätte die Krankheit in sich getragen. Nun – Rache genug!!! Ein bitterer Kreislauf. Die Männer begannen die Frauen zu hassen. Und die Frauen verabscheuten die Primitivität und Brutalität der Männer.

»In diesen drei Monaten, Fräulein Weda, dürfen Sie auf gar keinen Fall den GV ausüben. Sie stecken jeden an, ausnahmslos. Haben Sie das verstanden?«

»Ja, gewiss. Sonst ist die Krankheit aber nicht ansteckend? Kuss und so?«

»Nur über den Geschlechtsverkehr ist eine Ansteckung möglich.«

Keine schlechte Möglichkeit, einen Feind zu schwächen, dachte Walburga.

Während Eduardo und Ada ihre Hochzeitsvorbereitungen trafen, quälte sich Walburga weiter in der Degussa, sie wusste, dass sie ihren Beruf verfehlt hatte. Selbst in leitender Position blieb sie unzufrieden. Aber sie hatte keinen Schimmer, wozu sie sich wirklich eignete. Der tägliche Gang zur Arztpraxis, immer um siebzehn Uhr, verwandelte sich in Gewöhnung, in Routine, und nur die Hoffnung, dass die Injektionen einmal ein Ende haben würden, hielt sie aufrecht.

Als das Geschäftstelefon klingelte und sie abhob, traf sie der Schock. Die Stimme von Gustav ließ sich vernehmen. Dunkles Timbre, verführerisch, hallo, endlich habe ich deine Nummer herausbekommen...

»Guten Tag, Gustav, wie bist du an diese Geschäftsnummer gelangt, ich mag das nicht. Die Urheberin kann nur meine Mutter gewesen sein, sonst weiß niemand...«

»Claudia ist aus Ostberlin fortgezogen, unbekannt verzogen, aber ich habe ja von Dresden gewusst und nach deiner Familie gefahndet, freust du dich denn nicht, endlich, ja, deine Mutter hat mir deine Nummer gegeben.«

»Kein DDR-Bürger darf zu uns! Ich als Flüchtling darf ebenfalls nicht rüber, hätte es auch gar nicht gekonnt. Wie also kommst du an meine Mutter? Bist du zu ihr gefahren?«

»Ähm, ich habe nur mit ihr telefoniert, allerdings ausführlich, daher weiß ich von deinem Frankreichaufenthalt, aber da wollte sie mir die Adresse denn doch nicht geben.«

Sie traute ihm alles zu: er fuhr als BRD-Bürger in seinem

silbrigen Mercedes nach Dresden, erfuhr vielleicht von Claudias Heirat, lud Mama zum Essen ein und schlief mit ihr. Nein, das konnte nicht sein. Das würde ihr die Mama nicht antun. Gewissheit würde sie nicht erlangen. Kollusion weit und breit! Sie traute ihm erneuten Verrat zu. Und blitzartig sah sie die Lösung vor sich: der Tag der Rache war da!!!

»So. Und was willst du von mir, Gustav?«

»Na, wir treffen uns, das ist doch sonnenklar. Morgen bin ich in Frankfurt, wir suchen uns ein herrliches Hotel, in der Nähe, sagen wir im Taunus! Kenne da ein zauberhaftes Plätzchen.«

Wahrscheinlich seine Fremdgeh-Absteige!

»Du bist verheiratet, Gustav.«

»Über das Thema sind wir doch längst hinweg, Schätzchen, ich bitte dich!!!«

»Und es fällt dir nicht ein, dass ich einen Freund haben könnte?«

»Wen stört's? Mich jedenfalls nicht. Wird sowieso mal Zeit, dass du einen ständigen Begleiter akzeptierst.«

Rede du nur! Entwürdige mich ruhig!

»Also gut. Hol mich morgen siebzehn Uhr dreißig von der Weserstraße zwölf ab. Ich werde dort warten. Vor der Tür.«

»Wieso denn gerade da?«

»Nach Dienstschluss besuche ich dort den Friseur, das ist alles.«

»O, das klingt ja verlockend, ich freue mich sehr.«

Er hatte nicht ein einziges Mal ihren Namen genannt! Kein Kompliment, kein liebevolles Wort, fast wie ein Business! Er sollte es büßen. Seine Untreue würde er jahrelang bereuen.

Aufgeräumt lenkte Gustav den Wagen auf den Parkplatz des bekannten Fünf-Sterne-Hotels ›Paradiso‹ in Schlangenbad. Walburga musste lächeln. Schlange!

»Habe ich im Winter entdeckt, liegt versteckt und ist ganz große Klasse!« Nach Einzug in die Suite betraten sie unten den Innenhof, der beide überwältigte. Rosen, Wicken, Malven, Lupinen, Lavendel und Weinlaub umgaben sie, weiße Skulpturen, Amoretten, Amphoren umringten die weichen Samtsessel und marmorierten Tische. In einer Ecke mit Efeu erwartete sie ein französischer Rotwein aus der Haute Provence, dazu knusprige Baguettes, schwarze Oliven und zunächst undefinierbare Delikatessen. »Na?« fragte Gustav und hob die buschigen Augenbrauen. Er nahm sich eine Orange vom bereitstehenden Obstteller.

»Sehr nett, Gustav, einladend.« Walburga starrte in sein Gesicht. Was war denn das für ein Geruch? Den kannte sie doch! Ja, so roch es in dem rostigen, klapprigen Lieferwagen, bei Paris, nach Lavendel, nach Obst, nach Alkohol. Sie sah plötzlich ein Gesicht vor sich. Es war die grinsende, unruhige Visage des dritten Vergewaltigers. Das Bild verschwand. Walburga schüttelte den Kopf und ordnete nervös ihre Haarmähne, wie kam es nur jetzt zu dieser Vision?

Sie setzte sich aufrecht und hob das inzwischen gefüllte Kristallglas. »Also dann!«

»Wohl bekomm's!« rief Gustav, und jäh dachte Walburga an ihre Schulzeit in Dresden.

»Ergo bibamos!« hatte Roland gerufen, anlässlich der jährlichen Weihnachtsfeiern, wenn Cethegus, der stets in schmutziges Grau gekleidete Klassenlehrer, endlich fort war. Aber getanzt wurde nicht, keiner verriet seine Vorlieben für diese oder jene Person. Heimlichkeiten, Versteckspiele, Verschlagenheit, dass bloß niemand etwas merkte. Eine spannende Kollusion. Damals. Und sie vollkommen fixiert auf Roland und immer voller Angst, dass jemand drauf kommen könnte. Sie wusste nicht, dass ihre beste Freundin Henriette alles brühwarm dem Klassenbesten erzählte: Karl. Der zeigte sich an Faschingsfesten stolz mit metallenen Gardinenringen am Ohr, ein rotes Piratentuch um den Schädel gebunden, dazu sein angeklebter schwarzer Bart. Aber tanzen? Da fehlte die Courage! Karl fragte lieber Henriette heimlich nach Walburga aus, sogar bei nächtlichen Spaziergängen! Karl war in Wirklichkeit keinesfalls an Henriette interessiert, sondern Walburga verfallen, und keiner durfte etwas ahnen, schon gar nicht Walburga persönlich. Und Henriette litt. Sie war unsterblich in Karl verliebt. Welche Stürme im Wasserglas!

Jetzt, im ›Paradiso‹, regierte direkte Strategie. Man ging ins Bett. Für heute kannte sie nur dieses Ziel. Hoffentlich dauerte die Arbeit nicht zu lang.

»Es war nicht einfach mit dir, in Leipzig und Berlin, du Langbein, ein störrisches Zicklein. Erzähle von Paris!«
»Was hast du mit meiner Mutter zu tun? Und seit wann wohnst du in Hamburg?«
»Was soll ich mit ihr getan haben, telefoniert, sie war sehr charmant mit glockenheller Stimme...«
»Du kannst jederzeit in die DDR, sie kann nicht raus.«
»Ja schon, aber ich habe in Dresden geschäftlich nichts zu tun.«

Er starrte sie herausfordernd an. Seine Hände lagen unter der Marmorplatte, sie konnte keine Bewegungen ausmachen. Wenn er fürchtete, dass sie jetzt von Claudia anfing, hatte er sich getäuscht. Sie benötigte dringend eine lockere Atmosphäre und den baldigen Abschluss ihres Vorhabens.

Wäre er ehrlich und unschuldig, hätte er ihr mindestens jetzt ein Kompliment gemacht. Zum Beispiel, ist deine Mutter so schön wie du? Spricht sie auch so viele Sprachen wie du, hast du das von ihr? Aber nichts dergleichen! Weil er Mama längst kannte? Auch hatte er es von Anfang an immer vermieden, ihr jemals einen Brief zu schreiben. Er telefonierte, er kam, er ließ überbringen. Nur keine Namen! Nur keine Beweise! Sie war sicher, dass seine Ehe so und so und auch sonst funktionierte. Wenn ihr Plan aufging und der Arzt Recht hatte, würde er innerhalb der nächsten Woche auch seine langjährige Sekretärin und seine Frau anstecken. Tante Ilse in Hamburg, Mamas Großcousine, musste dann später erforschen, wie sehr es diesen Clan erwischt hatte. Ilses Kontakte erstreckten sich über ganz Hamburg.

»Wenn man bedenkt, was für ein ahnungsloses DDR-Mädchen du doch einst abgegeben hast, das war ja bald zum Totlachen. Ich hatte es wirklich nicht einfach, dir die Augen zu öffnen. Na gut, jetzt bist du eine von uns!«

»Ja, Gustav, nun bin ich eine von euch, im Guten wie im Schlechten!!!«

Nie werde ich ein hinterhältiges Kapitalistenschwein werden, du Betrüger, dachte Walburga, mit Zweitwohnung in West-Berlin, und gleich noch dazu das Schwesterlein deflorieren! Sie dachte es und sie schmunzelte verführerisch.

Oben in der Suite bestand er auf Kerzenlicht. »Lass mich deinen herrlichen, weißen Alabasterkörper betrachten. Was ist denn das da?«

Tatsächlich hatte er doch die kleine, ausgestanzte, kreisrunde Vertiefung mit scharfen Rändern entdeckt, weit südlich vom Nabel. Das war das einzige Signal dieser tückischen Krankheit. »Ach, nichts weiter, die beißenden Insekten in Frankreich...« »Oh ja, davon kann ich auch ein Lied singen, und als ich Soldat in Spanien war, 1936, ein junger Spund... na, die militärischen Kämpfe damals, die Legion Condor, das gibt noch ein Nachspiel, wenn wir den dritten Weltkrieg...« Walburga hörte kaum hin, das waren seine unablässig wiederholten jugendlichen Erinnerungen und Ressentiments: mörderische Brigadeschlachten für Franco in Madrid und anderswo.

In Minutenschnelle ging alles vorbei. Schluss!

Sie konnte sich nicht vorstellen, je wieder einen Mann fleischlich zu ertragen. Und das erleichterte sie ungeheuer. Sie strahlte und lachte und verlangte einen Schnaps!

»Gern, mein Schatz, ist es denn so schön mit mir?
Wie war ich?«

12

Endlich erhielt Walburga in ihrer neuen Firmenwohnung einen Telefonanschluss. Die Dolmetscherei, das Übersetzen von Patenten, Spaß machte es nicht, aber man verdiente und die Überstunden hielten sich in Grenzen. Eduardo und Ada studierten und lenkten sich gegenseitig mit ihren Diskussionen ab, doch das Leben allgemein begann wieder Freude zu machen. Walburga überfiel daher Mitleid mit Gustav, und eine Woche nach Schlangenbad rief sie in seiner Firma an, was sie noch nie getan hatte.

»Hallo. Danke für den Anruf, du? Bitte rede nicht weiter, ich bin morgen in Frankfurt/Main und warte an gleicher Stelle, du weißt schon, Friseur.« Aufgelegt. Aha, seine Sekretärin darf nichts wissen.

Fest stand, dass er ahnungslos war, denn wenn man die Gonorrhö auch nach drei Tagen spürte, so dauerte es vier bis sechs Wochen, bis sich eine Syphilis zeigte. So weit wollte sie nun nicht gehen. Am Ende fuhr Gustav zu Claudia, der frisch Verheirateten, und... Walburga stoppte sich.

An der Weserstraße zwölf hielt er den neu erworbenen weinroten Porsche nur kurz an. »Steig ein, du Wilde, wir fahren zur Tagesbar ins ›Interconti‹.« Ihr sollte es recht sein, seine allwissende Arroganz konnte ihr nicht mehr imponieren. »Was willst du trinken, ich habe Zimmer 546, oder möchtest du gleich hoch?«

»Wenn du gestattest, möchte ich nicht auf den Barhocker, sondern dort hinten an einen Clubtisch, nur wir zwei, um in Ruhe zu reden.« »Hoho, so ernst heute? Aber gern doch, Schätzchen.«

»Du hast mich gar nicht mehr gefragt wegen Paris, ja, ich

hatte dort einen Freund. Und was ich nicht wusste, er hat mich angesteckt, ich bin geschlechtskrank.«

»Was bist du?«

Knallrot im Gesicht griff Gustav nach Walburgas Arm.

»Das hast du gewusst. Das hast du geplant. Du hast es in Schlangenbad extra gemacht. Mit Absicht...«

»Nein«, rief Walburga lahm, »ich habe es nicht gewusst.«

»Doch. Die Einstanzung. Der Kreis. Ich hab es gesehen. Du hast es aus Rache getan.«

Sie lächelte mokant. »Ach ja? War es schön mit Claudia?«

»Ach, Claudia. Das war gar nicht so. Was du immer denkst. Wir waren nur aus, die verhält sich ziemlich schweigsam, da ist nichts gelaufen.«

»Nun, unser Verhältnis ist jedenfalls abgelaufen, Gustav, du Lügner, du Verräter! Was dir bleibt: du kannst die anderen retten, und dich.«

Absurderweise dachte sie jetzt an ihren Klassenkameraden Paul, der das Fremdwort ›Kollusion‹ zuerst genannt hatte. Seine Zettel-Liebe zu Ottilie wurde wohlwollend unterstützt, und keiner kam auf die Idee, die Botschaften – sie gingen im Unterricht unsichtbar von Hand zu Hand – zu öffnen oder gar zu melden.

»Ich zeige dich an.«

»Prima, das wird deinem Ruf gut tun.«

Beide erhoben sich, beide entsetzt und starr vor Unglück.

Sie gaben sich einen festen Händedruck, sie schauten sich hasserfüllt in die Augen. Walburga straffte ihren Rücken und verließ stolz das Hotel. Sie hatte zwar noch 40 Injektionen vor sich. Dennoch konnte hoffentlich bald ein neues Kapitel in ihrem Leben anbrechen. Sie fühlte sich frei.

Am Ende der Behandlung beim Arzt – 90 Injektionen hatten der Lues den Garaus gemacht – wurde sie abschließend vom Doktor persönlich zu einem Gespräch gebeten. Da war es aus mit dem Freiheitsgefühl!!! Drohte also erneut ein Nachspiel?

»Meine Liebe, Sie haben wacker durchgehalten. Ich muss sagen, das kann nicht jeder, und das macht nicht jeder. Sie unterschätzen es allesamt. Aber zum erfolgreichen Abschluss darf ich Sie nicht direkt beglückwünschen. Leider. Wenn Sie je in andere Umstände kommen, müssen nochmals 30 Injektionen auf die gleiche Art verabreicht werden, damit das Kind nicht infiziert wird.«

Endlich andere Themen!!! Frei? Wer hier nicht frei war, nicht mehr ›abhauen‹ konnte, in die ›Freiheit‹, das war ihre Dresdner Familie. Die vorsichtigen Anfragen und Bittgesuche, ob denn Walburga Weda zu Besuch nach Dresden dürfe, ohne inhaftiert zu werden, wurden abschlägig beschieden.

*

Wie sehr sehnte sie sich nach Freude, Jubel und Genuss! Sie wollte endlich wieder lachen und ein für alle Mal den Überfall vergessen!

Wenn es sich nur einrichten ließ, verschwanden Ada und Walburga für Stunden in Kneipen und Diskotheken, immer auf der Suche nach – wonach eigentlich? Ein Sturm der Erwartung tobte in ihren Herzen, Lust auf Ekstase, die es nicht zu geben schien. Sie erzählten sich ihre Träume und schwiegen in ihrer Umgebung eisern von Eskapaden und Abenteuern. Beide flirteten auf Teufel komm heraus, und wenn es brenzlig wurde, berichteten beide – ganz gelangweilt – von ihren Ehemännern, ihren Kindern, wobei ja nur Ada ihren Eduardo vorweisen konnte. Auf Spielplätzen tranken sie Sekt, spielten Tischtennis, schaukelten und schütteten sich aus vor Gelächter und Spott; Walburga legte ein Witzbuch an mit den gängigsten Sexwitzen und oft schüttelten sie den Kopf, so primitiv wie die Männer sich benahmen. Die dümmsten, die flirten wollten, fingen so an: »Meine Frau...« Wie wollten sie da vorankommen? Diese Art von Aufrichtigkeit war nicht erwünscht. Andererseits: wenn es nach Liebe aussah, dann, so schworen sich beide, niemals, wirklich niemals einen verheirateten Mann! Ehebruch. Nein. Tabu. Im zweiten Buch Mose, Kapitel zwanzig, stand unmissverständlich: Du sollst nicht ehebrechen! Nun, da las man noch andere Verbote, aber ein verheirateter Mann brachte Unrast, Ungewissheit, Unglück. Wer es ehrlich meinte, trat bereits als Geschiedener auf, und dafür gab es Beispiele. Und Eduardo? Für Ada war er als ›letzte Station‹ nicht vorstellbar.

Eines Tages traf wieder einmal eine arabische Delegation in der Degussa ein, und am Ende der langwierigen Konferenz im so genannten Goldenen Saal kam der kleinwüchsige Chef auf sie zu, ob sie noch Lust hätte, ihm ein wenig die Stadt zu zeigen. Warum nicht, einmal ganz etwas anderes, sie als Herrin, nicht als Stichwortgeberin, nur immer als eine Null, vermittelnd und völlig unsichtbar, neutral, ohne Rolle. Im schwarzen Rolls Royce ließ er die Katze aus dem Sack: Alkohol. Champagner. Wodka!!!! Und bitte in unbekannter Gegend! Aber gern doch. Er war zwar nur einen Meter sechzig groß, sie einen Kopf größer, aber welch eine brillante Unterhaltung, wie genoss sie diesen Dialog, der ehrlich schien. Er klagte über die Kollusion bei sich daheim, die durchgängige, absurde Verschleierung der Frauen, die durchsichtigen Notlügen, die unterirdischen Machenschaften, die grausame Angst vor Entlarvung oder Enthüllung von heimlichen Verabredungen. Na, und dann das Alkoholverbot!

Walburga seufzte. Das waren ja unglaubliche Lebensumstände!

Er sei nicht verheiratet und auch sie begann sich zu öffnen. Sie würde so gern wieder an die wahre Liebe glauben.

Wieder?

Nun ja, einmal sei sie von einem verheirateten Mann getäuscht worden, jedoch bevor es überhaupt ernst werden konnte. Walburga flunkerte mit voller Kraft, da sich bereits die Augenbrauen des dunkelbraunen Arabers finster zusammenzogen.

Der Champagner rief ihre Träume wach, gelöst sank sie zurück in das rote Plüschsofa der Regina-Bar, die beide weitab von der Innenstadt erspäht hatten. Und wie sie so erwartungsvoll blickte, die Augen halb verhangen ins Innere gekehrt, sah sie am Tresen plötzlich einen breiten muskulösen Rücken.

Ein Seemann, dachte sie, wie ich ihn im Traum sah. Ein Schiffskapitän, so muss er aussehen, dreh dich um!!! Gefurchte Haut? Leidensrillen im Gesicht? Sonnengebräunt? Und tatsächlich, er wandte sich ihr zu, in ihre Richtung. Nein, das ist nicht möglich! Genau so sah er aus! Ihn hatte sie oft im Traum getroffen. Den kannte sie!

Walburga wandte sich an den Araber: »Pardon me, Sir, ich möchte mir nur die Hände waschen...« Sie war verwirrt und erhob sich; machte dem Araber Zeichen, dass sie gleich zurückkehre. Dann tat sie alles, um dem Fremden ihre Figur zu zeigen – und verschwand.

Als sie wieder den Barraum betrat, wer saß da neben dem

arabischen Geschäftsmann am Tisch? »Darf ich Ihnen einen Amerikaner vorstellen? Er ist hier in Frankfurt am Main stationiert und sehr interessiert an der arabischen Welt. Captain Sigsworth.« Eines Sieges wert? Sie konnte nichts antworten. »Und das ist«, fuhr der Araber fort, »Fräulein Walburga.« Ihren Nachnamen ließ er aus, denn den kannte er nicht oder nicht mehr. Oder auch, wie sie später dachte, er wollte ihn nicht nennen. Konkurrenzgefühle stellen sich bei Herren schnell ein, egal ob sich die Treffen geschäftlich oder zufällig ergeben. Walburga beschloss zu lächeln und den Dingen ihren Lauf, hier auf Englisch, zu lassen.

Sie sollten ihn Aal nennen, er sei im IG-Farbenbuilding stationiert und es sei schrecklich dort, ja, er lebe getrennt, ähm, geschieden sei er und die Ex-Familie lebe in Ohio. Aal begann sich darüber aufzuregen, was eine Dame wie Walburga hier in dieser übel beleumdeten Kaschemme zu suchen hätte. Nein, er, der Araber, hätte es gewünscht und es handele sich um eine geschäftliche Besprechung. Aal grinste. Dass er selber diese Höhle als Stammkneipe erwählt hatte, wie er angeberisch preisgab, das war wohl ganz normal. Walburga sah ihn mit zweierlei Maß messen. »Da in der Ecke sitzt eine Heidi«, sagte er verächtlich. »Sie wohnt nicht weit von hier. Aber sie kann da so lange hocken wie sie will. An mich kommt sie nicht heran.« Wie redete denn der Mann? Er wirkte unbedacht, launisch. Walburga schaute demonstrativ auf die Uhr. Der Araber verstand. Auf die Gefahr hin, unhöflich zu wirken, standen beide auf und verabschiedeten sich. Nur die Adresse des arabischen Büros in Frankfurt am Main, die fand noch beiläufig Erwähnung.

13

Die Arztbesuche hatten sich seit einigen Wochen erledigt; und der Besuch in der Regina-Bar tobte noch immer in ihrem Kopf herum. Sie konnte jenen Captain nicht vergessen. Doch der war unstet, gab sich labil, und vielleicht hatte er genug mit jener Heidi zu tun. Die sah übrigens aus wie ein hässlicher Abklatsch von Walburga, eine Art Karikatur. War Walburga eifersüchtig? Sie hatte doch den Mann nie wieder gesehen. Und den Saudi aus Medina plagten andere Sorgen. Das Telefon läutete.

»Walburga Weda.«

Stille.

Ach du lieber Gott, wieder so einer! Sie erinnerte sich schmunzelnd an die aufregende Dresdner Zeit im elften Schuljahr, als sie pro Tag etwa zwei bis drei anonyme Anrufe erhielt. Auch andere Familienmitglieder fanden es komisch, wenn sofort aufgelegt wurde. Sie hatte einen Verdacht, aber auch die Hoffnung, dass es ihr Schwarm Roland wäre, obwohl ihm das nicht ähnlich sah. Beim nächsten Anruf beschloss sie endlich zu handeln.

»Wenn Sie so oft anrufen und nichts passiert, was haben Sie davon?« fragte sie den Stillen. »Daher unterbreite ich Ihnen jetzt ein Angebot. Nehmen Sie einen Bleistift zur Hand und klopfen Sie damit auf die Muschel. Einmal bedeutet Ja, zweimal heißt Nein. Einverstanden?«

Es klopfte einmal.

»Sind Sie ein Mann?« Ja.

»Ist der Anruf für meine Schwester Claudia?«

Zweimal wurde geklopft.

»Ist der Anruf für meine Eltern?«

Wieder das Klopfzeichen: zweimal. Negativ.

»Also ist der Anruf für mich, Walburga?«

Pause. Dann ja.

»Sie wollen entweder meine Reaktionen registrieren oder meiner Stimme lauschen, das bringt mir nichts. Ist es so, wie ich sage?«

Es klopfte einmal.

Gelangweilt legte Walburga den Hörer auf. Der Zirkus endete erst kurz vor dem Abitur. Sie war sicher, dass es sich um Karl handelte. Er war verschlagen, hielt viele Informationen zurück, setzte bei Bedarf große Geschicklichkeit ein, um seine Meinung zu verbergen, war als Klassenbester quasi unangreifbar. Er traf sich nachts mit Henriette, küsste sie gar, nur um Nachrichten über Walburga zu erhalten, er trieb Schabernack mit Henriette und Walburgas Freundin merkte nichts. Henriette besaß das volle Vertrauen von Walburga und fungierte als erster wirklicher IM, also als Spionin, in Walburgas Leben. Bewiesen war nichts. Henriette war schon eine Weile tot. Aber was Karl nicht ahnte: zwei Freunde schlichen ihm einmal nach in den Schillerpark und hatten die beiden, Karl und Henriette, belauscht.

»Hallo, hier ist Walburga Weda, wer spricht bitte?«

»Hm, hello, ja, yes, this is Captain Sigsworth!«

Jetzt aber keine Fehler machen, befahl sich die Dolmetscherin.

Contenance, Walburga, sonst verlierst du!

»Das ist ja eine Überraschung, wie geht es Ihnen?«

Sie war perplex.

Etwas Zittriges rieselte durch ihre Adern. Das Blut stieg ihr zu Kopf. Sie musste sich setzen.

»Viermal besuchte ich den arabischen Händler in seinem

Büro ›Nefud‹, musste zweimal mit ihm essen gehen, bis er mir endlich Ihre Telefonnummer gab. Er will Sie heiraten, stellen Sie sich das vor.«

»Ja, Aal, das weiß ich, er wollte eine zweite Firma hier gründen, und das konnte er nur mit einer echten Deutschen, die für ihn bürgte. Das sollte ich sein. Aber die Klippe haben wir umschifft.«

»Sie sind nicht von gestern. Das freut mich. Wie wäre es denn, wenn wir uns wiedersehen?«

Bloß keine hektische Begeisterung jetzt, Walburga!

Sie hörte im Geiste Mamas Stimme: ›Strategie und Taktik!!!‹

Äußerste Wachsamkeit war angesagt! Sie wusste, was sie hinter sich hatte. Der Name Gustav genügte. Ja, dachte sie, aber ihre Schwester Claudia lebt, inzwischen schwanger, hinter der Mauer, streng verheiratet, und Heidi aus der Regina-Bar ist nicht so hübsch wie ich, und Aal ist solo und geschieden. Wirklich? Klar, lasse ich nachprüfen. Man kann beruhigt spazieren gehen, also...

»Sie schweigen? Wie wäre es mit heute Abend?«

»Also heute, ausgerechnet... morgen...«

»Heute neunzehn Uhr. Ich erwarte Sie unten vor Ihrem Haus.«

»Woher wissen Sie, wo ich wohne? Die Adresse kennt ja nicht einmal der Herr aus Medina!«

»Der hat mir von der Degussa erzählt. Alles Weitere war ein Kinderspiel.«

Aus dem dritten Stock schaute sie hinunter auf den Vorplatz. Da stand er, sehr groß, sehr schlank und hinreißend drahtig. Viel älter war er, und das signalisierte Sicherheit, Verlass und Treue. Genau das brauchte und suchte sie: Geborgenheit, Festigkeit, Ruhe. Er lehnte sich an seinen weißen Chevrolet, den er regelwidrig geparkt hatte. Walburga stieß einen melodischen Jubelschrei aus – er sah hoch – und sie winkte ihm fröhlich zu. Wie da sein Gesicht leuchtete! Warum sie sich nun ein kohlschwarzes Kleid anzog, ganz schlicht, mit nur einem engen, breiten Gürtel, wusste sie nicht, dachte auch nicht darüber nach, zur Trauer war kein Anlass. Im Gegenteil, ihr Herz hüpfte und schlug wild.

Im Frühling, Mai 1963, waren die Amerikaner überall präsent. Auch andere Soldaten, Einwanderer, Ausländer veränderten das Stadtbild von Frankfurt. Um jedweden Überfällen zu entgehen, zog sie sich seit geraumer Zeit unauffällig an. Sie lief die Treppen hinunter, ihm entgegen, und er nahm ihre Hand fest in die seine. Sie sollte in den Chevrolet steigen.

»Aber aber, lieber Mr. Sigsworth«, lachte sie, »das ist doch öde und langweilig, in den Wagen steigen. Suchen Sie bitte einen legalen Parkplatz und dann zeige ich Ihnen den Main und sein zauberhaftes Ufer. Da werden wir die ›blaue Stunde‹ genießen.«

Der Mann glaubte sich verhört zu haben. Er staunte. Nein, er kenne den Untermainkai nicht, obwohl er hier nun seit drei Jahren im Hochhaus stationiert sei. Sie schlenderten langsam und mit Genuss den Sandweg entlang, Blick auf den Fluss, auf Enten, auf Ruderboote, auf den Dom, ja, er sei protestantisch erzogen worden, sein Urgroßvater wäre mit seiner Familie aus Irland – so um 1850 herum – via Schottland nach Ohio ausgewandert, eine legendäre Schiffsreise in Sturm und mit Orkanen; väterlicherseits wären einige Schauspieler und Gaukler gewesen. Ein Wandertheater seines verstorbenen Vaters hätte ihr Leben gesichert; nein, er wäre ein Einzelkind, die Mutter, eine ganz einfache Frau, lebe im Altersheim. Nein, seine geschiedene Frau, Alma, natürlich eine Weiße, besäße keine eigenen Kinder, bis auf einige Fehlgeburten, und da er, Aal, immerzu in Vietnam und Korea kämpfte, hätte sie in ihrer meckernden Verzweiflung einen Jungen adoptiert. Langweilig wäre es mit ihr gewesen, er sah zu, dass er von ihr geografisch getrennt lebte. Er sei übrigens auch Pilot, Journalist, arbeite für ›Overseas Weekly‹, tja, und was er gar nicht gewusst hätte, er sei plötzlich ein Liebender. Damit blieb er stehen, und beide mussten prusten und lachen. Jetzt zeigte sich der sarkastische Humor der beiden, und des Gelächters war kein Ende.

Von diesem Tag an holte er sie täglich Punkt siebzehn Uhr von der Degussa ab, und sie unternahmen jedes Mal interessante Ausflüge, Goethehaus, Städel-Museum, mit oder ohne Restaurant, jedes Rendez-vous heimlich von Walburga geplant, da sie sehr schnell begriffen hatte: es durfte ihm nie langweilig werden.

Nach vier Wochen erschien er mit finsterem Gesicht und zog sie am Mainufer auf eine Bank.

»Was treibst du denn für ein Spiel mit mir, Walburga?«

Sie fiel aus allen Wolken. Er lebe allein in einer nicht vorzeigbaren Kammer der Amikaserne, in der Nähe der Headquarters, eben jenem verhassten Hochhaus, er wäre noch nie zu ihr in ihr Refugium eingeladen worden, und sie wisse wohl nichts von Küssen? Oder so?

Walburga ergriff seinen Arm, streichelte ihn und schloss die Augen.

Zu dumm mit Nora! Die Kollegin arbeitete für die Amis in der Degussa und hatte ihr geschworen, die Akte Sigsworth durchzuforsten, wie wahr seine Geschichten wären, Nora käme an jede Akte heran, und nun, gerade gestern, hatte

Nora den Kopf geschüttelt. Genau diese Akte sei unzugänglich, denn der Herr sei fest verankert im CIA, dem Geheimdienst, ein hohes Tier.

Hinzu kam, dass er Alma seinerzeit ›mangels einer Besseren‹ geheiratet hatte und dass es nie einen Anlass gegeben hatte, den Zustand zu beenden. Weit weg von ihr, über tausende von Meilen, schoss und kämpfte er in Fernost, nur hastig unterbrochen von jährlichen Urlaubsflügen nach Hause. Alma wartete in Ohio mit einem adoptierten Boy. Bis jetzt, da er sein blauäugiges Hexlein getroffen hatte. Zeitpunkt und Motiv einer Scheidung fehlten bisher. Wenn es nach Walburgas Charakter gegangen wäre, hätte sie eiskalt nach der Scheidungsurkunde gefragt. Die möchte ich sehen! Aha, du bist misstrauisch. Du berechnest alles kühl. Das wäre sein Vorwurf gewesen. So hatte sie es schon häufig erlebt, und dann folgte die Feststellung: Du liebst mich nicht. Dabei liebte sie ihn abgöttisch. Wie auch immer, ein uneheliches Kind konnte und durfte sie ihren Eltern nicht antun, die Freundschaft mit einem Amerikaner, gottlob ein Weißer, war Verrat genug.

»Diese Dinge kommen für mich, lieber Aal, nur infrage als eine verheiratete Frau.«

Er rollte sich von der Parkbank, fiel vor ihr auf die Knie und schaute sie an wie ein verendender Dackel.

»Would you marry me?«

Also da musste er ja frei sein, wenn so ein Heiratsantrag stattfand.

Sie nickte – selig lächelnd. Beide erhoben sich und küssten sich lange. Erst viel später, zu spät, erkannte sie den infamen, perfiden Konjunktiv in der Frage: Würdest – würdest du mich heiraten, und nicht: Willst du mich heiraten?

14

Kirchen. Theater. Kabarett. Oper. Zoo. Botanischer Garten. Es machte Walburga solchen Spaß, ihm die lebendige Stadt zu zeigen, und sie staunte auch, wie sie sich organisatorisch bewährte. Wie wohl sie sich als Chefin, als Verantwortliche, fühlte! Für welchen Beruf war sie bloß wirklich geeignet?

Sowohl in ihrer Firma Degussa als auch in der Oberschulzeit war Gehorsam angesagt. Bis auf die seltenen Aufforderungen, damals, einen Aufsatz zu schreiben, mit eigenen Gedanken, gab es keine Kreativität. Aber selbst beim Verfassen eines Essays musste man geschickt vorgehen. Schrieb man etwas außerhalb der proletarischen Denkweise, kam es zu quälenden Konferenzen. Eltern wurden gar zur ›Aussprache‹ herangezogen. Einer ihrer Mitschüler, Justus Lassen, dessen Mutter als Russischlehrerin unterrichtete, hatte es so satt mit der Gängelei, dass er in Sicht des Schulgebäudes immer flüsterte: »Verfluchtes dumpfes Mauerloch«. Wer konnte damals ahnen, dass eine richtige Grenzmauer, und ohne Loch, entstand? Und die Lehrer? Durften die überhaupt kreativ sein? Was muss Zuhause bei Familie Lassen, Justus und Mutter Lassen, Schülerperspektive und Lehrersicht, für eine Stimmung geherrscht haben? Auch Frau Arker unterrichtete ihren Sohn in Walburgas Klasse. Auch sie Witwe und im Grunde in der gleichen Situation wie Frau Lassen mit ihrem Justus. Die Verhaltensweisen von Walburgas Mitschülern – obwohl an sich eine verschworene Gemeinschaft – variierten dennoch. Frau Arkers Sohn, zum Beispiel, wie hieß er doch gleich, ach ja, Ewald Arker, verhielt sich dem ›System‹ gegenüber stoisch und angepasst. Unter dem Pult spielte man Steckschach oder reizte sich beim Skat.

Deutschlehrer Fauster schimpfte manchmal ganz offen: »Herrschaften, wir müssen uns jetzt beeilen, man zwingt mich, die ›Erziehung der Hirse‹ von Brecht und den ›Woyzeck‹ von Büchner durchzunehmen, im Schnellverfahren; den Borchert ›Draußen vor der Tür‹ lest bitte fix allein Zuhause. Keine Zeit. Karl, gib mal eine Zusammenfassung vom ›Nathan‹, Lessing, ich muss leider erneut raus...« Und weg war er. Einige jubelten, wieder Freistunde! Nur Cara, die Leseratte, blieb vollkommen unbeeindruckt, sie las so oder so, ob mit oder ohne Pädagoge da vorn am Pult. Walburga lernte Vokabeln. Henriette holte ihr Strickzeug hervor. Karl schob sich zur Tafel, meinte, Nathan wäre klug und weise, und er wolle nun mit Paul und Arnold Skat dreschen.

Und Deutschlehrer Fauster? Der hockte wie auf glühenden Kohlen beim Direx, den alle mit seinen aufgedunsenen bleichen Backen ›Pfannkuchen‹ nannten, zwecks ›Klärung eines Sachverhalts‹.

Walburgas Erinnerungen halfen ihr nicht weiter. Und solange sie nicht wusste, wozu sie geeignet war, blieb sie eben in der Firma.

Mit überraschender Schnelligkeit lernte Aal deutsch, und obwohl sie sich jeden Tag sahen, schrieb er seinem Himmelsstern, seiner Göttin Athene Briefe, deutsch, englisch, auf jeden Fall sehr lange Abhandlungen, aus denen Walburga entnahm, wie viel Zeit den Offizieren in ihrem CIA-Office zur Verfügung stand.

In diesen Episteln nun begannen die bohrenden Fragen. Walburga, was war vorher? Erzähl mir nicht, du seiest Jungfrau. Im nächsten Brief die Kehrtwende, dass die Vergangenheit ohne jedes Interesse sei, er hätte ja die Ehe mit Alma gebeichtet, da sei Schluss, und sonst gäbe es nichts. Er müsse aber nun doch alles wissen, wenn es auch unwichtig wäre. Aal – astrologisch ein typischer Zwilling!!! Zwei Denkweisen, zwei Gesichter, zwei Charaktere, ganz passend für den Geheimdienst!

Sie nahm es mit Grimm und Humor und gab – bei einem Spaziergang durch Sachsenhausen (für die Geschichte mit Gustav hatte sie den Südfriedhof ausgewählt) – eine spritzige Komödie über die Leipziger Messe und die Bekanntschaft mit Gustav zum Besten.

»Aber wenn das alles so harmonisch ablief, warum endete dann eure Freundschaft nach dem Frankreich-Studium?« Gustavs widerlichen Fehltritt bezüglich ihrer Schwester Claudia – den wahren Grund – verschwieg sie. Das war eben und blieb ihre Schwester und Blut ist dicker als Wasser. Sie wählte den zweiten Grund, wenn der damals auch nicht gültig war. Gustav hatte mit offenen Karten gespielt.

»Mit einem verheirateten Mann kann es niemals etwas werden. Das wusste ich von Anfang an, und Gustav, sieh mal, war ein erfahrener Mann, und es wurde mit 21 Jahren höchste Zeit, nach Meinung der Umwelt, dass ich endlich... mit Liebe hatte dies überhaupt nichts zu tun, nur mit Technik.«

Seit der Sorbonne hatte auch sie das Kollusions-Prinzip gepackt. Eine mickrige Wahrheit! Aber die Männer vertrugen nun mal nicht konkurrenzfähige Vorgänger. Sie stellten sich die oder den Rivalen plastisch vor, und das terrorisierte ihre Träume und Vorstellungen. Sie hatte das von Cara, ihrer Klassenkameradin aus Dresden, die schon die Spießer definierte, und die ihr – man korrespondierte heftig zwischen Dresden (DDR) und Frankfurt am Main (BRD) – die Psyche ihres Bräutigams geschildert hatte. Handelte es sich bei grundloser Eifersucht um eine Krankheit?

»Und nach Gustav?«

Sie schwieg entnervt.

»Komm, erzähl mir nichts Falsches, so, wie du aussiehst, in Scharen laufen sie dir hinterher, ich sehe es ja schon an meinen Mitarbeitern, Blauäuglein, wenn wir im Officers' Club auftauchen, auch die Ober, die uns bedienen, denen fallen ja die Augen aus den Höhlen.«

»Und warum habe ich dann mein ganzes Leben lang niemals Komplimente erhalten, außer jetzt von dir?« »Die anderen sagen nichts, damit du nicht noch eingebildeter wirst.«

Es war taktisch klüger zuzustimmen. »Wie Recht du hast, Aal, ja, ich flirtete viel, auch in Frankreich, aber wie das so ist, lauter verheiratete Männer, und die unverheirateten entlarvten sich schnell durch nicht akzeptierbare Macken. Geiz an erster Stelle. Keine Manieren auf dem zweiten Platz. Drittens kein Humor und viertens keine Phantasie. Nüchternheit und Ordnungsfanatismus machen mich krank. Und so gab es zwar einige Liebeleien, aber bis zum Letzten kam es nie.«

»Also bin ich – ähm – werde ich einst der Zweite sein?«

»Natürlich, was denn sonst!!!?«

Sie wandte den Kopf ab, damit er ihre Miene nicht sah. Interessiert starrte sie auf ein Marmorgrab mit Bronzekreuz und dem Porzellanengel Gabriel. Thujas umkreisten den Steinquader. Sie liebte Friedhöfe, wenn auch selbst dort die friedliche Atmosphäre oft durch geschwätzige Weiber, bewaffnet mit grünen Gießkannen, gestört wurde. Plötzlich stand in Farbe und absolut klar das Gesicht des dritten Vergewaltigers vor ihr. Ganz dicht presste er mit dem rechten Arm ihren Kopf in den Dreck und mit der linken Hand hielt er die scharfe Messerschneide an ihre Gurgel.

Ein Allerweltsgesicht, primitiv, aber: sie sah jäh die üppig wuchernde, braunrote Warze an seiner linken Nasenwurzel. Das Bild verschwand.

Aal zerrte sie erregt fort von dem antiquierten Grabmal und wies auf den Ausgang. »Mein Bedarf an Friedhöfen ist nun gedeckt. Und Frankfurt, schön und gut, aber, Walburga, fahr doch übers Wochenende einmal mit mir woandershin, in ein schönes Hotel, was meinst du?« »Gern, Aal, sehr gern. Du sprachst von deinem besten Kumpel im Hauptquartier, den nehmen wir mit, und Ada, meine beste Freundin hier, du hast sie immerhin schon gesehen, die kommt auch mit.«

»Aha! Na, wenn du meinst...«

»Ja, das meine ich, die Fahrt wird dann lustiger, und nun lade ich dich zum Tee in meine Wohnung ein, und du wirst...«

Aal war ganz aus dem Häuschen und eilte zurück zur Zeil mit ihr.

»Zeil 13« – ihre Adresse – war in seinen bunten Briefen schon mehrfach glorifiziert worden. Gedichte gar und Lied-Anfänge!

Tief in kuscheligen Sesseln machten sie es sich gemütlich und tranken indischen Yogitee aus Meißner Porzellan, das Walburgas Oma (West-Berlin) ihr hatte überbringen lassen. Alles gediegen. Elegant. Erlesen. Ihr Bett stand versteckt hinter einem königsblauen Samtvorhang.

Viel Gelächter. Riesenfreude. Glück. »Pass auf, Aal, Liebster, wollen wir Schicksal spielen? Ich hole jetzt die Landkarte von Hessen, und wir tippen blind mit meinem Zeigefinger auf einen Ort, und da fahren wir hin.« Aal hieb sich auf die Knie und schrie froh aus Jux und Tollerei: »Ja, so wollen wir es machen. Haha.« Sie band ihm die Augen mit einem Schal zu, dann zog sie sich die Duschhaube über ihre

Augen und tastete nach seinen kräftigen Fingern.

»Führe meine Hand jetzt zur Karte, ich habe den Zeigefinger ausgestreckt. So. Jetzt lass los, meine Fingerkuppe steckt fest. Schal ab!« Die Gastgeberin warf ihre Duschhaube fort. Beide beugten sich über den Plan und buchstabierten R-u-n-k-e-l.

Juhu, Runkel an der Lahn. So sollte es sein!

»Meinen Mann? Auf gar keinen Fall, Walburga, den können wir nicht mitnehmen, den nicht. Außerdem ist das gar nichts für ihn, eine Fahrt ins Blaue, wer kennt schon Runkel? Er absolviert Bewerbungsgespräche, steht vor Aufnahmeprüfungen, eine stinkfaule Krake ist das. Da hätte er ja wieder eine Ausrede, warum er nicht zu Potte kommt. Zugegeben, Aals Freund ist mir unbekannt, aber warum nicht mein Englisch aufpolieren? Wo liegt Runkel überhaupt, noch in Hessen? Klingt eigentlich verführerisch; Runkel heißt doch Feldrübe, oder? Weißt du noch, wie der Biolehrer, ihr hattet ja auch den Krahl, wie der nur an Sport interessierte und saloppe Krahl uns »die Gattung der Gänsefußgewächse« diktierte, weil wir den Begriff für die Klassenarbeit anführen mussten? Pflichtanbau in der Landwirtschaftlichen Produktionsgenossenschaft!«

Die Freundinnen lachten laut und ausgiebig.

Ada war an sich begeistert von der Idee des Ausflugs. Wenn es Ärger geben sollte, konnte man abends zurückkehren. Eigentlich brauchte Eduardo, ihr bequemer Mann, gar nichts zu erfahren.

Der weiße Chevrolet raste Richtung Limburg. Alle vier schwatzten wild und sangen vor Freude. Prächtige Stimmung. Entspannte Atmosphäre. Erlösung vom CIA-Betrieb.

Bald erblickten sie die Lahn, hinreißend romantische Biergärten, und schon saßen sie vereint auf Holzbänken, direkt am grasigen Ufer.

»Erzählt doch noch ein bisschen von der German Democratic Republic, wie war es da, und warum seid ihr geflohen?«

Nun war Ada, die Analytikerin, in ihrem Element.

»Weil wir im Auto gerade von der Rangordnung sprachen, Sergeant, Sergeant First Class, Lieutenant, Captain und so weiter, von Korruption, Intrigen, von Beziehungen, also da ist die DDR auch first class drin. Erinnerst du dich noch an Paul, Walburga? Der in eurer Klasse den Austausch von Liebeszetteln ins Leben rief? Wurde dann in anderen Klassen imitiert, kam in Mode. Der bewarb sich um den einzigen Studienplatz für Außenhandel in Karlshorst...«

»Ja, ich erfuhr es durch meine Schwester Claudia, dass aus diesem Studienplatz einfach zwei Studienplätze gezaubert wurden, nur weil die Busenfreundinnen Uma und Bibi – Vitamin B – in diesem Fach gemeinsam am selben Ort studieren wollten.«

Aal fragte: »Wie sah denn dieses Vitamin B aus und was hat das mit eurem Paul zu tun?« Walburga erklärte: »Also Paul war in meiner Klasse und prädestiniert für dieses Studium, aber man ließ ihn abblitzen. Uma und Bibi waren auch unsere Mitschülerinnen, und Umas Vater, ein hohes Tier, wie wir sagen, deichselte den Deal. Wir wollen euch nur klar machen, dass von Recht und Gesetz keine Rede sein konnte. Der hochbegabte Paul erhielt den Studienplatz nicht!«

»Und was wurde aus Paul?«

»Der ist, wenn ihr das meint, nicht in den Westen geflohen. Wahrscheinlich, weil er anschließend sofort seine Traumfrau kennen gelernt hat. Er studierte etwas anderes, ich glaube...«

»Alright, aber ihr habt offenbar nicht gezögert abzuhauen, warum?«

Walburga hieb auf den Tisch. »Erstens trafen wir keinen Traummann. Und zweitens hatten wir die Repressalien satt. Ewald Arker zum Beispiel, der wurde nicht zum Studium zugelassen, obwohl er hochintelligent war. Also – dazu noch ohne Traumfrau – verließ er die ach so gerechte Republik.«

Beide Mädels packten ihr Weinglas. »Wie sollen wir euch das erklären«, rief Ada laut, »keinerlei Freiheit! Keine Westreisen! Alles musste beantragt und genehmigt werden. Man lief herum, die Angst im Nacken, was nun wieder anlag.«

»Schuld war ja leicht herzustellen.«

»Die haben uns niedergemacht.«

Aals Freund meinte lachend, sie hätten in ihrem Job auch keine Freiheit und keine Möglichkeit, souverän zu entscheiden. Mit List und Tücke hätten sie sich die Zeit für diesen herrlichen Ausflug erkämpft, erschlichen... Prost Mahlzeit.

Alle lachten, und Ada brachte es nach einem Toast auf den Punkt: »Ihr behaltet dabei aber eure Würde, und wenn ihr die Gesetze befolgt, seid ihr unantastbar. Ihr habt euch euren Beruf auch freiwillig wählen können. Ihr wurdet keinesfalls in die Army gezwungen! Ich will versuchen, es einmal ganz sachlich auszudrücken.« Alle spürten, sie war in ihrem Element! »Wenn ein Heranwachsender seine Charaktereigenschaften, sein Gemüt nicht individuell entfalten kann, steht er unter chronischem Leidensdruck, der wie ein brodelnder Vulkan nach Ausbruch schreit!«

Nun wurde ein feines Hotel ausgesucht. Vor den zwei Doppelzimmern rief Walburga:

»Wenn ihr Lust habt, könnt ihr noch auf einen Drink bei uns vorbeischauen. Ansonsten wünschen wir euch ›Good night!‹«

Sprachlos verharrten die beiden Männer im Flur. »Wir dachten eigentlich...«

»Ihr habt fahrlässig gedacht, vor allem habt ihr nicht gefragt, und von Werbung keine Spur!« lachte Walburga.

Ada seufzte tief, als sie die Tür verriegelte. »Das hast du prima gemacht, Walburga, der ist wirklich nicht mein Typ. Nett ist er. Mehr nicht.«

15

Es war eines von den geräumigen alten Doppelzimmern mit hohen Stuckdecken, in welches statt der bisher gehandhabten Waschschüsseln eine Duschabteilung eingebaut worden war.

»In diesen spießigen Ehebetten landen, das hat mir gerade noch gefehlt!« spottete Walburga, »nun sag schon, was hältst du von ihm?«

»Von Aal?«

»Ja sicher, von Aal, ich bin verknallt in ihn, nein, mehr, ich glaube an ihn, ich will ihn für immer. Ein Ring am Finger ist jedoch nicht in Sicht. Findest du ihn nicht hinreißend?«

Ada betrachtete sie sinnend. Dann wandte sie sich zum Fenster und schaute hinaus auf die Silberpappeln.

»Die Luft ist hier traumhaft schön, nicht wahr? Und die Stille!« meinte sie und fuhr fort: »Er ist viel älter als du und hat mit Sicherheit ein Dutzend Frauen vernascht, wenn nicht mehr. Er erzählt doch immer wieder von den Ländern, in denen er stationiert war. Jetzt im Lokal, als du kurz fort warst, hat er angegeben, er hätte die Frauen genommen, verspeist und dann weggeworfen, ich glaube nicht, dass er witzelte. Und dann fing er an, jetzt, mit dir, sei das völlig anders. Er hätte das gar nicht gewusst, dass es so etwas überhaupt gäbe. Eine völlig neue Schiene, er könne nichts anderes mehr denken als nur an dich. Doch vergiss nicht, Walburga, er hat mit Sicherheit furchtbare Dinge durchgemacht, und er hat getötet, da kann kein Zweifel bestehen.«

»Ach, hör auf, das ist doch vorbei!«

»Das denkst du! Ist bei dir die DDR vorbei? Die Oberschule? Das Elternhaus? Das Leipziger Studium? Das Französsisch-Studium in Paris? Ja?«

Nein, die Erinnerungen begleiteten sie ständig, angenehme und finstere.

»Ich werde Aal über die schlimmen Erlebnisse in Vietnam und Korea hinweghelfen. Wie wollen wir den Ausflug morgen gestalten?« Das Telefon läutete. Ada hob ab. Nein, Aal und Bob kämen nicht mehr hinüber, es sei ja toll, dass die zwei Freunde auch mal völlig unbeobachtet plaudern könnten, im Hochhaus und in den Lokalen sei man nie unter sich, also bis morgen, neun Uhr zum Frühstück. Man freue sich.

Walburga sagte: »Am besten, wir erklären morgen, dass wir getrennt voneinander, du und Bob, Aal und ich, die Gegend erkunden, abends dann die Heimfahrt. Was hältst du davon?«

»Mensch Walburga, hast du etwas mit ihm vor?«

»Ja, es ist ganz sicher. Keine Zyklusmitte. Den Termin habe ich extra so ausgesucht. Romantik in der Natur! Bloß keine öden Betten!«

»Na, dann wünsche ich dir viel Glück. Aal kennt so etwas gar nicht mehr. Nur Jeeps, Maschinen, Flugzeuge, Büros, Schreibmaschinen und viel viel Papier, staubige Aktenberge. So hat er es uns erzählt, und mit Bob scheint es ähnlich zu sein.«

»Ach wie schön, dass du immer alles weißt, Ada. Ich wünsche dir eine gute Nacht.«

»Ich dir auch, meine Liebe. Träume süß!«

*

Während des üppigen Frühstücks läuteten die Kirchenglocken, ganz in der Nähe. Ada und Walburga lächelten sich an. Adas Vorschlag, getrennt die Natur zu erleben, stieß auf allgemeine Begeisterung, man wolle dann gegen siebzehn Uhr am Chevrolet aufeinander warten.

Mit festem Schritt, Hand in Hand, stapften Aal und Walburga auf eine Anhöhe, hinter der Felder und Wiesen zu liegen schienen. Ein Wäldchen wurde zunächst sichtbar, Kieferndurft umwehte sie, und dann nur noch Gänseblümchen und Kamille, welch ein Wunder! Bänke gab es nicht, und so lagerten sie sich bei strahlender Sonne auf eine Wiese.

Aus Aal brach es heraus wie eine Bombenexplosion. »Walburga, dass ich das hier erleben darf, diese Schönheit, diesen Ausflug hast du bewerkstelligt, hast du das gewusst, nein, das kann nicht sein, ich fasse es nicht, diese Ruhe, das Licht, die Amseln, der Kuckuck, schau mal, hier, der Marienkäfer... ja und du, meine Liebste. Wenn du wüsstest, wie schön du bist, dein langes, blondes, glänzendes dickes Haar, du trägst es heute offen, bis weit über deine Brust...«

Hoffentlich merkte er nicht, dass es auch Ameisen gab, die einen ärgern konnten.

Ihr fiel Anna ein, die einzige außer ihr, die langes Lockenhaar trug und bei ihrer Ankunft aus Weißrussland im zehnten Schuljahr deswegen sehr bewundert wurde. Da hatte Walburga beschlossen, ihre Haare für die nächsten zwanzig Jahre nicht abzuschneiden. Es stimmte ja, alle anderen Mitschülerinnen trugen ihr Haar mittel oder kurz, das Töchterchen eines Flugzeugingenieurs, frisch aus russischer Gefangenschaft, machte Furore. Leider nicht lange, denn Anna war auf Musik fixiert. Ihr Denken und Fühlen kreiste um Noten. »Ich will Musikwissenschaften studieren«, erklärte sie mehrfach vor der Klasse. Und der Chorleiter, arrogant, frech: »Warum so hoch hinaus?« Von da an mochten ihn viele nicht mehr.

Und Anna schnitt sich die Haare kurz.

Aal beugte sich über sie. Aneinander geschmiegt erzählte er ihr von Ohio, von dem qualvollen Tod seines Vaters, der leider tausendfach fremd gegangen war und seine Mutter schwer beleidigt hatte, so sei er nun gar nicht, und immer wieder umarmten und küssten sie sich. »Ich bin ein Einzelkind, Walburga, außer der Alten im Seniorenheim habe ich eigentlich niemanden mehr, nur dich, ich liebe dich so sehr, wo wollen wir einst wohnen? Ich möchte für immer in Frankfurt am Main bleiben. Ich hasse die USA. Wiesenkönigin, Elfe mit Goldhaar, Waldhexe, ich möchte endlich auch ein Kind, ein eigenes Kind. Von dir!!!«

Ihr sollte es recht sein. Das war, zumindest heute, ausgeschlossen. Ihre Begierde wuchs, trotz der Ameisen, die sie an das Pariser Verbrechen erinnerten, und das freute sie. Es war so weit. Sie war wieder bereit, sich der Liebe und dem Leben zu stellen.

Aber es geschah nichts. Und plötzlich fing Aal an zu weinen. Er schluchzte. Was war denn das jetzt? Sie hörte wohl nicht richtig? Aal ließ sie los. Sie wälzte sich von ihm weg und ordnete ihr weißes Seidenkleid. »Das ist mir noch nie passiert«, rief er empört, »immer hat das geklappt, mein ganzes Leben lang, und jetzt das!!! Ich habe zu lange auf dich gewartet. Sechs Wochen. Das ist zu viel. Too much is too much! Was hast du mit mir gemacht?«

Walburga musste erst einmal zu sich kommen. Was meinte er überhaupt? Ach so, er war nicht steif geworden. So ein Theater! Ihre Mutter hatte sie einst gewarnt, dass diese Dinge vorkämen und dass man da keinesfalls lachen dürfe oder spötteln, es sei eisernes Gesetz, das Versagen beiläufig abzutun. Denn die größte Schande sei es für den Mann, in dieser Hinsicht die Kontrolle zu verlieren. Also danke, Mama.

»Aber was regst du dich denn so auf, lieber Aal, wir haben doch unendlich viel Zeit, ist es heute nicht, dann morgen...« Aber er stand auf und befahl sofort die Heimfahrt. »Schatz, wir werden vorzeitig Ada und Bob gar nicht finden! Eben noch schwelgtest du in Begeisterung für die Felder und Wiesen, der Duft der Kamille berauschte dich...«

Er rannte davon, sie konnte ihm kaum folgen. Barfuß, die Sandalen in der Hand, japste sie hinter ihm her.

Bob und Ada tranken Bier in dem gestern entdeckten Biergarten. Man brach auf. Bob fragte nichts, Ada auch nicht, das penetrante Schweigen im Wagen sagte ihnen wohl genug. Na, dachte Walburga, da gibt es in meinem Tagebuch wieder einmal viel festzuhalten.

Am nächsten Tag rief Aal nicht an. Kein Brief. Kein Treffen. Ada kam zu Walburga. »Sei bloß froh, dass du den los bist. Was der alles rausgehauen hat, an seinen Ausrufen hast du doch gemerkt, dass er von Haus aus schon untreu ist.«

»Das stimmt, Ada, und über seine Mutter hat er ganz mies geredet. Er nennt sie die Alte.«

Am übernächsten Tag klingelte er bei Walburga: strahlende Laune, elegant angezogen. »Ich war beim Arzt. Bin ganz gesund. Der Doktor hat mir alles erklärt. Wenn man zu sehr liebt, sich zu heftig sehnt und die Umgebung zu unerwartet und neu erscheint, dann kann so etwas passieren. Es waren die Umstände, meine unerfüllte große Liebe zu dir...«

»Sag ich doch, wirklich nicht wichtig, Aal, ich fand

unseren Ausflug wunderbar.« Das war gelogen, ihr Lächeln gekünstelt. Er hatte die zarte Erinnerung an die ländliche Reise zerstört.

Allmählich wurde es brenzlig. Walburga markierte in ihrem Tagebuch, das fest verschlossen im Geheimfach lag, die so genannten ›freien‹ Tage, in denen man keinesfalls schwanger werden konnte. Das Symbol dafür war ein Kreis. Bei Vollzug des Aktes malte sie in den Kreis ein kleines rotes Herzchen.

Überhaupt konnte sie ganz ruhig sein. Im Falle eines Falles, wenn ihre Aufzeichnungen doch gefunden und gelesen würden, kam keiner hinter ihren Code. Das Unglück bei Paris, zum Beispiel, wurde bezeichnet mit ›Aufstieg auf den Eiffelturm‹. Alle ärztlichen Untersuchungen liefen unter ›Gymnastik‹. Das erste Ergebnis hieß ›Kopfstand‹, und das zweite Resultat, in Frankfurt am Main, nannte sie ›Kopfstand, freihändig‹. Für die täglichen Spritzen schrieb sie ›Einkauf‹. Wichtig waren die Daten, die Termine. Vor allem durfte kein einziger ›Einkauf‹ verpasst werden!!!

*

Bald geschah nun, was beide ersehnten, und Freude, Lust und Ekstase nahmen kein Ende.

Man spielte Canasta, pokerte, ließ es sich schmecken, gewann oder verlor beim Schach und betete sich gegenseitig an.

»Du bist jetzt meine Frau, kündige bei der Degussa, ich verdiene genug in der Ziegenfarm!« So nannte er die Zentrale des Geheimdienstes in Oberursel. »Wir suchen eine gemeinsame Wohnung...«

Walburga staunte. »Ist da nicht vorher eine Hochzeit fällig?«

Aal zündete sich eine Zigarette an. Plötzlich rauchte er.

Er fing an zu rauchen! Ohne zu fragen, ob ihr das genehm sei, füllte sich ihr Wohnzimmer mit Zigarettenrauch. »Leider geht das erst im nächsten Mai, wenn ich die Armee endgültig verlasse. Nun muss ich es dir wohl sagen. Ich habe alles versucht, eine Heirat ist im Augenblick nicht erlaubt, weil ich im Geheimdienst arbeite, und du bist ein DDR-Flüchtling.«

So ganz neu war ihr das nicht. Nora in der Degussa hatte sie bereits gewarnt, es gäbe Hindernisse, und die meisten Problemfälle mit der DDR würden als ›gefährlich‹ eingestuft. Und sie, Walburga, sei registriert als Kontakt.

»Hat man dich schon darauf angesprochen, dass du die Verbindung mit mir lösen sollst?«

Er sog gierig den Zigarettenrauch ein. »Ja. Du standest drei Monate lang nach deiner Ankunft unter Beobachtung, vom BND und von uns! Aber du entpupptest dich als harmlos. Wusstest du das? Hast du etwas bemerkt?«

»Nein, nur einmal – spät in der Nacht – hörte ich ständig Schritte hinter mir und dachte, die könnten mich verfolgen. Ich warf ein Taschentuch in den nächsten Papierkorb, bog um die Ecke und blieb stehen. Tatsächlich kam da einer und nahm das Taschentuch aus dem Korb, untersuchte es. Ich rannte weg, hatte Angst. Gleich zu Anfang war ich übrigens von den Amerikanern – also wie ich sehe von euch – über zwei Stunden lang ausgefragt worden, freundlich und lieb, mit Kaffee, aber das war nicht im Hochhaus und nicht in Oberursel.«

»Ja, ich habe deine Akte gelesen, du bist nur drei ganze Stunden im Ostberliner Außenministerium gewesen, in der kurzen Zeit wird man kein Ost-Spion. Aber du warst DDR-Bürgerin. Und das reicht für ein Nein zur Vermählung.«

»Also mir soll es egal sein«, meinte Walburga nachdenklich, »Hauptsache nur, dass ich kein Kind kriege. Das wäre fatal, und ich will Frieden in meiner Familie. Bald kommt der Tag, da ich sie wiedersehe, meine Eltern, meine Schwester Claudia.«

»Walburga, ich werde deiner Oma schriftlich die gesamten Umstände ausführlich beschreiben, ihr genau erklären, warum die Heirat nicht möglich ist. An deine Eltern in Dresden darf ich nicht schreiben, das würde meinen Job gefährden.«

So geschah es. Er trat in einen abwechslungsreichen Briefwechsel mit Omchen, wollte sie gar in West-Berlin, jetzt britischer Sektor, besuchen. Das verschob er aber von Tag zu Tag.

»Ich kann nicht eine Stunde ohne dich sein, suchen wir doch eine Wohnung.« Aal reichte ihr Anzeigen vom Immobilienmarkt.

Auch für Walburga war es nun Zeit, Klartext zu reden. »Mir wird das zu viel, dass man sich täglich trifft, Aal, jeder Montag muss von jetzt an frei sein. Schließlich will ich auch mal sauber machen und wirtschaften und mich pflegen. Ich bleibe hier wohnen, und zwar allein. Von nun an darfst du in diesem kleinen Appartement nicht mehr rauchen. Tabu! Und ich kündige natürlich nicht, obwohl mein Beruf mir nicht passt.«

»Aha!!! Du willst wohl jeden Montag einen anderen Mann empfangen? Hast mich satt? Monday basket night!«

»Einen Korb geben?« Walburga lachte herzlich. Es gefiel ihr, dass er Eifersucht zeigte. »Hier!« sie warf ihm einen Wohnungsschlüssel zu. »Ich habe ihn dir nachmachen lassen. Da kannst du meine Treue überprüfen, jederzeit, Liebling, und nun Schluss mit den Verdächtigungen!«

Eines Tages, sie saßen zu dritt, mit Ada, im Officers' Club, holte Aal einen Zeitungsartikel hervor und berichtete, dass es zwar immer noch keine verlässliche Verhütung für die Frau gäbe, aber man hätte in New York endlich die Pille für den Mann erfunden. Auf Schleichwegen hätte er als einer der ersten eine Packung bekommen, aus Washington, eine Pille lähme und töte das Sperma. Riesenecho. Verwunderung. Eine Runde Sekt!!! »Du musst mir auch ein paar Pillen besorgen, Aal, ich will von Eduardo kein Kind!« Es war ein toller Abend. Welche Aussichten!

Nach einem spannenden Würfelspiel, Walburga nannte es »Macke«, sprang der Wagen nicht an, und so fuhren die drei mit dem Taxi nach Hause. Ada stieg zuerst aus. Und dann wollte Aal über Nacht bei Walburga bleiben. »Ich habe vor vier Stunden diese Pille geschluckt, du kannst heute...« »Au fein«, flüsterte Walburga und kuschelte sich im Taxi an ihren Liebsten. Es war nicht üblich, bei aller Liebe, dass ihr Gorilla, ihr Kapitän, ihr Einziger, bei ihr übernachtete. Aber was soll's, einmal ist keinmal.

Zwölf Tage später – früh um fünf Uhr – absolut ungewöhnlich – stand plötzlich, ohne jede Ankündigung, ohne Klingeln, ohne einen Laut, Aal vor Walburgas Bett. Er hielt eine leere Glasflasche in der Hand.

»Geh auf die Toilette und fülle deinen Urin in dieses Gefäß!«

»Bist du verrückt geworden, Aal? Du hast mich zu Tode erschreckt. Kommst hier herein wie ein Dieb und überfällst mich. Das nehme ich dir übel.«

Aal grinste. »Wenn alles nach Plan gelaufen ist, bist du jetzt schwanger. Es gibt keine Pille für den Mann. Es gibt überhaupt gar keine Pille.«

Und er lachte grässlich.

Gegen acht Uhr begleitete er sie zur Apotheke. Um dreizehn Uhr holte er persönlich den Befund ab, positiv. Walburga schickte ihn weg und ging nicht mehr an das Telefon.

Undurchsichtig, verschlagen, hinterhältig, wo hatte sie das schon erlebt? Im Landheim! Damals planten die Jungs, dem strengen Klassenlehrer Cethegus einen saftigen Streich zu spielen. Nachdem die waghalsige Petra ihm drei Esslöffel Salz in die Gemüsesuppe schaufelte und der Lehrer den Teller – vor versammelter Mannschaft – ohne mit der Wimper zu zucken fertig aß, drangen die Jungen in sein Zimmer ein, hängten die Steckhalterungen seines Feldbettes aus, legten klitschnasse Herbergshandtücher unter sein Laken, und wenn Cethegus sich auf die Matratze fallen ließ, musste die Bettstatt krachen und er nass werden.

Es klappte, sie hatten gelauscht. Der autoritäre Cethegus jedoch ließ keinen Kommentar verlauten; er tat, als sei nichts geschehen. Nun – zwei folgenlose Streiche.

Aber hier hatte Aal in Walburgas Leben eingegriffen, eine absichtliche Täuschung mit entsetzlichen Folgen!

Auch dass die Jungens sich heimlich, vor der Bettruhe, in die Zimmer der Mädels schlichen, unter deren Betten, und von dort aus genüsslich erstens den Einstieg in das Nachthemd und zweitens die nächtlichen Gespräche belauschten, so lange, bis eins der Mädchen, es war Henriette, sie entdeckte, war zwar niederträchtig und gemein, blieb jedoch ohne Konsequenzen, oder besser, es war witzig und zum Feixen. Die verliebt schlagenden Herzen jubelten, die Flirterei sirrte in Gängen und Treppen, erwartungsvoll, doch ungreifbar.

Hier nun war ihr wirklich nicht zum Lachen zumute! Das

greifbare Ergebnis käme vor dem besagten Mai und vor dem Ausstieg aus der US-Armee, und sie fand Mutterschaft überhaupt nicht witzig, gar nicht, wo gab es einen Arzt, der abtrieb? Wusste Ada etwas? Ihr wurde es schwindelig vor Scham bei der Vorstellung, in Dresden bei ihrer Familie mit einem unehelichen Baby anzutanzen.

Zunächst kam der Schlüsseldienst und schraubte innen eine Stahlkette an die Wohnungstür. Als sie in den folgenden Tagen merkte, dass ihr Tagebuch nicht nur entdeckt und herausgeholt worden war, sondern auch erbrochen und gelesen, kam der Schlüsseldienst erneut, um ein Sicherheitsschloss an der Eingangstür anzubringen, für Aal unzugänglich. Ada, die inzwischen durch ihr Soziologie-Studium und auch aufgrund ihres Nebenjobs als Marktforscherin viele Beziehungen pflegte, kannte einen Arzt und machte für sie einen geheimen Termin fest. Abtreibung war strengstens verboten.

Aber Aal ahnte es. Eine Flut von Briefen verstopfte ihren Briefkasten: Liebesschwüre und Drohungen gleichzeitig! Wenn sie abtriebe, würde sie ihn niemals wiedersehen. Ja, er hätte ihr Tagebuch gelesen, weil er doch ihren Rhythmus hätte feststellen müssen, damit es endlich klappte. Er sehne sich so sehr nach einem Kind von ihr, und sie solle ihm vertrauen. Auch das Rauchen gewöhne er sich nun ab. Er hätte ein Geschenk für sie, und ob man nicht in Ruhe über die Dinge sprechen könnte.

Sie hob endlich den ständig klingelnden Telefonhörer ab.
»Zunächst einmal, versprich mir, kein Wort an die Oma!«
»Versprochen, Walburga.«
»Kein Wort nach Dresden, wie auch immer!«
»An mir soll es nicht liegen, Liebste.«

»Komm morgen um siebzehn Uhr an das Tor der Degussa und bring meinen Wohnungsschlüssel zurück.«
»Auch das. Kein Problem!«

Nun begann Walburgas Nacht der Entscheidung. Morgen um zehn Uhr früh: Termin beim Arzt – in dessen Privatwohnung. In der Degussa hatte sie sich krankschreiben lassen, was zum ersten Mal vorkam und auf Verständnis stieß. Sie öffnete den Wäscheschrank und nahm Omas weißes Linnen heraus. Sie roch daran und fühlte, dass ihre Großmutter nicht abtreiben würde. »Ein Kind der Liebe«, würde sie sagen. »Das behält man doch. Wäre Verrat!« Die hat gut reden. Witwe mit drei Kindern, alles im grünen Bereich!!! Sorgfältig bezog sie ihre französische Liege mit dem weißen Laken, befühlte den feinen, weichen Stoff auf ihrem Plumeau und dem Kopfkissen. Dann legte sie sich nieder und umfasste ihren Bauch mit beiden Händen. Oma hatte ihr einst gestanden, dass sie die Mama schon in sich trug und erst im vierten Monat heiraten konnte. Das war 1911.

Schaudernd dachte Walburga auch an Henriette, ihre Freundin aus Dresden. Nach dem Abitur hatte sie in einer Art von Schnellbesohlung – man brauchte Lehrer – einen Fachlehrgang besucht und sich nach Görlitz versetzen lassen. Dort heiratete sie einen Rumänen und bekam einen Sohn. Es war Walburga rätselhaft, wie es zu Folgendem kommen konnte: Henriette, Klassenlehrerin, ging ein Verhältnis ein mit ihrem fünfzehnjährigen Schüler. Sie wurde schwanger, und – wie dumm von ihr – wie irrwitzig – sie erzählte dem Jungen von ihrer Schwangerschaft! Der platzte vor Stolz und gab überall an mit seiner zukünftigen Vaterschaft; das hätte wohl noch kein Schüler geschafft! Man stelle sich das Kollegium vor, die Eltern des Jungen!

Henriette fuhr nach Dresden und klingelte bei ihr, das heißt natürlich bei Walburgas Eltern. Sie, Walburga, war nicht da, sie studierte doch in Leipzig. Henriette hatte gehofft, dass ihre Freundin übers Wochenende in Dresden weilte. Sicher, aber diese Reisen wurden seltener, zumal ja Gustav in Walburgas Leben getreten war. Mama war es leider nicht gelungen, sie zum Reden zu bringen. Henriette zog ab, ohne den dringenden Rat, dessen sie bedurft hätte. Mal ehrlich, was hätte Walburga ihr geraten? War das ein Kind der Liebe? Wohl mehr Gier und mangelnde Beherrschung, dazu Ehebruch und Bruch der gesetzlichen Auflagen. Wenn ihr das passiert wäre: Abtreibung und weg aus Görlitz! Am besten einen anderen Beruf ergreifen. Solch ein Ausrutscher stand für immer in den Akten, das war bekannt. Dabei lag die Lösung auf der Hand: Ein Kind, ja, aber es wäre doch selbstverständlich von ihrem Rumänen. Was denn sonst! Aber der Ehemann wird wohl nicht mitgemacht haben, die stritten sich vielleicht schon und redeten von Scheidung.

Egal, jedenfalls, bei Aal lag der Fall anders, und sie liebten sich, kein Zweifel, eine wahnsinnige Liebe und Übereinstimmung. Sie würde nie seiner überdrüssig werden. Auch pflegen würde sie ihn; schon jetzt massierte sie seinen schmerzenden Rücken und bereitete ihm sein Fußbad. Sogar backen hatte sie gelernt, um ihm seinen geliebten deutschen ›Kalten Hund‹ zu servieren. Würde es ihr gelingen, seine unstete Seele zu heilen?

Henriette? Mama schrieb es ihr. Zwei Tage nach dem Besuch bei Mutti in Dresden hatte sich Henriette stranguliert.

Walburga strich über ihre Bauchhaut. ›Na, mein Kleiner?‹ flüsterte sie, ›na, meine Kleine? Mein Prinzesschen?‹ Was war das denn? Sprach sie bereits mit ihrem Kind? Schwärze überschwemmte sie, eine Woge des Terrors: ›Wehe, du treibst mich ab. Wehe wehe wehe!!!‹ ›Will ich ja gar nicht, nur muss ich dann vielleicht allein mit dir durchs Leben. Ich flattere im Wind. Dein Väterchen ist labil, er sagte mir bei Whiskey on ice, er sei ein gebrochener Mann, wir werden uns schämen müssen, solo, möglicherweise einsam, arm.‹ – ›Und wenn schon. Streng dich an, liebe mich!!!‹ Da geschah es, dass sie plötzlich ihrem Kind mehr vertraute als Aal.

Lehrer Cethegus, damals, predigte bar jeder Spannung. Er riss die Klasse wirklich nicht vom Hocker. Keiner begriff jemals, wie er hatte fünf Kinder zeugen können. Aber eines machte er ihnen immer wieder unmissverständlich klar, ganze vier Jahre lang:

Felix qui quod amat defendere fortiter audet. *

Tags drauf telefonierte sie sehr freundlich mit dem Arzt, das ganze Theater hätte sich als ein Irrtum erwiesen, recht vielen Dank. Ada meinte, sie könne doch einfach so tun als sei sie verheiratet. Niemand wolle Dokumente sehen. »O Ada, wie herzig du bist. Ohne Dokumente darf ich nicht einreisen; meine Eltern müssen die Einreise beantragen. Und dann die Geburtsurkunde des Kindes... nein, das schlagen wir uns aus dem Kopf. Lügen haben kurze Beine.«

---

* *Glücklich ist derjenige, der das, was er liebt, strengstens verteidigt.*

17

Ein neues Kapitel war aufgeschlagen. Walburga fand ihre Wohnung zu winzig für den Ankömmling. Die Übersetzungen und Dolmetschereien in der Degussa nervten sie zunehmend. Auf keinen Fall durften die Eltern etwas erfahren, Ada hatte Schweigepflicht. Sämtliche Bekannte und Freunde, die Briefkontakte zur DDR pflegten, wurden gar nicht informiert. Bis zum sechsten Monat würde man sowieso nichts sehen.

Aal war sehr glücklich, jedoch wohl etwas verfrüht.

»Sag mal, Aal, warum hast du mir das angetan? Wir hätten doch in aller Ruhe darüber sprechen können!«

»Ich wusste, dass du zum augenblicklichen Zeitpunkt noch ›frei‹ bleiben wolltest, aber ich kann dich nicht entbehren, und jetzt, in diesem Zustand, kannst du mich nicht mehr verlassen!«

Das stimmte.

»Und nun zu meinem Geschenk, Löwin! Damit dir die Hausarbeit leichter fällt, habe ich dir den neuesten amerikanischen Staubsauger mitgebracht.« Er öffnete die Wohnungstür und schob ein Riesenpaket in den Raum, der dadurch fast vollständig ausgefüllt war. Ein Staubsauger für Kinosäle oder Konzerthallen!

»Aber Aal, die paar Quadratmeter hier, wohin soll ich denn dieses Monster stellen?«

Ohne ein weiteres Wort zerriss Aal das Packpapier, öffnete die Balkontür, zwängte den Staubsauger mit Mühe durch den Türrahmen und warf ihn hinunter auf die Straße. Dabei hatte er vorher nicht nachgeschaut, ob auf dem Bürgersteig Passanten liefen. Sofort danach zog er eine goldene nagelneue Armbanduhr aus seiner Tasche und ließ sie folgen.

Walburga nahm die Beine in die Hand und raste die drei Stockwerke hinab. Niemand war getroffen worden. Das Zeug lag zerschmettert da; sie räumte die Trümmer zusammen, schaffte sie zu den Containern um die Ecke. Jetzt wusste sie, dass er ein ›broken man‹ war, ein gebrochener Mann, der in seinen Kriegszeiten zigfach Gewalt angewendet hatte, um zu überleben, wie er immer wieder betonte. In diesem Falle hier musste er aber nicht überleben, nur einen Frust einstecken. Sie hatte sich nicht spontan gefreut, war nicht in die Knie gesunken vor Dankbarkeit, sie hatte ›gemeckert‹ – so seine Ausdrucksweise – wie Alma, die Geschiedene, und da war es schon aus mit seiner Geduld. Ab sofort wusste sie, dass er auch vor Gewalt gegen sie selbst nicht zurückschrecken würde.

Obgleich Walburga erkannt hatte, dass irgendetwas nicht stimmte, ließ sie sich dazu überreden, ihre Stellung aufzugeben. Sie wollte in Muße und Frieden ihre Schwangerschaft genießen, ausruhen, ihre Ernährung überprüfen und Bücher lesen, wollte Kurse besuchen, Schwangerschaftsgymnastik betreiben. Dabei hätte sie gut und gern finanzielle Ansprüche an die Firma geltend machen können, einschließlich bezahlten Urlaubs. Das schien ihr unwichtig, und es stellte sich als Riesenfehler heraus. Denn nun war sie vollkommen abhängig von Aals Wohlwollen.

Hin und wieder geschah es jetzt, dass Aal etwas angetrunken vor ihrer Tür stand und dass er auch Zigarettendunst um sich verbreitete. Wegen ihrer Schwangerschaft konnte sie das auf gar keinen Fall dulden, und er musste erst einmal bei ihr duschen und eingecremt werden. Nie hatte er ihr seine Kasernen-Kammer in der Bremerstraße gezeigt, über eine größere Wohnung fiel kein Wort mehr, und so behielt sie ihn eine Nacht lang bei sich, stahl ihm gegen zwei Uhr morgens seinen Kammerschlüssel und beschloss, auf eigene Faust seine Höhle, wie er das Zimmer nannte, aufzusuchen. »Fährst du erst zu dir, Liebster? Oder gleich in die Ziegenfarm?« »Nein, nach diesem herrlichen Frühstück mit meiner blonden Göttin Helena fahre ich sofort nach Oberursel in das Camp. Heute weihen wir den neuesten Lügendetektor ein!!!«

Kaum war er abgefahren, nahm sie den Bus und betrat die Kaserne. Niemand fragte sie, was sie hier wollte; die Soldaten liefen ohne jede Wachsamkeit an ihr vorbei. In ihrem Monteuranzug mit hässlicher Wollmütze war sie zwar als Frau zu erkennen, aber uninteressant! Sie hätte zig Bomben platzieren können!

Zimmer 632, kein Sicherheitsschloss, keine Innentür, sie stand in einem finsteren, muffigen, verdreckten Raum. Decke und Wände waren in einem Ekel erregenden Kackbraun gehalten. Aber was sie am meisten abschreckte: der braune Linoleumboden war übersät mit Papier, teils zerknüllt. Der Schreibtisch, auf dem eine alte Schreibmaschine ihrem Ende entgegensah, quoll über von Briefen und Akten, Formularen und Anträgen. In der Maschine steckte ein neuester Brief. Sie beugte sich herab, musste ihre Brille zu Hilfe nehmen, bei der Dunkelheit, und sie entzifferte: ›*Du dreckige Hure, Walburga, zigmal hast du mich betrogen, von Anfang an, die Kreise im Tagebuch sagten es mir...*‹ Sie nahm ein Blatt vom Boden auf: ›*...bist du ja nie Zuhause, du seist im Schwimmbad, aber ich weiß, dort in den Umziehkabinen vögelst du andere Männer, ha, und dann soll ich der Vater deines Balges sein...*‹ Walburga stand starr. Sie hob einen anderen Zettel auf: ›*...sicherlich im Geräteraum der Degussa oder in der Kaffeeküche die gesamte Mannschaft der*

Degussa durchgefickt...‹ Rechts, auf dem einzigen Regal neben dem Bett befand sich ein Kassettenrekorder, und daneben lagen mindestens 40 Kassetten. Sie griff sich wahllos eine heraus und schob sie in das Kassettenfach.

›*...habe ich noch nicht mal mehr Geld zum Einkaufen. Ach, Aal, lass doch die dumme deutsche Hure sausen, eine ist so billig wie die andere, nur ich, deine treue Alma, hält zu dir und betrügt dich nicht... schick bloß Dollars, Liebster, ich verhungere, und komm bald zurück, alle warten auf dich, du hast hier noch allerhand Schulden, Aal, und wahrscheinlich will die Schlampe dir ein Kind anhängen, wie willst du das bezahlen? Lass dich doch von dem Flittchen nicht einwickeln, schreib mir die Adresse, da stoße ich ihr mal so richtig Bescheid...*‹

Walburga hatte genug. Es war aus. Wie sollte sie jetzt – ohne ihn – ohne einen Pfennig Geld weiterleben? Sprach übrigens so eine geschiedene Frau? Verhielt sie sich nicht, als sei sie sehr wohl mit ihm verheiratet? Wie in Trance fuhr sie heim und rief sofort Aal an. Das kam sehr selten vor, und aufgeregt meldete er sich, zuckersüß.

»Guten Tag, Aal.«

»O Himmel, Liebste, welch eine Grabesstimme! Was ist passiert? Gibt es Schwierigkeiten mit unserem zukünftigen Engel?«

»Nein. Zieh mal deinen Schlüsselbund hervor und prüfe ihn. Da fehlt etwas.«

»Wie bitte? Ich soll meinen Schlüsselbund...? Also gut, hier fehlt nichts.«

»Doch!«

»Du hast Recht, der zu meiner Höhle...«

»Ich habe ihn dir gestohlen, er ist hier. Und ich besuchte

dein BOQ-Quartier.«

Nach einem kurzen Schweigen hörte sie sein zerbrochenes Flüstern:

»Ich komme sofort zu dir, bin in zwanzig Minuten da!!!«

Aal legte den Hörer auf.

Grünbleich im Gesicht, ein Wunder bei seiner angeborenen Bräune, nahm er Walburga in den Arm. »Natürlich hat jeder Mann hin und wieder Zweifel, und begreife doch, Alma ist verrückt vor Eifersucht, sie ist aber machtlos, hat keine Rechte mehr, sie redet mich krank wegen dieses adoptierten Bengels, interessiert mich nicht die Bohne, soll sie doch arbeiten gehen. Das mit dem Schlüssel, du Spionin, fand ich aber gar nicht nett.«

Walburga lachte. »Das mit dem Tagebuch fand ich auch nicht besonders nett!!!«

»Was hat das Tagebuch denn mit den Kreisen auf sich?«

»Nur wo die Herzchen hineingezeichnet sind, hat sich etwas abgespielt, sonst nichts.«

»Und die anderen Kreise – sind das nicht die Treffen mit fremden Männern?«

»Nein, die schlichten Kreise heißen nur, dass ich an dem Tag nicht schwanger werden kann.«

»Wenn ich das gewusst hätte, ach mein liebstes Seelchen, sieh mal, ich habe doch die bösen Briefe nicht abgeschickt, nur so im Geheimen für mich konzipiert, du weißt, dass ich Journalist bin, unter anderem, dass ich für ›Overseas Weekly‹ arbeite, jetzt auch für ›King Features‹, da muss ich gegensätzliche Standpunkte herausarbeiten, schon beruflich...«

Es endete wie üblich, und Walburga ließ sich beruhigen.

18

In dem Einschreiben der Degussa stand, nun, da sie nicht mehr für die Firma arbeitete, müsse die Firmenwohnung zum ersten Januar 1964 geräumt werden. Bei einer mündlichen Besprechung mit ihrem Abteilungsleiter kamen sie überein, dass Walburga Zuhause ein gewisses Kontingent an Übersetzungen übernehmen sollte und dass sie dafür mietfrei in dem kleinen Appartement wohnen bleiben könne, so lange, wie sie das wolle.

Nach dem Tee an einem Samstag, Walburga hatte Tarotkarten gelegt, holte Aal plötzlich mehrere Zettel aus seiner Brieftasche. »Hier habe ich die Daten aus deinem Tagebuch!«
»Du hast sie abgeschrieben?«
»Nein, kopiert, wir haben da so kleine Kameras.«
»Und was nun?«
»Wärest du bereit, mit nach Oberursel zu kommen und dich dort auf den Lügendetektor schnallen zu lassen?«
»Klingt interessant. Klar, warum nicht. Aber welche Lüge soll denn herauskommen?«
»Herauskommen soll, was du im April getrieben hast. Wir haben uns am fünften April kennen gelernt, und was soll denn da am neunzehnten April der Kreis mit Herzchen???«
»Geh bitte in das Badezimmer, ich will mein Tagebuch aus dem Versteck holen.«
Als sie das Wasser rauschen hörte, Tür fest zu, nahm sie ihr Tagebuch, den winzigen Schlüssel, und sah nach. Sie blätterte wütend, und sie dachte, dass dieses Kreuzverhör ein Albtraum sei.
»Aber Aal, vom fünften April bis zum dritten Mai hatte

ich keinen Schimmer, dass wir uns je wieder sehen. Nach wochenlanger Funkstille riefst du am dritten Mai an. Was soll denn das?«

»Was war am neunzehnten April?«

»Geht dich nichts an.«

»Doch, wir kannten uns schon!«

»Erst am 22. Juni fanden wir sexuell zueinander, und am 30. August stelltest du per Apotheken-Test meine Schwangerschaft fest. Was soll denn da nun der neunzehnte April?«

Aal schwieg bockig.

»Immer wieder hast du mir geschrieben, die Vergangenheit lassen wir hinter uns«, flehte Walburga. Sie suchte ein Taschentuch in ihrem Rock.

»Ja, aber du kanntest mich schon.«

»Unsinn, 70 Minuten lang erlebte ich dich am Biertisch der Regina-Bar, und tschüss.«

Das war nicht die erste Unstimmigkeit zwischen den Liebenden. Sie trennten sich kühl, und um Mitternacht erhielt Walburga den Anruf eines vollkommen Betrunkenen.

Der darauf folgende Brief von Aal enthielt die Mitteilung, dass er den Permiss für die bis dato untadelige BRD-Bürgerin W. Weda in Bezug auf den Lügendetektor nicht bekommen hätte. Ja, die blauäugige Fee wäre im Recht. Der neunzehnte April könne zu den Akten.

Daran nun glaubte die Verstörte nicht. Sie lief mit Ada durch den Palmengarten und besprach sich mit ihr, holte ihren Rat ein.

»Walburga, diese Männer sind kriegsgeschädigt«, sagte Ada. Sie hätte als Soziologie-Studentin mehrfach Referate gehört, in denen von der Verzweiflung der amerikanischen Ehefrauen berichtet wurde, die ihre Vietnam-Veteranen nicht mehr wiedererkannten.

»Aber das muss man doch wieder in die Reihe kriegen. Ich verwöhne ihn nach Strich und Faden.«

»Siehst du, das ist der Grund, warum die Psychologie und die Soziologie anerkannte Wissenschaften sind! Das Seelenleben, zumal bei Leuten ohne Religion, lässt sich nun mal nicht einfach abschaffen und ausmerzen. Spare Geld, wo du nur kannst und rechne damit, ohne Aal zurechtzukommen. Auch stell dir einmal die Frage, ob es sich wirklich rentiert, mit einem eifersüchtigen, misstrauischen Geheimdienstler das Leben zu verbringen.«

Die Realität war, dass sie nicht einen Tag Ruhe hatte. Schwanger und kein Friede!

»Aal, ich fahre jetzt nach West-Berlin zu meiner Oma. Ich möchte mich mit ihr unterhalten.« »Da komme ich mit. Ein wunderbarer Anlass, deine Oma kennen zu lernen. Allerdings, ich fahre nicht mit dir im Zug, ausgeschlossen, nicht durch die Zone, ich komme mit dem Militärflugzeug, fliege selbst.«

»Einverstanden, aber wehe, du sagst etwas vom dritten Monat!«

Unbehelligt fuhr Walburga via Deutsche Demokratische Republik nach West-Berlin, auf die Insel, wie es hieß. Zwar zitterte sie wieder einmal vor Angst, aber die Eisenbahnfahrt verlief glatt. Die Kontrollen verhielten sich neutral. Ja, es gab die Hoffnung, bald nach Dresden reisen zu dürfen.

Oma begrüßte sie freudig, und bald saßen sie bei Bananensplit und Kaffee HAG auf Omas Couch.

»Wann kommt Aal? Seine Briefe klingen ja hochintelligent. Der Mann hat Durchblick. Und schreiben kann der... Wann soll denn Hochzeit sein?«

»Er sagte, er lande heute mit dem Militärflugzeug, ich glaube, in Tempelhof. Oma, du hast doch früher erwähnt, es wäre mit Opa Theo alles sehr kompliziert gewesen, du hättest ihn nicht ohne weiteres heiraten können, es hätte sich hingeschleppt. Bist du so lieb und erzählst mir das noch einmal ganz genau? Warst du nicht vor der Heirat schon schwanger?« Sie verspürte den brennenden Wunsch, ihr die Schwangerschaft zu beichten.

»Ach Kind, muss das jetzt sein. Sehr unliebsame Angelegenheit. Nein, dazu habe ich wirklich keine Lust. Aber ich denke, ja, ich schrieb es mir einst von der Seele, den Bericht kann ich ausgraben, und du kannst ihn lesen, bis Aal klingelt.«

Oma setzte sich an ihren glänzend-braunen Mahagoni-Schreibtisch, öffnete mehrere Geheimfächer und händigte ihr endlich ein Blatt Papier aus.

Und so las die Schwangere, Beine hochgelegt, ein Stück Cadbury-Schokolade auf der Zunge, Omas Werdegang:

Das Schicksal von Hertha soll sich folgendermaßen abgespielt haben. Als 21-jährige Waise, mündig und nunmehr ohne Vormund, fuhr sie mit ihrer Freundin Hanni von Barkhausen zu zweit fort, nach Paris, um dort bei Bekannten den 1.1.1907 zu feiern, wobei sie erstmals über ihr großes Erbe verfügte. Unter den Gästen sollte sich ein ihr unbekannter Hamburger befinden. Er hieß Theo v. Kant. Neujahr verstrich. Es schlug drei Uhr, ohne dass jener erschien. – Plötzlich wurde ein blutender und zerlumpter Herr hereingeführt – einer der wenigen Überlebenden des entgleisten D-Zuges von Hamburg nach Paris. Mit Medizin vertraut verarztete ihn Hertha sofort und wachte über ihn bis zum ersten Sonnenstrahl. Es war Theo.

In Paris trafen sie sich sodann vier Wochen lang täglich, und sein erster Brief nach der Trennung ist noch erhalten; nie las man einen aufrichtigeren, heißeren Liebesbrief, gleich mit Heiratsantrag.

Aber Hertha spürte eine melancholische Note in allem; schon der Zugunfall und die Art des Aufeinandertreffens ließen ein dunkles Omen erkennen. Hinzu kam, dass ganz Hamburg, das heißt also Theodors Mutter, strikt gegen diese Verbindung war: als ältester Sohn und zukünftiger Bankier sollte er eine reiche Hamburgerin heiraten, eine auch politisch angemessene Partie.

Man schickte ihn ins Ausland. Es vergingen vier Jahre, das Fräulein Hertha wurde, wie es damals hieß, haut goût und wollte nicht mehr warten. Auf ihrer Europa-Reise kam sie auch nach Paestum in Italien und betete dort am Poseidontempel um Lösung – um Erlösung.

An der dritten Säule, links vom Eingang, fasste sie einen endgültigen Beschluss. Die geistige Freundschaft sollte auf das Körperliche expandieren. Die Trennung von ihrem Liebsten musste beendet werden, so oder so. Von einer intensiven Korrespondenz zwischen Europa und Asien konnte man schließlich keine Kinder kriegen. Betend an den mächtigen dorischen Säulen wurde ihr klar, dass sie sich persönlich bei Theos Familie präsentieren musste. Die Geringschätzung des Landeis aus Zerbst oder der Pomeranze vom Försterwald musste aufhören. Schließlich sprach sie mittlerweile vier Sprachen und hatte drei Semester Medizin studiert. Obgleich Hertha in Hamburg einen imposanten Eindruck hinterließ, Theo war für kurze Zeit heimgekehrt, blieb die Geburtsurkunde von Theo weiterhin verschollen (nötig für eine Heirat), und der angehende Bankier wurde wieder eilig fortgeschickt, diesmal nach Java an die deutschen Bankfilialen.

Nun war die Zeit gekommen, endlich zu handeln: 1911. Theo kehrte zurück von den Großen Sunda-Inseln und sollte sich sofort nach Haifa zur nächsten Bank einschiffen. Sie fasste, allein auf sich gestellt, wenn auch reiche junge Dame, einen für damalige Verhältnisse unglaublichen Plan: Dessau, Wohnung auflösen, Möbel auf Lager! Unbegleitet stand sie am Quai in Ravenna, Italien, wo der perplexe Theodor sie erspähte. »Um Himmels willen, Hertha, Liebste, du kannst doch nicht als allein stehende Dame...« »Ich bin deine Frau.«

»Na«, rief Theo, »wenn dem so ist, führe ich dich gleich in meine Schiffskabine und bitte den Kapitän um eine Schiffstrauung.« Mit Jubel und Kanonenschüssen – es gab einen evangelischen Schiffspfarrer – wurde geheiratet und die Hochzeitsnacht vollzogen. Groß war das Erstaunen, als man im Rathaus von Haifa, damals Palästina, ohne seine Geburtsurkunde die Vermählung nicht anerkannte. Forderungen nach Hamburg blieben unerwidert. Bei einer zärtlichen Teestunde tröstete Hertha ihren verzweifelten Mann: »Weißt du was, Liebster, wir senden jetzt ein Telegramm!«

»Was soll das schon helfen...« murmelte er düster.

»Hör einmal den Text: ›ERBITTEN GEBURTSURKUNDE STOP KIND UNTERWEGS!‹«

So wurde Theos Mutter in Hamburg von der Heirat ihres Ältesten überzeugt.

*

Walburga legte den Bericht beiseite. Die strenge altdeutsche Schrift hatte ihr Mühe bereitet.

»Ach, deswegen hängt hier seit jeher dieses Riesengemälde mit dem Poseidon-Tempel von Paestum. Warst du denn später einmal wieder als Touristin dort, Oma?«

»Ich wollte immer wieder hin, Dank sagen, denn sonst gäbe es euch nicht, aber dann kam der Erste Weltkrieg, und ich saß mit drei Kindern als Witwe da.«

»Und da wurde Mami also auf dem Überseedampfer gezeugt?«

»Ja, und mit voller Absicht, denn sonst hätte mein Mann die Geburtsurkunde nie bekommen.«

Ein Telegramm also.

Oma verhielt sich heute dazu scheinbar liberal. Doch wusste seit Jahrzehnten niemand von dieser tückischen und peinlichen Geschichte. Konnte Walburga es wagen, Oma einen moralischen Schock zu versetzen? Nein, das konnte sie nicht riskieren.

Als seien Geister unterwegs, klingelte es, und ein Telegramm wurde abgegeben. Es war von Aal und lautete: ›BESUCH LEIDER UNMÖGLICH, DA URLAUB GESTRICHEN. GRUSS A.S.‹

19

»Bob, hör zu, hier ist Walburga. Du bist der beste Freund von Aal. Warum flog er nicht nach West-Berlin?«

Bob lachte laut am Telefon, konnte sich nicht mehr bremsen.

»Aber Darling, denk doch nur ein einziges Mal nach. Warum wohl kam er nicht in Tempelhof an?«

»Vielleicht musste er in die Zentrale nach Heidelberg?«

»Ha ha ha ha. Also Klarstellung: einen betrunkenen Piloten lässt man nicht ins Cockpit, capito?«

»Roger!«

So war das also. Alkohol. Außerdem, wie sollte sie jetzt seiner Überwachung und Kontrolle entgehen? Bald musste sie den ›Nachhall von Ermont‹, wie sie es nannte, durchlaufen, nochmals 30 Penicillin-Spritzen in den Rumpf! Nur so, hatte der Arzt gemahnt, könne garantiert werden, dass der Embryo gesund blieb. Längst war auch das Gesicht des Verbrechers wieder aufgetaucht, sie zeichnete es so exakt wie erinnerlich, und eines der letzten Portraits war besonders deutlich und nach ihrer Ansicht ähnlich gelungen, die Augen, die blasig-braune Warze, die Klinge des Taschenmessers. Den Aquarellblock musste sie natürlich auch verstecken, um nicht misstrauische Fragen zu provozieren, und zur Tarnung gab es darunter und darüber noch andere Zeichnungen, Gesichter, Landschaften. Wie hatte Ada doziert? Über die Gewalt: gewiss, Alkohol fördere tätliche Angriffe. Aber die drei französischen Verbrecher waren nüchtern, das war sicher. Keinerlei Mundgeruch, keine leere Flasche auf den Sitzen! Halt! Als Anhalterin guckte sie doch immer nach den Autonummern. Waren alle Zahlen ausgelöscht? Nein, den Anfang sah sie wieder vor sich: ein F und dann 04. Schwarz auf weißem Grund? Weiß auf schwarzem Grund? Nur vage Vermutungen. Am Anfang, als sie zustieg, hatten die doch noch gar keinen Plan? Worüber unterhielten sie sich? Sie erinnerte das Wort ›retour‹, ›distance‹ und ›route‹. Auch ein Ort wurde gerufen, ein kurzes Wort, aber da kam und kam sie nicht drauf.

Mit Folgendem war jetzt zu rechnen: Erneute strenge Nachfrage nach dem neunzehnten April, Aal alkoholisiert, und dann schlägt er zu. Lust auf einen unfreiwilligen Abort hatte sie nicht, also ab ins Haushaltsgeschäft. Sie erstand einen großen Holzhammer, trug ihn heim, brachte einen Eisenhaken über dem Bett an und hängte den Holzhammer, unübersehbar, oberhalb des Kopfkissens auf. Dann nahm sie sich vor, keinerlei unbequeme Fragen zu stellen oder gar Vorwürfe auszusprechen.

Bald saßen sie gemütlich bei Walburga.

»Leider hat ja deine Oma kein Telefon, Liebste, aber wirklich, rein zeitlich gelang es mir nicht mehr, einen anständigen Anzug zu kaufen, und in meinen Socken klafften Löcher. So konnte ich mich doch vor dieser feinen alten Dame nicht zeigen.«

»Noch Kaffee?«

»Ja gern, wollen wir ein bisschen pokern? Hast du einen Cognac? Stell dir vor, Liebchen, in meiner Einsamkeit, ohne dich, da tranken Bob und ich wieder einmal in der Regina-Bar einen tüchtigen Schluck Bier. Wer saß wie üblich auf dem Barhocker, du wirst dich erinnern!«

»Heidi.«

»Richtig. Heidi. Da du es mit der Treue ja auch nicht so genau nimmst, dachte ich mir, schlepp sie ab. Und das klappte reibungslos. Ich war wirklich zu allem entschlossen, Schatz, nichts für ungut. Man stelle es sich vor, ich betrete also ihre mit Kram voll gestopfte, enge Wohnung, da springen mir doch zwölf vielfarbige, zerzauste, ungepflegte Katzen entgegen! Und ein Geruch, unvorstellbar. Mich hat es sofort wieder weggetrieben, das ist ja schockierend. Da beißt todsicher keiner an.«

Walburga lächelte. Der arme Kerl wusste nicht, dass er auf der Abschussrampe saß. Konnte ein Mann so unklug sein? Sie sagte leichthin:

»Bei uns in Deutschland gibt es ein Sprichwort: Was ich denk' und tu', trau ich anderen zu.«

Heidi kannte er ja längst vor ihrer Bekanntschaft in der Regina-Bar. Er hatte mit ihr nichts angefangen, er meinte es niemals ernst mit ihr, also war es nur ein Kraftakt: kriege ich sie herum? Und wenn es angenehm mit ihr gewesen wäre, gemütlich, na, dann hätte er sie vernascht, und weiter? Mit solch einem kranken Krieger wollte sie leben, ihn gar ehelichen? Außerdem log er, dass sich die Balken bogen.

»Soll ich noch eine Karte nehmen? Wo ist der Cognac? Ach, das war doch nur ein lustiger Streich! Übrigens hatten Bob und ich gewettet, dass ich es nicht schaffe. – Sag mal, was hängt denn da an der Wand?« Er wies auf den geöffneten Bettvorhang.

»Ein Hammer!«

»Und wozu soll der dienen?«

»Zur Notwehr!«

»Und wer, meine schlanke, blonde Brünhilde, bedroht dich?«

»An sich niemand. Aber man kann ja nie wissen.«

Sie dachte an die bedrohliche dunkle Gestalt, die auf einmal an ihrer Bettkante stand, früh um fünf Uhr.

»Tja, also deine Oma, ich schrieb ihr gleich... das nächste Mal eben dann... na, wie viel Männer hast du verführt? Hm?« Wahrscheinlich sollte sie jetzt, animiert durch die Heidi-Beichte, ihre Untreue preisgeben.

»Nimmst du noch eine Karte, oder lässt du es gut sein?« fragte sie ungerührt.

»Ich nehme noch eine, oh, eine acht, verloren, also wie war das?«

»Oma und ich, wir blieben zusammen, die paar Tage. Erholsame Spaziergänge am Wannsee, im Brixpark...«

»Du kannst mir alles sagen, man hat dich beobachtet.«

»Von einer Beobachtung bemerkten wir nichts, und wenn schon, da hat der Beobachter herrliche Gegenden kennen gelernt. Einen Cognac gibt es hier nicht, ich will jetzt Arbeitslosengeld beantragen.«

»Du kriegst alles, was du willst, wenn du mir die Wahrheit über Berlin und über den neunzehnten April beichtest!«

Walburga legte ihre Karten ab und erhob sich, bleich vor Wut.

»So, Aal, das reicht jetzt. Ich bitte dich, auf der Stelle meine Wohnung zu verlassen, und zwar für immer. Ich will jetzt endlich Frieden. Das Kind braucht meine harmonische Seele und freudige Gelassenheit.«

»Aha, das schlechte Gewissen!«

Walburga riss den samtblauen Bettvorhang ganz zur Seite und den Hammer von der Wand, hob ihn hoch.

»Ok, ok«, er stand auf, streckte die Arme in die Luft und spreizte seine zehn Finger. »So war das wirklich nicht gemeint. Ich geh' ja schon. Was glaubst du, wer du bist. Überall hinterließ ich meine Babies, in Amsterdam, in Brüssel, in Tokio, in Paris...«

Sie schob ihn energisch hinaus und verriegelte die Tür. Und sie schwor sich, diese nie wieder für ihn zu öffnen.

Nun war die gefürchtete Katastrophe eingetreten, vor der ihre Mutter sie immer gewarnt hatte. Solo mit einem unehelichen Kind und ohne Geld!

20

Endlich Ruhe! Neben der Gymnastik und der heiteren Korrespondenz mit den Lieben daheim in Dresden widmete sie sich den Arbeiten für die Degussa, denn ihr kuscheliges Refugium durfte sie zu diesem Zeitpunkt nun gar nicht verlieren. Endlich las sie wieder ungestört Lehrbücher und Romane, Sachbücher, Novellen und traf sich natürlich mit Ada. Allerdings verliefen ihre Diskussionen ebenfalls in Unruhe und in Sorge, denn Ada stand vor ihren ersten Prüfungen und wurde dabei nur wenig von ihrem Mann Eduardo unterstützt.

»Er ist wie ein Kind, Walburga! Übernimmt Ehrenämter, die ihn stolz machen, die jedoch nicht einen Pfennig einbringen. Und bei uns türmt sich der Abwasch. Meinen Job in der Marktforschung musste ich kürzen, schließlich studiere ich – und dann die Katastrophe mit meiner Schwester! Ich erzählte dir, dass sie geheiratet hat in Ost-Berlin; es sollen ja über eine Million sein, die rüber wollen!!! Also sie wollte es mir nachtun und nun auch in den Westen. Die Ehe funktioniert nicht.«

Das Telefon läutete. Walburga winkte ab. Bloß nicht abheben!

»Das letzte, was du mir erzählt hast, ist, dass Elke, ganz legal, vom Lager zu dir kam, nach drei Tagen auszog, sich von dir Geld borgte und ein Zimmer nahm.«

»Sie hat Himmel und Hölle benachrichtigt, wie kreuzunglücklich sie sei, hat den Dr. Vogel, du kennst den Namen dieses berühmten Anwaltes?, also den Rechtsanwalt genervt, sie wolle zurück in die DDR.«

»Nein!!!«

»Doch. So etwas gibt es. Nennt sich Rückführung!«

»Und Elke ist wieder in Ost-Berlin, bei ihrem Mann?«

»Ja. Und der war entsetzt, hatte sich jubelnd gefreut, dass sie fort war. Äugte schon nach einer frischen Flamme. Aber auch ihre Produktionsgenossenschaft wollte sie nicht mehr zurück nehmen. Und jetzt kommt's: sie nahm einen Strick und hängte sich auf!«

»Oh Gott.«

»Der Strick riss aber, und sie lebt. Du kannst dir vorstellen, was meine Mutter in Dresden durchgemacht hat, und was diese Ehe jetzt wert ist.«

Walburga umarmte Ada tröstend. Aber sie wussten, dass es für beide besser war, wenn die Schwestern, hier Claudia, dort Elke, weit fort von Frankfurt am Main wohnten. Bei aller Liebe!

»Aus unserer Sicht, Ada, ist es ja fast ein Wunder, dass sowohl deine Eltern als auch meine seit fast 40 Jahren verheiratet sind.«

Ada zuckte geringschätzig mit den Schultern. »Die haben es sich innerhalb der Ehe, jeder für sich, gemütlich gemacht. Von außen sieht man nichts!!!«

Es wurde Herbst. Walburga häkelte, leise singend, einen Strampelanzug für ihr Baby, Farbe sehr bunt, da sie nicht wusste, ob es ein Mädchen oder ein Junge werden würde. Aber eins stand fest: keine Sechslinge. Der Hausarzt stellte nur einen einzigen Herzschlag fest. Oma hatte ihr und Claudia in frühester Zeit schon Häkeln und Stricken beigebracht. Wenn sie wüsste, dass sie bald Uroma würde!

Walburgas Mutter schrieb allerdings beunruhigte Briefe. Was ist los, mein Kind? Ich kann nicht rüber, bin noch nicht 60 Jahre alt, um nach dem Rechten zu sehen und meine Verwandten in Hamburg zu besuchen.

Na – da war Walburga aber froh, dass sie hier ohne Vorwürfe und Drohungen leben durfte. Hoffentlich dauerte dieser Status quo noch recht lange, bis weit nach der Geburt ihres Kindes. Innerlich hörte sie ihre Mutter ausrufen: ›Andere Töchter würden jetzt ins Wasser gehen!‹

Plötzlich, so gegen vier Uhr nachmittags mochte es sein, klopfte es an ihrer Haustür. Sie erschrak zu Tode. Wer vorbei kam, musste unten klingeln und dann drei Stockwerke hoch steigen. Besaß Aal einen Gebäudeschlüssel? Ihr Herz klopfte in Panik, sie ergriff den Holzhammer, näherte sich der Tür und rief böse: »Wer ist da?«

»Aal. Bitte Walburga, es ist etwas Furchtbares geschehen, lass mich ein, ich muss mit dir reden.«

Erstens war er nüchtern, und zweitens klang seine Stimme flehend und sanft. Eine Falle?

»Kommt nicht in Frage. Ich will Ruhe! Geh zu deinen Saufkumpels in die Regina-Bar, triff dich mit Heidi oder schreib wilde Briefe in deiner schmuddeligen Kammer.«

Ein Zettel wurde durch den Türschlitz geschoben.

»Liebste Königin der blauen Blumen! Alles soll anders werden. Nie wieder werde ich dir wehtun, für immer will ich bei dir sein und nie wieder trinken. Aber heute brauche ich dich ganz besonders, denn diesen Schock verkraftet ganz Amerika nicht. Dein bittender und um Verzeihung heischender Aal.«

Sogar auf Deutsch waren diese Zeilen verfasst! Donnerwetter!

Was steckte denn dahinter? Ganz Amerika? Etwa die USA?

»Was meinst du mit Amerika?« rief sie durch die Tür. »Ist es etwas Übergeordnetes?«

»Ja. Lass mich ein, ich schwöre, höflich zu bleiben.«

»In Ordnung, ich lasse dich für eine halbe Stunde ein. Wenn du dich nicht benimmst, mich erneut beleidigst, rufe ich die Polizei! Verlass dich drauf.«

Sie entriegelte die Tür, nahm ihre Schlüssel an sich, körperdicht, und sah einen ausgemergelten, dünnen, ungepflegten älteren Mann vor sich, kaum wieder zu erkennen. Da legte sie den Hammer auf den Schreibtisch, setzte sich und häkelte ungerührt weiter.

Aal fiel in einen Sessel und nahm seine übliche Fragehaltung ein: Knie auseinander, Ellbogen drauf gesetzt und beide Hände vor seiner Brust aufgestellt, die gespreizten Fingerkuppen aneinander gelegt.

»Was tust du da, Walburga?«

Walburga hob die Brauen, wandte den Kopf und guckte auf den Hammer.

»Ist schon gut. Du bist feiner und schöner denn je, ich weiß nicht, was ich sagen soll.«

Große Pause. Die Häkelnadel schaukelte und glänzte.

»Man hat vor ein paar Stunden John F. Kennedy in Dallas ermordet.«

Walburga ließ den halbfertigen Babystrampler sinken. Dieser Satz wollte zunächst gar nicht in ihren Kopf.

»Was?« Sie starrte ihn an. Auf der Straße draußen herrschte eine unnatürliche Ruhe. Im Hause hörte man keinen einzigen Ton.

»Es stimmt. Ermordet. Aber Jacqueline Kennedy, seine Frau, ist davongekommen.«

Jacqueline! Jacques! Der Name!!! Das hatten sie gerufen.
»Jacques. Beeilung, mach hin, sieh zu, dass du fertig wirst!!!«

Und fort brauste der französische Lieferwagen. Walburga schloss entsetzt die Augen. Nicht jetzt, bitte!

Aal und Walburga standen auf. Sie fielen sich in die Arme, lehnten sich dicht aneinander, und dann begannen beide laut zu weinen. Dass dieser Prophet des Friedens erschossen wurde, sahen sie als ein äußerst übles Omen an. Lange diskutierten sie, trösteten sich, klagten die schläfrigen Bodyguards in Texas an. Walburga kochte Tee, stellte den Plattenspieler ein. Ihre Lieblingsmusik erklang: Erste Symphonie, c-moll, op. 68, von Johannes Brahms.

Wortlos zog Aal seine Brieftasche aus der Hose und legte ein prächtiges Foto von Präsident Kennedy auf den Tisch. Walburga nahm das Bild ihres Vaters von der Wand, öffnete den Rahmen und fügte das Portrait von Kennedy ein. Aus dem Nähkästchen nahm sie ein schwarzes Samtband und knöpfte es schräg um den Goldrahmen. Sie stellte das Bild auf die Fensterbank.

Beide knieten sich davor hin und sprachen das Vater Unser auf Englisch.

In dieser Nacht blieb er bei ihr, jedoch ohne dass er sie berühren durfte. Das, so erklärte sie ihm, würde überhaupt nicht mehr stattfinden. Schließlich sei sie schwanger. Die Wahrheit behielt sie für sich. Aal pflegte die Untreue, er war ein Kondomhasser, und sie hatte wirklich keine Lust, sich ein zweites Mal eine Geschlechtskrankheit zuzuziehen. Sie würde nicht mehr mit einem Mann intim werden. Nie mehr.

Es sei denn, sie träfe einen, bei dem sie exakt informiert war: der ist sauber.

Von nun an ging es platonisch zu, aber auch ernst. Ausgehen, Officers' Club, Tanzparkett, Eisbahn, Theater – das fiel flach. Walburga musste sich bei jeder noch so winzigen kulinarischen Sünde übergeben. Es erfüllte sie mit Sorge, wie ihre Ersparnisse zu Ende gingen; und dass Aal verschuldet war, belastete sie ungeheuer.

»Lass uns das Weihnachtsfest feierlich begehen, Aal«, bat ihn Walburga. Er schleppte einen viel zu hohen Baum heran; sie verkniff sich jedweden Vorwurf und befahl:

»Erst am 24. Dezember, nach unserem Kirchgang, darfst du ihn sehen, den Weihnachtsbaum, du wirst überrascht sein.«

Am Weihnachtsabend, um siebzehn Uhr, wollte er sie abholen und unten stehen.

Er kam nicht.

Ausgemacht war, rechtzeitig zwei Plätze in der Katharinenkirche zu belegen, mit bester Sicht, denn es sollte auch ein Krippenspiel stattfinden. Sie wartete zehn Minuten. Das Weihnachtsfest musste gelingen; vielleicht war er vorgelaufen und wartete auf sie im Kirchenschiff. »Liebstes Kind!« flüsterte sie und stapfte durch den Schnee, der Kirche zu, »du bekommst das feierlichste Fest, das ich dir bereiten kann.«

Noch nie zuvor hatte sie eine derart überfüllte Kirchenhalle gesehen. Da – in der siebenten Reihe, gleich neben einem Seiteneingang, entdeckte sie zwei wundervolle Stühle. »Sind die noch frei?« »Sie haben Glück. Meine Schwiegereltern liegen mit einer schweren Angina im Bett, nehmen Sie Platz. Kommt noch jemand?«

»Ja, wundern Sie sich nicht. Ich gucke jetzt laufend nach den drei Eingängen, mein Mann muss gleich kommen.«

Er kam nicht.

Als die Orgel ertönte, winkte sie den stehenden Besuchern zu und deutete auf ihren freien Platz neben sich. Aber keiner wollte sich zu ihr setzen. Kein Einziger. Auch nicht nach wiederholter Aufforderung. Ein ganz dunkles Omen! Sie saß ›allein‹, neben sich ein gähnend leerer Stuhl. Unheimliches, kaltes Beben überlief sie, als die Gemeinde »Oh du fröhliche« zu singen begann.

Genau das war es, was sie dem Embryo nicht bieten wollte.

Den Blick zum grau verhangenen Himmel, kein Stern auszumachen, lenkte sie ihre Schritte nach Hause und sang »Leise rieselt der Schnee« vor sich hin. In der Zimmerecke zündete sie die zwölf Kerzen auf dem Tannenbaum an und legte die Geschenke für Aal zurecht. Dann aß sie einen Keks und öffnete erwartungsvoll die Weihnachtspost aus Dresden. Gerade wollte sie die vorbereitete Rinderbouillon erhitzen, da klingelte es. Unten stand Aal.

»Fröhliche Weihnachten!« rief sie lachend und ließ ihn ein. »Setz dich aufs Bett, Aal, ich will dir jetzt mein Lieblingsgedicht vortragen, es gilt mir für das ganze Leben. Ich weiß nicht, von wem es ist, aber für mich formt es ein Grundprinzip:

Vases*

Two vases stood on the shelf of life
As Love came by to look.
One was of priceless cloisonné,
The other of solid common clay.
Which, do you think, Love took?

* *Deutsche Übersetzung auf Seite 141*

Aals Augen leuchteten, er saß ganz stumm da, störte sie nicht, aber sie spürte doch den Cognac-Geruch.

> *He took them both from the shelf of life,*
> *He took them both with a smile.*
> *He grasped them both with his finger tips,*
> *And touched them both with caressing lips,*
> *And held them both for a while.*

Aal versuchte, sich eine Zigarette anzuzünden. Walburga nahm ihm schweigend und mitten in ihrem Vortrag die Zigarette aus den zitternden, gelben Fingern.

> *From tired hands, Love let them fall,*
> *And never a word was spoken.*
> *One was of priceless cloisonné,*
> *The other of solid common clay.*
> *Which, do you think, was broken???*

»I am a broken man!« flüsterte Aal. Er beguckte sich fassungslos den glänzend leuchtenden Baum. »Das gibt es bei uns gar nicht mehr, echte lebendige Weihnachtskerzen, bei uns in Ohio ist der Baum elektrisch verdrahtet, nein so etwas!«

»Ja, Aal, freue dich! Lass uns jetzt »Stille Nacht« singen, gern auf Englisch, also »Silent Night«, ja?

Sie sang, er sang nicht mit. Er hörte zu, und plötzlich begann er zu schluchzen. Nach der ersten Strophe hörte sie auf mit dem Gesang und reichte ihm ihre beiden Geschenke. Er selbst war mit leeren Händen eingetreten.

Zwischen Lachen und Schluchzen öffnete er das erste Päckchen, es handelte sich um ein Paar echtseidene Herrensocken, nagelneu. Das zweite Päckchen beinhaltete eine goldene Krawattennadel, edel, ganz schlicht. Ada hatte sie zur Hochzeit von ihrem Vater geschickt bekommen. (»Für deinen lieben Mann Eduardo!«) Bei Gelegenheit – später – wollte Walburga ihm diese Nadel wieder entwenden und Ada zurückgeben. Das war fest ausgemacht zwischen den Freundinnen. Tja, wenn man kein Geld hat...

Aal weinte jetzt hemmungslos und ungebremst.

Längst hatte Walburga begriffen, dass er etwas Schlimmes, etwas Unumkehrbares, verbarg. Sie blieb ernst und schaute sich ungerührt das Schauspiel an. Ein weinender kaputter Krieger! Wie ein Haufen verglühender Asche, so hockte er da, im ungebügelten, nach Regina-Bar riechenden Anzug.

»Da du hier als ein Lügner vor mir sitzt und unaufrichtig vor dich hinstierst, heulst, nachdem wir es kaum schöner haben können, frage ich dich, und ich frage es nicht ein zweites Mal: Was ist los? Warum weinst du? Warum bist du unglücklich? Warum freust du dich nicht auf unser Kind?«

Aal vergrub sein feuchtes Gesicht in den Händen und schwieg.

»Gut!« lächelte sie leichthin. »Nimm es mir nicht übel, aber ich möchte jetzt mit meinem Baby fröhlich sein und bitte dich, die Wohnung zu verlassen. Merry Christmas, Darling, und leb wohl.«

Aal nahm seinen Militärmantel und stürzte fort.

*Deutsche Übersetzung:

*Zwei Vasen standen auf dem Regal des Lebens,
als die neugierige Liebe vorbei kam.
Eine Vase bestand aus kostbarstem Porzellan,
die andere aus solidem, einfachem Ton.
Was glaubt ihr, welche die Liebe ergriff?*

*Beide nahm sie vom Regal des Lebens,
beide nahm sie mit einem Lächeln.
Sie packte beide mit ihren Fingerspitzen
und berührte sie beide mit streichelnden Lippen
und eine Weile lang hielt sie beide.*

*Ermüdet ließ die Liebe die Vasen fallen,
und kein Wort wurde gesprochen.
Eine war aus kostbarstem Porzellan,
die andere aus solidem, einfachem Ton.
Was denkt ihr, welche war zerbrochen?*

21

Nach Neujahr schrieb Aal bei ihr Rezensionen für die ›Overseas Weekly‹, Walburga las den Roman »Krieg und Frieden«. Kein Rauch. Kein Cognac. Und schließlich war er der Vater ihres Kindes! Am dritten Januar teilte er ihr mit, dass er für eine Woche hinüber müsse, nach Ohio, vielleicht auch nach Indiana. »Ich habe hier in Frankfurt am Main einen befristeten Kontrakt mit den Zeitungsimperien abgeschlossen, bin also verpflichtet, bald zurückzufliegen.«

»Wann ungefähr wird das geschehen?«

Sie las in seinen Augen das Misstrauen: Walburga will wissen, wie ungestört, wie lange sie andere Männer empfangen kann.

»Keine Ahnung. Wie das so in der Army ist. Ich rufe dich an.«

Nach einem ziemlich neutralen Abschied kam Ada. Beide seufzten auf vor Entlastungsgefühlen. Scherzend und ausgelassen spielten sie Rommé. Die goldene Krawattennadel war längst in Adas Handtasche zurück gewandert. Wie vorauszusehen, trug Aal sie nicht und vermisste sie nicht.

Da klingelte es. Aal.

Bass erstaunt umringten ihn die beiden jungen Frauen.

Er schaute sie grimmig an: »Ich wollte nur mal sehen, wie es ab jetzt hier zugeht, wie viele Männer hier hereinschauen.«

Beide setzten sich zu ihren Karten.

»Na, jetzt hast du es kontrolliert. Auf Wiedersehen.«

»Ihr freut euch wohl, wenn ich weg bin?«

»Nein. Wir freuen uns nicht. Hör auf mit der Quälerei! Du weißt genau, dass wir Frieden suchen.«

»Ich kann mich nicht losreißen, Liebste, ich liebe dich so

sehr. Ohne dich ist mein Leben verloren. Du bist das Kernstück meines Daseins!«

Die Klingelei, Fragerei und diverse Störmanöver bedrohlichster Art ereigneten sich noch fünfmal. Dann kehrte Ruhe ein.

Walburga beschrieb ihrer Mama diesen besonderen Liebesbeweis, nach Dresden. Die Antwort traf prompt ein: Der kommt nie wieder!!!

Das glaubte sie nun keinesfalls. Heiße Liebesbriefe kreuzten sich, denn Papier, Pläne und Projekte sind bekanntlich geduldig.

Ada fand im Badezimmer eine ›Wanze‹. Was der schwarze Knödel darstellte, erfuhren sie jedoch erst von Bob. Es handelte sich um eine Abhörmöglichkeit. Walburga schrieb: »Herzlichen Dank für den Scheck. Lass Dir, Liebster, nun Folgendes mitteilen. Wenn ich im Mai, voraussichtlich, das Baby im Alleingang gebären muss, also wenn Du nicht an meiner Seite weilst, weder körperlich noch seelisch, dann kannst Du unser Verhältnis als beendet betrachten.«

Nein, das käme nicht in Frage, er sei sodann im Lande, sie könne sich auf ihn verlassen, voll und ganz. Dies teilte er ihr per Telefon mit.

Merkwürdig, er konnte telefonieren oder schreiben oder erklären, was er wollte, sie hatte ihr Vertrauen in ihn verloren. Genau so, wie er ihr auch misstraute – ohne Grund.

Da sie mittellos war, begann sie zu hungern, nahm zusehends ab, betrat schließlich mit Spinnenärmchen, Storchenbeinen das Pestalozzi-Krankenhaus. Sie wusste aus den Erzählungen über Konzentrationslager, dass sich Babys rücksichtslos ihre Nahrung aus der Mutter saugten.

»Was wollen Sie hier, Frau Weda?« herrschte sie der Stationsarzt an. »Schwanger? Wehen alle sieben Minuten? Sie haben wohl vor, uns die kostbare Zeit zu stehlen? Schwester Astrid, schreiben Sie: ›Eingebildete Schwangerschaft.‹ Und schicken Sie die Patientin nach Hause!«

»Herr Doktor, bevor ich das tue, könnten Sie, ich meine, hätten Sie Zeit, die Patientin kurz abzuhören...«

Widerstrebend griff der Arzt nach seinem Stethoskop.

»Tatsächlich. Ein Herzton!«

Wortlos verließ er den Vorbereitungsraum.

»Wir müssen das beide allein hinkriegen, Frau Weda, der Oberarzt hat keinen Nachtdienst.«

»Gott sei Dank!« meinte Walburga mutig.

Ein paar Stunden später, nachts, fragte Walburga als erstes: »Was ist es?«

»Ein Mädchen.«

»Wie viel Uhr?«

»Zwei Uhr und drei Minuten. Pfingstmontag.«

Patricia. So sollte sie heißen. Sie wurde nun Walburgas neue Heimat.

Patria maior!

Sie betrachtete verzückt das Bündel neben sich, in einem winzigen Gitterbett. Auf Walburgas Bauch lastete ein Eisblock. Bald sollte sie in einen Saal gebracht werden, in dem noch zehn weitere Wöchnerinnen lagen.

Am Morgen trug man ihr die Tasche hinüber in den Schlafsaal. Walburga räumte ihr grünes Kleid, schmale Taille, weiter Glockenrock, in den Spind, als plötzlich alle zehn Frauen laut zu kichern begannen.

»Da kommen Sie jetzt überhaupt nicht mehr rein!«, lachte die Dickste unter ihnen. »Das dauert mindestens sechs Wochen, bis Ihre Figur wieder einigermaßen die gleiche sein wird.« »Wenn überhaupt!« gluckste die Frau am Fenster. Dazu sagte Walburga gar nichts. Die Gymnastiklehrerin trat ein, aber nur Walburga turnte mit ihr im Bett, bewegte die Muskeln. Die anderen verspürten keine Lust. Dann brachte man die Babys.

So sehr sie sich auch mühte, die winzige Babyschnute konnte keinen Tropfen Milch absaugen. Dann nahte eine strenge Beamtin, Knoten im Haar, Hornbrille. »Ich komme vom Jugendamt. Könnten Sie wohl in das Nebenzimmer hinüberkommen, wir haben ein paar Fragen an Sie.« Es war demütigend, erniedrigend, weil ihr herablassendes Mitleid entgegengebracht wurde. Jugendamt, ha ha, das bedeutete: ohne Vater.

Während sie sich später am Nachmittag in ihr Buch vertiefte, betraten zehn Ehemänner den Saal, allesamt mit Pfingstrosen oder Tulpen, Hyazinthen oder zumindest lila Karthäusernelken beladen. Sie lauschte den lapidaren Kommentaren; von Jubel oder Dankbarkeit keine Spur, und nach einer halben Stunde war der Spuk vorbei.

Grundsätzlich erhielten alle Frauen ihr Baby nur dreimal am Tag, und zwar ausschließlich zum Stillen, Limit zehn Minuten.

»Wir bringen jetzt Ihre Pat gar nicht mehr zu Ihnen, wozu? Sie geben ja doch keine Milch!«

»Ich sehe meine Tochter nicht mehr?«

»Wir haben wirklich anderes zu erledigen als unnütze Handgriffe zu tun.«

Ohne ein weiteres Wort schälte sich Walburga aus ihrem Bett, lief zum Spind und zog sich unter den Augen der Wöchnerinnen ihr Glockenkleid über. Es schlabberte. Sie sah fabelhaft aus. Zwanzig Augen glotzten ungläubig auf ihre makellose Figur.

»Ich wünsche Ihnen noch erholsame Tage«, lächelte sie. »Mein Kind braucht Hautkontakt und Mutterwärme. Fordern Sie Ihr Baby an! Stellen Sie sich vor, wie einsam es in dem Drahtgestell liegt.« »Ach, das Balg merkt das doch noch gar nicht. Viel zu klein.« Die meisten lachten und zogen ein spöttisches Gesicht.

»Alles Gute und auf Wiedersehen!«

Sie verließ den Saal und forderte ihr Kind von der Oberschwester.

»Nein, das geht nicht, die Formulare...«

»Oh doch, das geht! Ich bin hier nicht im Gefängnis. Sie händigen mir sofort mein Kind aus.«

Es gab keine Vorschrift, die das verbot, und so legte man ihr Pat in die Arme.

»Sie haben ja noch nicht mal einen Korb oder einen Kinderwagen!«

»Ich werde am Tor erwartet, das kleine Stück schaffe ich schon.«

Gelogen. Gelogen.

Ein Kinderwagen existierte nicht. Zuhause legte sie Pat in einen Hundekorb, den sie für vier D-Mark auf dem Flohmarkt erstanden hatte.

Pat sah fabelhaft aus. Zart wie feinstes chinesisches Porzellan, blond wie Himmelschlüssel, offensichtlich vollkommen gesund, die Augen strahlend.

Die frisch gebackene Mutter korrespondierte generell nicht mehr. Keinerlei Mitteilungen. Es trudelten zwar noch Briefe mit Fragezeichen aus Indianapolis ein, auch lag hin und wieder noch ein Scheck dabei, aber das finanzielle Desaster ließ sich nicht mehr aufhalten.

»Guten Abend, Frau Förster. Hier spricht Walburga Weda. Ich habe eine Bitte an Sie.«

»O, ich kann es mir schon denken. Die liebe Oma. Sie wollen sicher meine Nachbarin sprechen. Es geht ihr gut.«

»Fein. Und wie geht es Ihnen?«

»Mein Rücken, wie üblich. Ich trage jetzt ein Korsett.«

»Das ist bös. Aber immer noch besser als der Rollstuhl, finden Sie nicht?«

»Ganz sicher, Walburga, vollkommen richtig. Und mein Mann versorgt mich rührend. Rufen Sie doch in fünfzehn Minuten wieder an, ich hole Ihre Großmutter herüber, ich weiß, dass sie gerade von ihrem Spaziergang zurück ist.«

»Danke, Frau Förster, und sagen Sie ihr, es sei dringend.«

»In Ordnung.«

Ein Blick auf Pat, einen Blick auf ihren vorbereiteten Zettel, es konnte losgehen. Nein, wenn Pat nun in dem Moment schrie? Sie stellte den Korb in das Badezimmer und schloss die Tür.

»Oma, ich grüße dich herzlich. Wie ich höre, geht es dir gut.«

»Ja, Schatz, was ist denn los, ich habe dir gesagt, nur im Notfall. Frau Förster mag es nicht, wenn…«

»Du hast mir früher einmal angeboten, wenn es ganz brenzlig wird, dann darf ich dich rufen. Ich rufe dich jetzt. Bitte komm.«

»Wie? Was? Ich soll zu dir reisen?«

»Ja ja, bitte, bitte.«

»Wann?«

»Sofort. Morgen.«

»Bist du sicher?«

»Ich bin ganz sicher. Dein Zug fährt vom Zoo um elf Uhr zwanzig Uhr ab und trifft hier am Hauptbahnhof um achtzehn Uhr siebzehn ein. Nimm dir ein Taxi, bitte. Es ist genug

Platz zum Übernachten.«

»Warum holst du selbst mich nicht ab?«

»Das wirst du dann schon sehen.«

»Gut. Ich komme.«

*

Als Oma mit ihrem zerschlissenen Lederkoffer durch die Tür trat, hörte sie Pats Krähen. »Oh! Walburga. Für welches Kind musst du denn hier sorgen?«

»Es ist mein Kind, Omchen. Sie heißt Patricia.«

»Das ist nicht wahr!«

»Doch, Omi. Bei meinem letzten Besuch konnte ich es dir nicht sagen, ich wollte doch schon verheiratet sein. Aber nun wird das nichts. Pat ist unehelich.«

»Weiß Mutti es schon?«

»In Dresden weiß es niemand. Wir können ja bei Gelegenheit ein Kärtchen schreiben. Vor allem ist es jetzt wichtig, dass ich sofort arbeite, Aal ist fort, ich habe nichts mehr, und wer soll das Kind hegen?«

Beide tranken erst einmal einen Schluck Sekt. Das musste zum Empfang sein. Oma wusch sich ein bisschen. Walburga bereitete ihr das Bett, und nun liebkoste Omi das herzige Püppchen. Später las sie Aals Briefe, die Beschwörungen, die Zusicherungen, wie bald er zurückkehre, und ziemlich glücklich umarmte sie auch Walburga und versprach ihre Präsenz und ihren Beistand.

Auf Anfrage stieg Omas Enkelin wieder ganz bei der Degussa ein, allerdings nur als Halbtagsjob, zunächst, und Oma kümmerte sich rührend um Pat. An Muttermilch war nach wie vor nicht zu denken, und die alte Dame sah sehr wohl Walburgas Kummer.

22

Oma konnte selbstverständlich nicht ewig bleiben. Bei allernächster Gelegenheit fuhr Walburga nach Oberursel und bat um eine Aussprache bei Aals Vorgesetztem. Sie erfuhr, dass Aal nicht wieder nach Deutschland durfte, es sei denn, als Zivilist. Er hätte zurzeit drei Prozesse laufen und lief Gefahr, unehrenhaft aus der Armee entlassen zu werden. Um was es sich bei den Prozessen genau handelte, lag unter Geheimhaltung.

Sie verließ die CIA-Zentrale und spähte, ohne auch nur einen Augenblick Zeit zu verlieren, nach den Schildern, die an Häusern lockten. Zahnarzt. Augenarzt. Physiotherapeutin. Da war es: Rechtsanwälte – oh, gleich mehrere! Sie betrat das kühle Klinkerhaus und klingelte im Parterre.

»Guten Tag«, sagte sie artig zu einem wohlbeleibten Herrn, der ihr in einem tadellosen grauen Anzug entgegentrat, »mein Name ist Walburga Weda, ich möchte Sie oder Ihre Kollegen konsultieren.«

»Bitte treten Sie näher.«

Der Herr betrachtete sie eingehend. In seinen Augen glitzerte es.

»Ich bin Rechtsanwalt Dr. Ulrich Luger, Sie sind schon bei mir an der richtigen Adresse. Bitte kommen Sie herein und nehmen Sie Platz.«

Er drückte auf eine Taste. »Bitte bringen Sie Tee und Kaffee, beeilen Sie sich, es ist bald Geschäftsschluss.«

»Ich will Ihre Zeit...«

»Nein, nein, das gilt nur für meine Sekretärin. Sie geht um achtzehn Uhr.«

»Danke.«

»Was darf ich anbieten. Tee oder Kaffee?«

»Tee, bitte.«

Der Rechtsanwalt und Notar wählte für sich selbst Kaffee.

Es dampfte ein bisschen, und der Geruch verbreitete Entspannung.

Ihr kam der Mann zwar nicht gerade gut aussehend, aber äußerst vertrauenerweckend vor.

»Also, womit kann ich dienen?«

»Nebenan, die CIA-Zentrale...«

»Ja, mir bekannt.«

»Ich bin sitzen gelassen worden, mit einem unehelichen Kind. Meine Eltern wissen nichts, und sie würden in Ohnmacht fallen und mich enterben, wenn sie es wüssten.«

Dr. Luger zeigte ein Pokergesicht.

»Wo befindet sich das Kind?«

»Bei mir in Frankfurt. Es heißt Patricia Weda, zurzeit wacht meine Oma bei ihr. Ich muss aber Alimente beantragen, wenigstens das.« Sie saß sehr gerade und verbot sich zu heulen. Langsam und ruhig trank sie ihren Tee, Marke Earl Grey.

»Das ist einzusehen. Wie heißt der Mann und wo ist er?«

»Allyn Sigsworth. Und er dient zurzeit in Indiana, USA.«

Dr. Luger notierte sich die Namen auf einem Zettel. Dann sah er die fremde Dame eine Weile sinnend an.

»Hören Sie zu, wie viel Zeit haben Sie heute noch, Frau Weda?«

»Genug Zeit. Meine Großmutter bewacht das Baby. Ich bin von Beruf Dolmetscherin bei der Degussa und muss morgen um acht Uhr im Büro sein.«

»Gut. Haben Sie auf Ihrem Weg – nicht weit von hier – die Nummer achtzehn – das Restaurant »Zum Lämpchen« gesehen? Nein? Es ist leicht zu finden. Ich habe hier noch einiges zu erledigen. Bitte warten Sie dort auf mich, ich lade Sie zum Abendessen ein. Wir besprechen dann exakt, wie wir vorgehen.«

*

Erstaunt und verwundert verließ Walburga Dr. Lugers Büro und betrat das kleine, aber sehr feine Restaurant. Es zeichnete sich aus durch eine Anzahl roter Lampions, die romantisch blinkten; und überall auf den ovalen, polierten Tischen prangten angezündete Votivkerzen. Künstlicher Efeu schmiegte sich an die Trennwände. Das einzige, was sie hätte bezahlen können, war Wasser, und genau das bestellte sie erst einmal.

Bald erschien Dr. Luger. Ein zartes Herrenparfum umwölkte ihn. Er war Nichtraucher. Es entspann sich ein humorvolles und interessantes Gespräch bei Rinderfilet und Spargel. Walburga wusste gar nicht, wie ihr geschah; seit langem hatte sie nicht so delikat gespeist und so intelligente Beiträge gehört. Seine Stimme klang sonor, dunkel, er lispelte nicht – ein Makel, der ihr besonders widerwärtig war – und im Geiste sah sie ihn vor Gericht, wie er seine Verteidigungsrede abspulte.

»Um die Dinge ein wenig voranzutreiben, Frau Weda, ich kann Ihnen bezüglich der Alimente keine Hoffnungen machen. Erstens wird er die Vaterschaft abstreiten, das machen alle. Zweitens müssten Sie, um Dollars zu kassieren, direkt Wohnsitz nehmen in Indianapolis, wo er zurzeit lebt, in einer Kaserne. Das haben Sie wohl nicht vor?«

»Nein, wir wollten in Deutschland leben. Er ist Journalist und will die Armee endgültig verlassen.« Wie lächerlich und absurd! Sie hatte doch längst jedwede Hoffnung aufgegeben.

»Wenn ich Sie richtig verstanden habe, darf ich Walburga sagen?«

Sie nickte erstaunt.

»Also, Walburga, liebe Walburga, wenn ich das richtig begriffen habe, so liegt das Hauptproblem wohl bei Ihrem Leumund; Sie möchten Patricia in einem geordneten Haushalt aufziehen, in einer Ehegemeinschaft, ist es so?«

»Sie haben mich genau verstanden, Dr. Luger.«

»Nennen Sie mich Ulrich! Ich unterbreite Ihnen jetzt einen Vorschlag, den Sie bitte bis morgen überdenken. Nachher bringe ich Sie nach Hause. Morgen rufe ich Sie an. Ich bin ein Junggeselle, der gut verdient. Gerade habe ich in Dörnigheim eine Eigentumswohnung gekauft, die leer steht. Jemand sollte sie einrichten, ich habe keine Zeit dazu, wohne in einem kümmerlichen Zimmer zur Untermiete. Wir beide heiraten ohne große Zeremonien, Sie ziehen in die Fünfzimmer-Wohnung, direkt am Main. Sie werden meine Frau. Bedingung: Das Kind ist von mir. Ich werde es adoptieren.«

Walburga blieb die Spucke weg. Was bescherte ihr denn da wieder der liebe Gott? Das Paradies oder ein neues Martyrium? Sie hob ihr Weinglas und schaute in die goldgelbe Flüssigkeit. Dann stellte sie es wieder ab.

»Warum tun Sie das?«

»Wollen Sie die ganze Wahrheit?«

»Ja.«

Dr. Luger schwieg eine Weile, trank einen Schluck, spülte mit Selters nach und holte ein Taschentuch aus seinem Sakko. Damit wischte er sich den Schweiß von der Stirn.

»Aufgrund eines Autounfalls vor fünf Jahren bin ich nicht mehr in der Lage, den Geschlechtsakt zu vollziehen;

die entsprechenden Organe sind vollständig zerstört, und ich kann froh sein, normal die Toilette zu benutzen. Das muss ich nicht jedem auf die Nase binden, ist verständlich, nicht wahr?«

Walburga freute sich. »Also auch der Leumund!«

»Ja, meine Liebe, der Ruf. Der Leumund. Und noch etwas: Heirat nur mit Gütertrennung, mein Vermögen verbleibt, egal, was geschieht, bei mir. Die Eigentumswohnung ist auf meinen Namen eingetragen.«

»Das ist doch selbstverständlich, Ulrich. Ich werde mir alles gründlich durch den Kopf gehen lassen.«

Aber im Grunde wusste sie sofort, dass sie zustimmen würde. Ein hochintelligenter Mann, wenn auch, zugegebener Maßen, massiv und zwei Zentimeter kleiner als sie, und sie musste sich nicht prostituieren! Fantastisch! Sie würde ihm die Wohnung wundervoll einrichten! Da sie dem Angebot nicht traute, kam ein Bericht an Oma nicht in Frage.

Nach einer weiteren Stunde in spritzigem Gedankenaustausch fuhr er sie in seinem Mercedes zu Pat zurück.

Kaum betrat sie den Flur, als sie voll eingedeckt wurde mit zornbebenden Vorwürfen. (Alles wie früher! Omas Dressur vor und nach der Berliner Blockade, und die kleine Walburga ihr ausgeliefert!) Wo sie sich so lange herumgetrieben hätte, was ihr einfiele, sie in solche Ungewissheit zu stürzen, sie hätte an Mama geschrieben, Dresden stehe Kopf, und sie ließe sich übermorgen von ihrem Sohn hier abholen.

»Onkel Axel kommt?«

»Er kommt morgen aus Köln und bringt mich in seinem Opel nach Berlin zurück.«

Oma hatte nicht nur geschrieben. Sie hatte auch telefoniert! Die Nachrichtenübermittlung dauerte von Haus aus sechs Tage zwischen Ost und West, und sie warf ja bereits jetzt das Urteil des Dresdner Tribunals an Walburgas Stirn: man könne den katastrophalen Zustand nur registrieren und nicht ändern. Es dürfe niemand rüber, Walburga hätte nun jedweden moralischen Kredit verloren, sei vollkommen abgerutscht, solle Reue und Scham zeigen, und man überlege die Enterbung, für später; das Kind sei zutiefst zu bedauern und sollte zur Adoption freigegeben werden.

Lächerlich. Papa konnte überall hin reisen und besaß viel Westgeld aufgrund seiner Buch-Tantièmen.

»Hör auf, Oma, bitte verzeih die Überstunden, die ich geleistet habe, sieh mir meine Verspätung nach. Ich danke dir so sehr, dass du mehrere Wochen hier ausgehalten hast, in Liebe und Aufopferung. Ich freue mich, Onkel Axel wiederzusehen, und wenn du fort fährst, werde ich schon Hilfe finden. Bitte beruhige dich jetzt, du hast genug getan und ausgehalten.«

»Ha!« schrie Onkel Axel, als er Walburga anschaute und ihre schlanke Figur musterte. »Ich dachte, du wärest schwanger, aber du hast mich übertrumpft: das Kind ist schon da. Na...«, er beugte sich über den Hundekorb aus Rohrgeflecht, »Gott sei Dank ist es kein Negerkind!!!«

Walburga konnte nicht mehr an sich halten und fing an zu lachen.

Oma und ihr Sohn fragten nicht mehr viel. Onkel Axel, ihr Patenonkel, der Bruder ihrer Mama, nahm den ärmlichen Koffer seiner Mutter und sagte Adieu. Oma umarmte Walburga und raunte: »Sei jetzt endlich klug, und mache es richtig!« Pat krähte und schmatzte ein wenig. ›Das arme Kind‹ ahnte nichts von diesem Skandal.

23

Sie bat Dr. Luger um eine Frist. Sollte sie Pat nehmen und nach Indiana reisen? Dazu fehlten ihr Kraft und Mittel. Aber Aal kam dort offensichtlich ohne sie nicht zurecht. Sie löcherte Aals Bekannte, sie fuhr zu den Ehefrauen von Aals Freunden, die wussten sicher Genaueres, aber umsonst. Wenn sie auch gern geholfen hätten, sie waren genauso unwissend wie Walburga. Aal schrieb lange Briefe von Schwierigkeiten, Problemen, Verzögerungen und Hindernissen, aber er wurde niemals deutlich. Nur in einem Satz erkannte sie die Hoffnungslosigkeit in Bezug auf seine Rückkehr: »Wieder bekam ich nicht meinen Pass zurück!« schrieb er, und die Untätigkeit triebe ihn in den Irrsinn.

Dann lag ein Brief von der geschiedenen Alma im Kasten. Ein eindeutiger Brief mit eindeutigem Inhalt!

*

Walburga rief den Rechtsanwalt an und sagte schleunigst zu.

Beide traten vor den Standesbeamten und vor den Traualtar. Ein LKW fuhr beider Möbel nach Dörnigheim; Walburga kündigte, traf ein Abkommen mit der Degussa, und nun spazierte sie täglich mit Pat am Main entlang. Das Blondchen saß in einem entzückenden roten Kinderwagen, quäkte und lachte. Die frisch gebackene Ehefrau war todunglücklich, leblos, so fühlte man sich als Leiche. Aber niemand konnte dies bemerken, denn sie lernte eisern, Kuchen zu backen, Obst einzuwecken, die Zimmer zu putzen und ihren Mann zum Abendbrot zu erwarten. Sie trug seine Anzüge zur Reinigung und wusch seine Socken. Ihren Umzug und ihren neuen Zustand empfand sie als eine Beerdigung.

Ulrich erwies sich als ein bescheidener Mann. Kaum ein Tag, da er ihr nichts mitbrachte. Oft meinte er, sie solle nicht kochen, sie führen gemeinsam essen. Als ihr die Wohnung endlich annehmbar vorkam und sie zufrieden mit sich war, rief sie Ada von der Telefonzelle aus an.

»Ach, Walburga, endlich. Ihr habt wohl gar nicht gefeiert?«

»Da gibt es nichts zu feiern, Hochzeitsfest, Hochzeitsnacht, wann kommst du mich besuchen?«

»Merkwürdig. Du hast einen Anwalt geheiratet, und ihr habt kein Telefon? Sobald ich kann. Stell dir vor, Eduardo will partout nicht zum Zahnarzt. Seit Tagen drängele ich ihn, er hat Angst und er ist feige. Was soll ich nur tun?«

»Du beginnst ihn wohl zu lieben?«

»Ach was, ertrag du mal den lieben langen Tag sein Gejammer!«

»Das ergibt sich von ganz allein, wenn er sich krümmt vor Schmerzen. Ada, wann kommst du endlich?«

»Morgen. Ich bin ja so neugierig. O Walburga, welch ein Schritt!«

»Herrlich. Sechzehn Uhr zum Tee?«

Der Ortswechsel und ihre Heirat waren den Eltern in Dresden inzwischen bekannt. Oma tönte selig aus West-Berlin. Claudia gratulierte begeistert, die Missstimmung sei vorbei, über Walburga spräche man verzückt, und es sei eine Riesenfeier angesetzt in Ost-Berlin, wo sie ja alle hin könnten, und zwar im Hotel Lindenhof. Dr. Luger, Pat und Walburga würden die Einladung baldigst erhalten; das Fest sei in etwa drei Wochen geplant!!! Für Lugers genüge ja ein Tagesaufenthalt in Ost-Berlin.

Walburga las Claudias Zeilen mit Ekel im Herzen und versenkte sie im Mülleimer. Niemand hatte doch die Eltern um so einen Quatsch gebeten. Von denen erwartete sie gar nichts mehr. Vater, mit West-Tantièmen für seine fünf Bücher, die er geschrieben hatte, mit dem einen Lehrwerk, das in 25 Sprachen übersetzt worden war, ein Mann mit Westgeld, der keinen Pfennig herausgerückt hatte, der wollte nun feiern?

»Ulrich, hier ist Walburga, deine Frau. Schick bitte sofort ein Telegramm an meine Eltern, ich könne der Einladung nicht nachkommen, weil man mich nicht über die Grenze lasse. Die Flüchtlinge dürften noch nicht. Ist zwar geflunkert, aber du verstehst mich schon. Die haben mich vollkommen im Stich gelassen. Du kannst allein fahren, wenn es dich treibt... kommst du wie üblich um achtzehn Uhr heim? Ada besucht uns zum Tee, und wenn es bei dir später wird, ist es nicht so schlimm...«

Das Telegramm ginge in Ordnung, nein, er führe keinesfalls ohne sie, und er käme dann so gegen sechs Uhr.

Walburga verließ die Telefonzelle und schob Pat nach Hause.

Auf dem riesigen Balkon klönten die Freundinnen; neben ihnen, in einer weißen Wiege, schlief Patricia.

»Du siehst ja furchtbar aus, Walburga, so bleich, so dünn, richtig abgearbeitet...«

»Arbeit lenkt ab, und Pat hält mich am Leben. Du baust mich nicht gerade auf. Auch du hast schon hübscher ausgesehen, Ada, was ist los?«

»Unstimmigkeiten mit Eduardo und die Abschlussprüfungen. Wenn er seinen unbezahlten Ehrenämtern nicht nachgeht, sitzt er Zuhause herum und überlässt mir den gesamten Haushalt. Nach meiner Doktorarbeit bekam ich ein Angebot nach Göttingen!«

»Das ist doch wunderbar, fantastisch. Wirst du Dozentin?«

»Wenn alles klappt, werde ich Dozentin für Soziologie!«

»Toll!«

»Solo wäre es besser! Wirklich, Eduardo und ich ziehen so gar nicht an einem Strang. Alles muss ich für ihn mitentscheiden. Er ist schon lange arbeitslos, wuchert nicht mit seinen Pfunden. Ohne Bafög hätte ich das nicht schaffen können.«

»Dafür ist Bafög vom Gesetzgeber beschlossen worden, ein Glück.«

Ada ließ sich die Erdbeertorte schmecken und rückte an ihrem Liegestuhl.

»Du hast es hier ja nun fürstlich. Sogar Blick auf den Main! Die Frachter tuten. Robinien vorm Haus, Goldliguster und Thujas im Garten. Walburga, ich bin entsetzt. Was hast du getan? Du hast deine Liebe verraten. Du hast einen wildfremden Mann geheiratet. Ich kann dich nicht verstehen, ich bin richtig befremdet, und dann die Schnelligkeit!«

»Was heißt denn Schnelligkeit! Sechs Monate von Pats Geburt an habe ich Aal noch innerlich zugestanden! Diese Schande, zusammen mit Oma und Pat auf ihn zu warten, täglich die Ausreden, wieder hätte es mit dem Flug nicht geklappt. Oma hat wochenlang bei mir ausgeharrt! Sechs Wochen lang habe ich in ihr verzweifeltes und erwartungsvolles Gesicht geschaut. Wüste Rache erfüllt mein Herz. Es war aus aus aus. Ich habe so getan als glaubte ich noch an eine Zukunft. Aber mit dem Tag der Geburt habe ich im Grunde die Angelegenheit abgeschlossen.«

»Angelegenheit!«

»Hier sieh einmal!« Hohnvoll nahm Walburga eine Akte vom Beistelltisch und reichte ihr die Heiratsanzeige. Sie war aus kohlschwarzer Pappe. In Buchstaben aus Gold las Ada Datum und Namen nebst Kirchenadresse, und genau diese Anzeige hatte die junge Mama an Aal nach Indiana gesandt. Per Einschreiben! Wut und Rache und unendliche Trauer erfüllten sie. Um Verständnis ringend schaute sie Ada an.

Ada schüttelte schweigend den Kopf.

»Also gut«, fuhr die junge Mutter fort, »ich sage dir jetzt noch, was mir den letzten Anstoß gab. Kaum war Oma fort, traf ein Brief von Alma ein, der Geschiedenen. Darin war das Wort Hure noch am sanftesten. Entscheidend war jedoch zu lesen, dass sie nach wie vor verheiratet sei. Mit Aal. Und es auch bliebe. Ada, dass er letztendlich gebunden war und mich gar nicht heiraten konnte und auch nicht kann, das ist eine Sache. Aber dass er mich über ein Jahr lang angelogen hat, er sei frei, das ist ein eklatanter Vertrauensbruch, und das kann ich ihm nicht verzeihen.«

Ada schwieg schockiert und jonglierte mit ihrer Teetasse.

»Und du, Ada, hast es auch nicht durchschaut. Er rief mich fast täglich aus Übersee an. Und als ich Almas Brief erhalten hatte, also beim nächsten Anruf, fragte ich ganz ruhig: »Warum, Aal, hast du mich ein Jahr lang belogen?«

»Und?«

»Ich wollte dich nicht verlieren, sagte er, und er hätte gewusst, dass ich ihn dann verlassen würde, was ja auch haargenau stimmt. Und dann hätte ich auch abgetrieben. Was vielleicht nicht richtig ist.«

Schweigen.

Walburga fuhr fort: »Spielst du jetzt die Heilige? Was hast

du denn getan, als es mit Rett aus war? Deine große Liebe! Du hast ganz schnell den besten Freund von Rett geheiratet: Eduardo. Der war da, der liebte dich, der machte dir den Antrag, und bums, warst du verheiratet.«

»Das ist ganz etwas anderes.«

»Mag sein. Rett log nicht, er glaubte an seine Ideologie. Er wollte ein Kommunist sein und tendierte zum Adel. Außerdem hast du kein Kind von Rett. Ulrich und ich liegen auf gleicher Linie: ich konzediere ihm Männerehre und ein Kind, und er gibt mir seinen Namen und einen Hausstand.«

Ada wollte noch warten, um Ulrich zu begrüßen und wunderte sich erneut, dass sie kein Telefon hätten. »Er will nicht von Klienten belästigt werden. Und ich will nicht mit meinen Eltern sprechen. Keinesfalls.«

Sie hörten das Klappern der Wohnungsschlüssel. Eine lästige Angewohnheit von Ulrich, ohne Vorwarnung, ohne Klingeln einfach so in die Wohnung zu schleichen. Walburgas erste Maßnahme hier war eine Kette und ein zweites Schloss. Sie schob die Stahlkette beiseite. Ada betrachtete sich kurz den stämmigen Mann, gab ihm die Hand und verhielt sich ruhig und höflich. Innerhalb von fünf Minuten wandte sie sich zum Gehen. »Es wird nun eine Weile dauern, bis wir uns wieder sehen. Ich ziehe um nach Göttingen und muss mich in den Universitätsbetrieb eingliedern. Leicht wird es nicht.«

»Alles Gute, Ada, wir wünschen dir viel Glück, und Eduardo muss dir beistehen. Auf Wiedersehen.«

Walburga erkannte, dass Ada fertig mit ihr war, dass sie Walburgas Entscheidung verachtete, dass sie den fremden Ehemann nicht mochte, ihn ablehnte. Wahrscheinlich hätte Ada gar nicht sagen können, warum genau sie sich zurückzog; aber ihr negatives Gefühl, ihr dumpfer Schreck sollte sich als richtig erweisen.

24

»Oh, Ulrich, Lieber, hast du mir schon wieder etwas Feines mitgebracht? Eine Uhr? Schweizer Fabrikat! Platin?«

»Für dich, liebe Walburga, und sogar mit einem Zertifikat.«

»So viel kannst du doch gar nicht verdienen, oder?«

»Aber klar doch, wir verkaufen Grundstücke, ganze Gelände, mach dir keine Sorgen. Aber nun muss ich eine Bitte aussprechen, die du mir nicht abschlagen darfst.«

»Gern. Was soll ich tun?«

»Mach so schnell es geht den Führerschein.«

»Ich? Mit meiner Sehschwäche? Und wer passt auf das Kind auf, in der Zeit?«

»Es ist alles arrangiert. In Hanau gibt es eine Babykrippe, und der Fahrlehrer holt dich zur ersten Stunde morgen um zehn Uhr ab.«

Sie kam sich überfahren und vereinnahmt vor.

»Und wenn ich Nein sage?«

»Das kannst du mir nicht antun. Ich könnte ja einmal den Führerschein verlieren, und wer fährt dann? Wer fährt unsere Pat zum Arzt?«

Wie Recht er hatte!

Natürlich musste sie sofort den Führerschein machen.

Aber insgeheim nahm sie sich vor, heimlich zu sparen, wo es nur ging und auch alle Geschenke zu verstecken. Man konnte nie wissen, was noch geschehen würde.

Schließlich hatte es gerade vorgestern wieder einen Vorfall gegeben, der ihr nicht gefiel. Sie kam mittags von der Telefonzelle, als er vor ihrem Schreibtisch in ihrem Zimmer saß. Vor ihm lagen ihre Zeugnisse.

»Alle Achtung, Walburga, du hast ja Dokumente! Abitur Dresden. Uni Leipzig. Die Sorbonne in Paris. Das hast du mir ja nie erzählt.«

»Was gibt es da zu erzählen. Du wusstest doch von der Degussa. Da arbeitet man ohne Ausbildung wohl kaum! Ich finde es unverfroren, wie du hier einfach an meine Papiere gehst. Du hättest mich fragen müssen.«

»Ach, es war so eine Laune. Und ich wollte dir diesen Diamantring hinlegen, als Überraschung zu Pats Geburtstag.«

»Eine Laune? Heute ist Dienstag. Bist du in Oberursel gekündigt?«

»Nein. Auf dem Wege zu einem Grundstück habe ich nur etwas holen wollen, und als du nicht zuhause warst...«

Er guckte sie verschlagen an.

»Sag jetzt sofort die Wahrheit! Der kostbare Ring hätte doch bis heute Abend Zeit gehabt. »

»Du lebst wie eine Nonne. Und da dachte ich, dass du vielleicht hier einen Mann empfängst.«

Jetzt ging das wieder los! Ulrich verfügte also über Libido, nicht aber über entsprechende funktionstüchtige Organe.

»Hier? In unserem Nest? Am Geburtstag von Pat? Aha! Wenn ich einmal fort bin, empfängst du hier deine anderen Frauen, ja???«

Walburga war knallrot im Gesicht und sah Aal vor sich.

Ulrich baute mit einem exzellenten Plädoyer die Spannung ab und besänftigte sie. Er klapperte entschuldigend mit seinen Autoschlüsseln, und weg war er.

Es lag eigentlich auf der Hand, dass sie sich einen Freund zulegen konnte. Rein formell musste er damit rechnen. Er wusste nichts von ihrem Schwur, diese gefährlichen Aktivitäten sein zu lassen. Er ahnte nichts von der Wahrheit in Frankreich. Wohlweislich schrieb sie kein Tagebuch mehr, das erbrochen werden konnte. Ihre Korrespondenz und ihre alten Tagebücher verwahrte inzwischen Oma in West-Berlin. Wenn sie genau in sich hineinhorchte, so stellte sie fest, dass sie misstrauisch war. Es gab aber doch keinen Grund?

Lust zum Tanzen hatte Walburga, Lust auf Flirt, auf Bewegung, auf Wanderungen, Lust auf gezielten Sport. War es nicht höchste Zeit für Selbstverteidigung?

Kaum lag der Führerschein in ihrer Hand, als auch schon ein nagelneuer blausilberner Opel vor der Tür stand. Ulrich wedelte mit den Schlüsseln und stellte eine Flasche Cabernet Sauvignon auf den Couchtisch.

»Ulrich, du bist der Größte!!! Soll ich den Opel fahren?«

»Wer sonst. Er gehört dir.« Damit schob er den Kraftfahrzeugschein zu ihr herüber.

Sie konnte es kaum fassen, wie lieb er zu ihr war.

»Nicht dass ich dir nicht glaube, Ulrich, aber du hast doch das Absage-Telegramm an meine Eltern nicht vergessen? Es traf nämlich heute wieder so eine Karte von meiner Mama ein, dass der Tisch im Hotel Lindenhof, Ost-Berlin, bestellt sei. Es klingt, als wäre ihr meine Absage gar nicht bekannt?«

»Doch. Das Telegramm ist längst fort. Deine Mutter weiß allerdings, dass du als Ehefrau eines Bundesbürgers ohne weiteres rüberdarfst!«

»Zu dumm. Die fahren offensichtlich allesamt, gar mit Claudia, vielleicht sogar mit Tanten und Onkel, unseretwegen nach Ost-Berlin. Ulrich, ich bitte dich, ruf morgen bei denen an. Ich weiß, so eine Telefonanmeldung dauert mindestens sechs Stunden, bis das Gespräch zustande kommt, aber du sitzt doch in der Kanzlei, neben dir der Apparat. Bitte.«

»Geht schon in Ordnung, mach dir keine Sorgen.«

Schneller als erwartet – Pat hustete stark – fuhr Walburga zum Hanauer HNO-Arzt. Nach Datenangabe bat man sie nicht in das Behandlungszimmer, sondern, mit keuchender Patricia, in das Sekretariat. »Die AOK übernimmt Ihre Kosten nicht. Seit neun Monaten wurde kein Beitrag gezahlt. Im nächsten Monat fliegen Sie sogar hinaus aus der Kasse.«

Totenbleich fuhr Walburga heim, nicht ohne sofort bei der AOK zu halten. »Ihr Mann hat nichts gezahlt. Wir haben Ihnen fünf Mahnungen geschickt.« Wo die wohl geblieben waren?

Am Abend umarmte Ulrich seine zitternde Frau, die mit dem Fieberthermometer in der Tür stand. »Ist ja gut, ist ja gut, Schatz. Diese Überweisungen! Ich habe die einfach vergessen. So viel, wie ich im Kopf habe!«

»Aber die Mahnungen? Wo sind sie geblieben?«

»Keinen Schimmer. Ja, die Post. Genau wie das Telegramm. Das kam auch nicht an. Aber ich habe heute mit deinem Vater telefoniert...«

»Wie war die Reaktion?«

»Na ja...«

Das Vorkommnis mit der AOK wurde anderntags bereinigt.

Das schon. Und Pat wurde auch wieder gesund.

Jedoch kurz danach stand ihr Fahrlehrer unerwartet vor der Tür.

Die 1.300,66 D-Mark für den Führerschein seien nicht überwiesen.

Er hätte nun lange genug gewartet!

Sie bat ihn auf eine Tasse Kräutertee in das Wohnzimmer und beruhigte ihn. Ulrich kam gegen achtzehn Uhr und warf ihm in bar die Scheine hin, es sei nur in Vergessenheit geraten. Walburga wurde es immer mulmiger, zumindest kam es ihr komisch vor.

Dann traf eine Postkarte von Papa aus Dresden ein. Im Lindenhof waren alle versammelt. Man hätte fünf Stunden ausgeharrt. In beklemmender Stille hätte man ohne das Ehepaar diniert und wäre unverrichteter Dinge nach Dresden zurückgefahren. Diese Nachricht wirkte auf Walburga wie ein Schlag ins Gesicht. Das Absagetelegramm war nie angekommen, ein Telefonat mit Papa gelogen. Jetzt wurde sie stutzig.

Sie wunderte sich auch, dass so gar keine Briefe mehr an sie im Kasten lagen. Claudia pflegte hin und wieder zu schreiben, früher hatte sie manchmal Fotos ihrer beiden Kinder gesandt, Volleyball am Ostsee-Strand. Köko und Roland, alte Kameraden aus ihrer Oberschulzeit, pflegten zumindest von ihren Urlaubsorten aus Postkarten zu senden, manchmal auch Einladungen oder Berichte, es kam gar nichts an.

Diesmal beschloss sie, nichts zu sagen. Sie konnte das Desaster nicht rückgängig machen. Es galt jetzt, Schlimmeres zu verhindern.

Sobald er am nächsten Morgen abgefahren war, in seinem Mercedes, stellte sie sein Zimmer auf den Kopf. Aus seinem Reisekoffer, hoch oben auf dem Kleiderschrank, fielen ihr mindestens zwanzig Briefe, alle an sie adressiert, entgegen. Auch die AOK-Mahnungen lugten hervor und viele andere Zahlungs-Erinnerungen, wie das genannt wurde. In einer Truhe fand sie drei Nerze, sogar ein weißer war dabei, und jede Menge Armbänder und Ringe, Ketten, allesamt aus Gold, Silber und Edelsteinen. Walburga konnte sich minutenlang nicht bewegen. Sie war gelähmt. Er musste vormittags, gegen zwölf Uhr, fast immer ihren Briefkasten geleert haben. Von außen. Ohne zu klingeln. Und manchmal schaffte er es nicht, daher die zwei Postkarten.

Er versuchte sie vollkommen zu isolieren. Aber was hatte er davon?

Die meisten Briefe waren nicht einmal geöffnet worden. Jedenfalls konnte sie nichts dergleichen entdecken.

So so. Was also schrieben die Eltern? Was hatte sie zwei Monate lang bewegt? Beide taten so, als hätte es niemals eine Verurteilung gegeben! Man gratulierte ihr gar zur Vermählung. Das müsse doch gefeiert werden. Roland, der inzwischen von seiner Tänzerin geschieden war, hatte ein Gratulationskärtchen übersandt. Auch er war im Westen gelandet und studierte in Heidelberg; auch er von Anfang an ein so genanntes schwarzes Schaf. Wie sie.

Schmunzelnd dachte sie an die alten Schulzeiten, an ihre streng geheim gehaltene Schwäche für Roland und an Köko, seinen besten Freund. Und doch merkte der Tänzer Roland, dass Walburga in Leidenschaft entbrannt war. Eines Tages, in der kleinen Pause, kam Roland plötzlich auf sie zu und gab ihr eine kleine grüne Flasche. »Für dich, habe den Kakao selbst hergestellt. Mach den Korken aber vorsichtig ab, es hängt etwas dran.« In irrsinniger Spannung versenkte sie die Flasche in ihren Ranzen; es war völlig unmöglich, sie unbesehen und unkontrolliert zu öffnen. Frühester Zeitpunkt wäre nach Schulschluss und Busfahrt, auf dem Fußweg heim. In einer Gartennische setzte sie sich auf einen Stein und zog den Korken. Ein Zettel: »I love you furiously. Gebe morgen zwanzig Uhr bei mir eine Party. Eltern holiday. Kommst Du mit Claudia? Bitte morgen früh nur nicken. Roland.« In höchster Aufregung lief sie heim, um sofort im

Lexikon das Wort ›furiously‹ nachzuschlagen. Es hieß ›wild‹ - nie im Leben vergaß sie ihr Gefühl, es war orgiastisch, ein wilder Aufruhr; ihr Blut wallte, ihre Wangen schienen zu kochen. Mama servierte das Mittagessen, grüne Bohnen und Kartoffelbrei, ihr Lieblingsmahl. Ja, dann die ›Party‹...

*

Patricia quäkte. Sie musste gewindelt werden. Wieso jetzt diese Erinnerungen? Ach ja, eine Karte von Roland.

»Ehrlich währt am längsten«, dachte Walburga, nahm sämtliche Schriftstücke aus dem Koffer, dekorierte Schmuckstücke und Mäntel verführerisch auf dem Wohnzimmer-Perser, und dann wartete sie gespannt auf Ulrichs Ankunft.

»Guten Abend, mein lieber Gatte!« rief sie strahlend, und ihr seidig-weiches, graues Etui-Kleid glänzte im Wohnzimmerlicht. »Auch ich schaute mir einmal deine Dokumente an.«

Ulrich stand starr.

»Na, dann weißt du ja alles!«

»Ich weiß gar nichts. Setz dich und trink ein kühles Pils.«

»Was du da aufgebaut hast, Liebste, gehört dir.«

Er zog ein Blatt Papier hervor und reichte es ihr. Hiermit wird bestätigt, dass...es folgte eine Auflistung...Eigentum von Walburga Luger, geb. Weda, sind. RA. Kanzlei. Notar.

»Ja, also das ist das Gute an einer Gütertrennung. Ich kann dir alles schenken, und dann ist Pfändung bei mir unmöglich. Du siehst, auch der Kühlschrank steht dabei und die Waschmaschine. Ich bin gerade endgültig erwischt worden, gestern, sie haben herausbekommen, dass ich schon fünf Jahre lang ohne Führerschein fahre. Man hat ihn mir damals entzogen. Eben seit jenem Unfall... Und so weiter.

Du kannst dir schon denken. Deswegen solltest du eilig den Führerschein erwerben, früher oder später musste es auffliegen. Mein Lappen war auch nicht verlässlich gefälscht, ich meine, hergestellt.«

Die staunende Walburga verzog abschätzig ihren Mund. Das war zu schön.

»Aber woher, wenn ich fragen darf, stammt denn die wertvolle Ware? Hast du geerbt? Sind deine Eltern in Leer gestorben?«

»Am Ende des Zweiten Weltkrieges entstand Chaos und höllisches Durcheinander mit den Flüchtlingen aus Pommern, aus dem Sudetenland, aus Ostpreußen; du erinnerst dich, auf der Flucht kamen viele um; der Suchdienst fand kaum jemanden, konnte nicht ihren Tod feststellen. Aber auftauchendes Eigentum - Erbscheine - Besitzurkunden - die wurden archiviert. Nun frage ich dich, Walburga: wie soll der übrig gebliebene Erbe, wenn er denn gefunden wird, wissen, was genau er erbt? Der erbt eine Halskette, und das war es. Hast du mich verstanden, oder muss ich«, - er lachte laut - »noch deutlicher werden?«

»Und die Briefe, warum hast du sie versteckt?«

»Aus Rücksicht. Du wolltest doch mit deinen Eltern nichts mehr zu tun haben. Richtig?«

25

Die illegale Ware musste umgehend aus dem Haus, und nach vier Wochen Leihhaus-Besuchen wuchs die gewonnene Summe in Walburgas Sparbuch gemächlich an. Niemand außer ihr selbst konnte Geld abheben. Tag und Nacht überlegte sie, für welchen Beruf sie sich wohl eignete. Zuhause saß sie mit Pat auf dem Balkon und malte immer öfter: Pat im Bad, Pat am Main, Pat im Sandkasten. Sie malte mit Wasserfarben. Dann holte sie sich Ölfarben, manchmal skizzierte sie mit Kohlestiften. Überall in den Zimmern hingen ihre Bilder. Nein, das war es nicht. So einen schweigenden Beruf konnte sie nicht leiden. Erfüllender war schon jede Karatestunde, die sie nun nicht mehr missen mochte. Das Sportstudio bot seinen Kunden eine Krabbelecke an, sichtbar, hinter Glas, und so konnten die Mütter in Ruhe ihre Karate-Übungen betreiben.

Eines Abends, Ulrich war noch abwesend, standen zwei alte Leutchen vor der Haustür. Die Frau heulte und schluchzte. Die sind ganz ungefährlich, dachte Walburga und ließ sie gleich ein.

»Nehmen Sie Platz, was kann ich Ihnen anbieten?« fragte sie.

»Wo ist Ihr Mann?«

»Der trifft jeden Moment ein, keine Sorge. Um was geht es denn?«

Welche Vorteile doch die Gütertrennung in einer Ehe hatte! Egal, was da jetzt herauskam, sie durfte sich genüsslich zurücklehnen und der Katastrophe lauschen. Praktisch wie im Film.

Zugegeben, Ulrich hatte ihr schon haarsträubende Geschichten erzählt, quasi zum Besten gegeben, und sie hatte sich jedes Mal köstlich amüsiert. Dabei vergaß sie nicht, wie sehr auch sie zum Besten gehalten worden war. Wie dumm sie bisweilen gehandelt hatte.

»Ihr Mann«, schluchzte Frau Schott, »hat uns ein Grundstück verkauft, in Wiesbaden. Das ganze Leben lang haben wir auf ein Grundstück gespart, wollten, dass unser Sohn darauf baut, mit einem Anbau für uns. Er hat uns das Grundstück persönlich gezeigt, und da haben wir ihm – er ist ja so vertrauenswürdig – gleich in bar die gesamte Summe von 8000 D-Mark ausgehändigt, sogar ohne Quittung, und auch nicht in seiner Kanzlei, sondern gleich am Zaun, vor Ort. Denn er war so nett zu uns. Und das Land erschien uns als ein erfüllter Lebenstraum. Es wäre alles erschlossen, hatte er uns zugesichert.«

»In der Kanzlei«, schaltete sich Herr Schott ein, »saßen wir endlose Stunden im Wartezimmer, weil wir so gar nichts mehr von ihm gehört hatten. Aber wir wurden nicht vorgelassen. Und seine Partner meinten, diese Transaktion fiele in das Ressort von Dr. Luger. Wie geht das nun weiter? Ist es ein Missverständnis?«

»Sie haben überhaupt kein Dokument in der Hand?« fragte Walburga fassungslos. Solch alte Menschen, mindestens 60, und dann so naiv!

»Wir haben nichts, außer seiner mündlichen Zusage, der Kauf ginge in Ordnung.«

»Wann hat der Kauf denn stattgefunden?«

»Vor vier Wochen.«

»Ach so«, lächelte Walburga und goss den Beiden eine Fanta ins Glas. »Der Kauf eines Grundstücks, ich denke da an die bürokratischen Hürden und Genehmigungen, Grundbuchamt und die Anfrage nach Hypotheken, zum Beispiel, das dauert. So ein Eigentumswechsel dauert – nach meinen Erfahrungen mindestens sechs Monate.«

Die beiden Alten seufzten auf vor Erleichterung. Sie tranken ihr Glas leer, und Herr Schott rief:
»Ich wusste es ja gleich! Ein Mann, der so eine liebe, bildhübsche und gebildete Frau hat, der kann kein Betrüger sein. Sonst hätten Sie ihn ja nicht geheiratet, nicht wahr?«
Frohgemut verabschiedeten sie sich und versprachen, weiter zu warten.

Kaum waren sie weg, als Ulrich klingelte. Er hatte draußen den braunen Ford von Familie Schott erspäht und war so lange am Kiosk eine Bockwurst essen gegangen. Schuldbewusst guckte er in Walburgas hellblaue Augen.
»Sag nichts«, lachte Walburga. »Wasch dir die Hände, zieh dich um. Setz dich dann zu mir und genieße diesen Chantré! Ich will mit allen Ausschmückungen deinen neuesten Streich erzählt kriegen.«

Merkwürdig, die Mütze des Alten und der komische Hut der Frau Schott erinnerten sie wieder an Roland, nein, nicht an ihn direkt, aber an die ›Party‹, die im elften Schuljahr zustande kam. Nein, nicht ganz. Die Kopfbedeckungen erinnerten sie an Rolands Eltern!

Die Einladung in der Kakaoflasche erschien ihr zwar sensationell, aber sie konnte Claudia nicht überzeugen, mit in Rolands Villa zu kommen. »Ich kenne Köko und Roland kaum, ihr geht doch in eine höhere Klasse, was soll ich da, nein!!!«

»Vielleicht ist Köko in dich verknallt?«
»Und wenn schon, ich nicht in ihn. Ich bin in niemanden

verknallt, und das soll auch so bleiben. Nein, ich komme nicht mit.«

»Liebst du mich, Claudia?«

»Natürlich. Über alle Maßen. Meine große Schwester!«

»Also tu es für mich. Aus Liebe.«

Am nächsten Schultag nickte sie Roland eindeutig zu. Er lief rot an und verhielt sich extrem ruhig im Unterricht. Sein Gesicht sah zudem sowieso etwas verbrannt aus. Er hatte zu viel Höhensonne zugelassen, in der Pause hörte sie, er sei unter den ultravioletten Strahlen eingeschlafen. Nicht nur Walburga, auch andere kämpften ständig mit ihrer Akne an Stirn und Wangen.

Kurzum, die Mädels fuhren auf den Weißen Hirsch und wurden überrascht von einer pompösen Abendtafel mit Schinken-Häppchen, Ananas-Salat, Krabbencocktail in Kristallschalen, mit französischem Rotwein und Kakao. Dinge, die es in der DDR eigentlich nur unter der Ladentheke gab. Die Stimmung stieg, man spielte ›Mensch, ärgere dich nicht‹, mit Juchzen und zig Unterbrechungen, das zweite Glas Bordeaux-Wein wurde eingeschenkt, da fühlte Walburga plötzlich eine schwarze Wolke über sich. Sie dachte: hat Roland auch alle Türen abgeschlossen? Sind die Eltern wirklich weg? Drei Wochen lang nach Weimar? Wenn sie uns nun hier überraschen? Was machst du da? Bloß nicht überrascht sein! Aufstehen, sich vorstellen, erst die Dame, dann den Herren begrüßen, mit Handschlag; die Schwester Claudia präsentieren und so tun, als sei nichts. So hast du es gelernt, Walburga, so bist du erzogen worden. Es war ihr klar, dass sich alle vier auf verbotenen Wegen befanden.

Kaum hatte sie diese dunkle Wolke verscheucht und innerlich als ›Unsinn‹ abgetan, da geschah etwas Unfassbares.

Die Wohnzimmertür öffnete sich so gut wie lautlos, und da standen, mit jener Mütze des Herrn Schott und diesem ulkigen Hütchen der Frau Schott, Rolands Eltern!

Walburga stand auf, tat als sei nichts, dankte ihrem Gott für die Vorwarnung, stellte ihre Schwester und sich vor, nahm Platz. Die beiden Jungen saßen vollkommen still auf ihren Stühlen. Die Eltern betrachteten entsetzt das heilige, nie benutzte Damast-Tischtuch, das kostbare Meißner Porzellan, die exquisiten Kristallgläser und Schüsseln, die heiligen Karaffen. Sie setzten sich in Hut und Mantel, ihnen gegenüber, auf ein Sofa und betrachteten die Szene. Die vier jedoch spielten, harmlos tuend, noch ein bisschen weiter. Nach einer halben Stunde, anstandshalber, gähnte Walburga ein wenig, stand auf »Es wird Zeit, Roland. War ein schöner Nachmittag, ist spät geworden. Vielen Dank für die Einladung.« Allgemeine Verabschiedung.

Auf dem Heimweg zischte Claudia vor Wut und Abscheu. »Das mache ich nie wieder. Du hast mich da rein gezogen...« »Aber Claudia, ich bin doch genau so erschüttert wie du. Fragen wir uns doch lieber, wieso seine Alten zurückkamen. Haben die bei seinen Vorbereitungen etwas bemerkt?«

Tags drauf unterhielten sich Roland und Walburga ganz offen auf dem Schulhof, im Beisein von Köko. Dann wirkte es harmlos. »Eine Autopanne in Freiberg!« »Nein!« »Doch, und da beschlossen sie zurückzufahren und erst heute abzureisen. Am schlimmsten ist es für mich, dass ich das gesamte Wirtschaftsgeld für mehrere Wochen verbraten habe. Ihr müsst heute noch mal kommen, ich kann die herrlichen Sachen nicht allein aufessen...«

*

Unvergesslich! Roland und Köko!

Heute Abend, in Dörnigheim, würden ihr existenziellere Sorgen präsentiert werden. Sie war gespannt.

»Also, Ulrich?!« Beide stießen an mit ihren Cognac-Gläsern.

»Die Leute machen es einem aber auch käseleicht! Ich fuhr mit ihnen einfach ins Blaue, nachdem sie von Wiesbaden und Umgebung gefaselt hatten, zeigte ihnen ein grünes Gelände, und Herr Schott zog sofort seine Brieftasche.«

»Wie? Du hattest keine Ahnung, wem das Land gehörte und ob es zum Verkauf stand?«

»Keine Ahnung, Walburga. Das Geld kam mir aber sehr gelegen.«

»Was hast du dir dabei gedacht? Die werden Anzeige erstatten. Bei der Polizei!«

»Das ist doch ganz simpel. Ich schreibe ihnen, das Grundstück sei gerade kurz vor ihnen verkauft worden, und dann wird die Summe zurücküberwiesen.«

»Ach so, na, dann ist ja alles gut.«

26

»Entschuldigen Sie bitte, darf ich Ihre Zeit kurz in Anspruch nehmen?« Vor Walburgas Haus stand ein unscheinbares Männchen, ganz in Grau, eine dünne Aktentasche in der linken Hand. »Ich bin Herr Fandmann und bitte Sie darum, dass wir uns drinnen eine Weile unterhalten.«

Walburga warf einen zweiten Blick auf seine schmächtige Gestalt. Ein kurzer Kick in sein Schlüsselbein, und schon wäre er kampfunfähig. Kaum dass er den Kinderwagen die acht Treppenstufen hochtragen könnte! Wieder so ein Klient von Ulrich? Der Arme!

Heimlich freute sie sich auf eine weitere Sensation und winkte den Fremden auf die Couch.

Herr Fandmann knetete die Hände.

»Es fällt mir schwer, Ihnen Mitteilung zu machen. Ich bin Gerichtsvollzieher. Die Eigentumswohnung hier mit dem gesamten Inventar soll in zwei Wochen gepfändet werden. Nach einer lächerlich kleinen Anzahlung von 1000 D-Mark war Schluss! Es ist meine unangenehme Aufgabe, Frau Luger, die roten Siegel hier, schauen Sie, auf Ihre Möbel zu heften...«

»Moment mal, Moment!«

Walburga, mit weichen Knien, hob beide Hände.

Jetzt ging es ans Eingemachte. Jetzt war sie dran. Und Pat hatte das dritte Lebensjahr noch nicht erreicht. Kein Kindergarten würde sie nehmen. Noch nicht mal drei Jahre hatte sie sich vom Schicksal ertrotzen dürfen, bis Patricia so weit war. Vorher, verdammt noch mal, nahmen sie kein Kleinkind an, ganztägig. Sogar verständlich. Wie gemein vom lieben Gott!

»Nichts gegen Sie persönlich, Herr Fandmann, mir sind diese Fakten gänzlich neu. Aber ich glaube Ihnen. Trotzdem muss ich Sie in diesem Fall ein klein bisschen korrigieren.«

Sie stand auf und holte die Geschenkurkunde heraus.

(»Lass niemals jemandem eine Kopie davon!« fiel ihr Ulrichs Rat ein.)

»Ach, das ist interessant. Na, Frau Luger, dann ist diese Pfändung geklärt. Hat sich erledigt.« Er reichte ihr das Dokument zurück. Die Unterschrift einer Kanzlei genügte vollauf. »Die Sachen gehören Ihnen. Allerdings. Die Wohnung ist nicht Ihr Eigentum. Da behält die Räumung in zwei Wochen ihre Gültigkeit.«

Es breitete sich eine Andeutung von Kummer in den Gesichtszügen des Herrn Fandmann aus; er wollte gar tröstend Walburgas Hand streicheln, über den Couchtisch hinweg.

Walburga erhob sich mit einem abweisenden, strengen Gesichtsausdruck. »Das war natürlich eine Hiobsbotschaft, in gewisser Weise. Wie es in Ihrem Beruf, Ihrer Berufung, Herr Gerichtsvollzieher, so täglich zugeht. Waren wir denn für heute der letzte Fall?«

»Ja, und ich habe noch Zeit...«

»Ich nicht. Sie hören meine Tochter schreien. Sie hat Hunger. Machen Sie es gut, viel Freude bei Ihren Tätigkeiten! Auf Wiedersehen.«

Tür zu. Affe tot.

Sie nahm ihr Kind in den Arm. Dann heulte sie los. Innerlich sprach sie zu ihrer heiß geliebten Tochter: Weißt du, Pat, der viele Schmuck, die Pelze, die Krügerrands, Ulrich hätte doch ohne Schmerzen die Wohnungsraten weiterzahlen können. Warum tat er es nicht? Nun? Weil er mit mir kein Weiterleben sieht, auf Dauer. Er will eine Frau, die Abartigkeiten mit ihm treibt, so mit lecken, saugen und peitschen, was weiß ich. Andeutungen gab es wirklich genug, gar Versuche!

So klagte die junge Mutter in Gedanken und betrachtete Pats winzige Fingerchen, die sich in ihr Haar verkrallten.

Zwei Wochen!

Wie sollte sie jetzt in aller Eile zu einer neuen Bleibe kommen?

Abends blieb Ulrich aus. Wahrscheinlich hob er wieder einen mit seinem Kompagnon Manfred. Der fuhr ihn inzwischen auch ins Büro und brachte ihn heim. So war das nun mal, wenn sie den Führerschein gemeinschaftlich fälschten. Pfui Teufel, welch einem Abenteurer war sie in die Hände gefallen!!! Alles nur, weil sie Hausfrau spielen wollte, bis Pat drei Jahre alt war. Verflucht sei Aal, der ihr diese grässliche Situation eingebrockt hatte. Wäre sie doch nie in den Westen geflohen! Wirklich? Ja, wirklich. Jetzt drohte bereits die in der DDR sattsam zitierte Brücke, unter welcher man im kapitalistischen Ausland endete!

Die Eltern in Dresden waren verständlicherweise sauer. Claudias Schilderung von der verwarteten Ostberliner Hochzeitsfeier klang zutiefst traurig. Aber zu diesem Schwachsinn fehlte ja Walburgas Zusage. Sie hatte ihnen die so genannte ›gute Partie‹ serviert. Verheiratet mit Kind. Das musste reichen! Und so hatte sie auch kein Wort der Entschuldigung gefunden.

Doch neue Gesetze brachen sich Bahn: Flüchtlinge, die vor dem Mauerbau ihre Konsequenzen gezogen hatten, durften wieder einreisen. Kinder konnten sogar solo, also ohne Begleitung, über die Grenze kommen, ohne Zwangsumtausch, ohne Zeitlimit!

Und da war er schon, der Brief von Mama: Gib uns doch für ein paar Wochen die Patricia, dann hast du freie Hand im Beruf.

Zuerst fand sie dieses Angebot lächerlich und überflüssig. Jetzt aber, nach dem Besuch des Gerichtsvollziehers, galt es, eine neue Wohnung zu mieten. Neubeginn. Mit der Kleinen ein arges Hemmnis.

Spät in der Nacht kehrte Ulrich heim. Er roch nach Whisky und Zigarren. Rauchte er jetzt? Walburga stand ihm vollkommen angezogen gegenüber, streckte ihm die rechte Hand entgegen und schrie: »Gib mir sofort genügend Wirtschaftsgeld! Ich habe die Bettelei satt. Jede Woche die leisen Andeutungen, es wäre mit dem Haushaltsgeld wieder so weit. Los! Heraus damit!«

»Wie redest du denn mit mir, was fällt dir ein?«

»Wie man eben mit einem Betrüger redet!!! Klar? Morgen fahre ich zu einem Kloster. Nur dort gibt es die Möglichkeit, dass die Nonnen sich tagsüber ausnahmsweise um eine Zweijährige kümmern. Daneben muss ich eine Wohnung finden, und dann geht es ab, zurück in den Beruf!«

Ulrich wurde blass.

»Ich nehme mir morgen frei, Walburga, wir suchen gemeinsam etwas Neues, du darfst ja fahren, kannst auch deinen Wagen verkaufen...«

»Ist der Opel überhaupt abbezahlt?«

Ulrich schwieg und zog die Mundwinkel herab.

»Mit dem Kind rumkutschieren, ins Blaue, dazu noch deinen Anblick, du Lügner. Nein. Geld her!«

Ohne ein weiteres Wort fuhr sie am Wochenende nach Bebra, übergab Pat dem Roten Kreuz. Die Rot-Kreuz-Schwestern brachten allein reisende Kinder von Bebra nach Eisenach.

Das Telegramm nach Dresden fand Beifall, Walburgas Mama holte Pat in Eisenach aus dem Zug. Das war deshalb machbar, weil Mama nach der Einladung gleich Pats möglichen Besuch beantragt hatte. Und sechs Wochen lang konnte Walburga eine neue Bleibe suchen und überlegen, was nun werden sollte.

Sie fühlte sich so leer. Gern hätte sie getrunken, Wodka bis zur Bewusstlosigkeit, aber ein Rest von Vernunft siegte, weil sie ihren Führerschein behalten wollte. In grenzenloser Wut schrieb sie an Tante Ilse nach Hamburg.

»Liebe Tante Ilse, hast Du inzwischen etwas herausgefunden in Bezug auf Gustav Giesmann? Wie steht es mit seiner Import-Export-Firma? Arbeitet da noch seine Sekretärin Vera B.? Und wie geht es seiner Frau? Lass dir ruhig Zeit. Ich ziehe bald um, und dann melde ich mich erneut, hoffentlich mit Telefon, endlich. Deine Walburga.«

Einige Male fuhr sie Ulrich in die nähere Umgebung, sie suchten nach Klöstern, speisten in Gasthöfen, als sei alles in bester Ordnung, und dann spuckte Ulrich es mitten auf der Autobahn aus:

»Walburga, ab heute siehst du mich nicht mehr. Die Wahrheit ist, dass ich morgen verhaftet werden soll. Ich erfuhr es durch meine Kanäle. Lass mich an der nächsten Tankstelle raus, ich bin jetzt auf der Flucht. Hier hast du 2000 D-Mark, du musst nun allein zurechtkommen. Die Dörnigheimer Eigentumswohnung habe ich noch freigekämpft bis zum Monatsende. Dann wird sie versiegelt. Sieh zu, dass du die Möbel rauskriegst. Ich schreibe dir postlagernd nach Dörnigheim, und du mir postlagernd nach Frankfurt am Main. In Ordnung?«

»O Gott. Und wovon soll ich leben?«

»Manfred, du hast ihn als Trauzeuge kennen gelernt, überweist dir jeden Monat das Wirtschaftsgeld. Bitte bitte, warte auf mich, Liebe, Liebste, halt zu mir.«

Diese sanften Töne. Er brauchte sie!

»Wieso Manfred? Warum keine Überweisung an mich?«

»Weil du dann alles auf einmal ausgibst.«

Sie lächelte und dachte an ihr Sparbuch. Sicher hatte er nicht vor, ihr irgendetwas zu überweisen. Ihr nicht. Und Manfred auch nicht.

»Und, ganz unter uns, wie lange wirst du in den Knast gehen?«

»Möglicherweise sechs Jahre. Höchstmaß.«

Walburga zitterte so sehr, dass sie auf den nächsten Parkplatz fuhr und ihren Opel anhielt. Sie zog den Schlüssel ab und stieg aus.

Und mit hängenden Armen fragte sie ihn: »Bin ich würdig genug, den Grund zu erfahren?«

Ulrich lief zu den Bänken und lehnte sich an den Steintisch.

»Als ich in Oberursel anfing, fragte mich niemand nach irgendwelchen Zeugnissen. Vorsorglich waren sie natürlich nachgemacht, aber wenn sie keiner sehen will! Du ja auch nicht!!! Ich habe nie studiert, kein Abitur, schon gar kein Jurastudium oder gar einen Doktortitel, nichts davon. Aber ich habe es mir allein, autodidaktisch, beigebracht. Bücher reichten, es machte enorm Spaß und dauerte nicht lang.

Die Sache mit dem Ehepaar Schott, das war nur ein Streich von ungefähr neun Klienten, die auch mit einem Scheinkauf abgespeist wurden. Sie erwarben ein Grundstück, das ihnen nicht gehörte. Drei der ostpreußischen Erbschaften kamen ans Licht. Ich habe dir das schon ausführlich erklärt, dass im zweiten Weltkrieg manche sterben mussten, jedoch Erbschaften hinterließen. Dazu noch Steuerhinterziehung, ja, ich glaube das war es.«

»Wo wirst du einsitzen, wenn sie dich gefangen haben?«

»In Kassel. Hessen eben.« Ulrichs Frau sank nieder auf die Bank. Sie blickte auf die Felder ringsum, lauter Krähen.

»Lässt du dich jetzt scheiden, Walburga?«

Sie sah auf in seine hässlichen Knopfaugen.

»Nein, warum? Jetzt, wo du in der Not bist? Da halte ich natürlich zu dir, das ist doch klar. Für eine Scheidung habe ich gar keine Nerven. Wenn mir nur der Manfred mein Wirtschaftsgeld überweist!!!«

Sie umarmten sich schweigend, stiegen in den nicht abbezahlten Opel; sie hielt an der nächsten Tankstelle; er holte aus dem Kofferraum zwei schwere Lederkoffer und begab sich in das Autobahn-Restaurant.

Wo befand sie sich eigentlich? Der nächste Ort hieß Assenheim, warum nicht. Ein Schild wies hin auf den ›Klostergarten‹. Na also! Sie fuhr zu dem romanischen Gemäuer und betätigte die Hausglocke. Eine altehrwürdige Nonne schob den Riegel von einem Fensterchen fort, öffnete die Luke und sah sie fragend an. So charmant wie es nur ging, stellte sie sich vor und bat um eine Unterredung. Ja, sie hätte in Friedberg (gelogen) eine Stellung erhalten, hier in Assenheim, jedenfalls dicht dabei, eine Wohnung gemietet, (auch gelogen) aber nun das Dilemma: ihr Töchterchen Patricia sei erst zwei Jahre alt, und kein Kindergarten sei bereit, sie zu verwahren. Zurzeit lebe das Kind bei Walburgas Mutter in der DDR.

»An sich«, sprach die alte Nonne, »können wir das auf keinen Fall. Wir sind alle zu hinfällig, um des Kindes Herr zu werden. Ist es sehr flink auf den Beinen?« »Ich fürchte ja, aber es ist klug und hört auf Anweisungen.« »Das Riesenproblem ist uns sattsam bekannt. Sie sind nicht die erste, die hier flehend vor mir sitzt, wir sind informiert, wir sind voll im Bilde...der Staat lässt Kleinkinder erst ab drei zu. Nun gut, wann bringen Sie es?« Walburga kniete vor der Nonne nieder und küsste ihre beiden Hände, so schnell, dass Schwester Laetitia den Vorgang nicht abwehren konnte. »In fünf Wochen bringe ich Patricia Weda, wenn sie aus der DDR zurückkehrt.«

Vollkommen erschöpft wusch sie sich im Kloster noch die Hände, reinigte ihr von Sorgen zerfurchtes Gesicht, hinterließ ihre Daten und ihre Dörnigheimer Adresse und kehrte zu dem unbezahlten Vehikel zurück.

Ganz in der Nähe musste sie eine Wohnung finden. Im einzigen Lebensmittelladen des Ortes fragte sie nach Mietmöglichkeiten. Es gab eine! Zwei Zimmer im Souterrain, 40 Meter vom Kloster entfernt, waren ab sofort frei. Der Sohn hatte kürzlich geheiratet und war ausgezogen. Sie zahlte Kaution und nahm gleich den Mietvertrag an sich. Mietbeginn ab sofort. Über ihr wohnten nette Spießer, die im Großen und Ganzen nur geldgierig zu sein schienen.

27

Unerwartet erwiesen sich die Dorfbewohner recht hilfreich. Sie borgte sich einen LKW aus und fuhr mehrmals zwischen Dörnigheim und Assenheim hin und her. Jedes Mal, wenn sie, um letzte Gegenstände zu transportieren, auf den Dörnigheimer Briefkasten stieß, quollen ihr zahllose Briefe, alle an Ulrich, entgegen. Es handelte sich ausnahmslos um Mahnungen, Zahlungserinnerungen, letztmalige Forderungen. Und auf diese Weise erfuhr sie, wie Ulrich lebte. Sechs Tage ›Kempinski‹ in Frankfurt am Main – am siebenten Tage nachts zur Hintertür hinaus, ohne zu bezahlen. Schließlich konnte er mit seinen Koffern und der Aktentasche nicht an der Rezeption vorbei! ›Excelsior‹, Wiesbaden, fünf Tage und zur Hinterpforte hinaus. ›Palace‹, München, durch den Notausgang hinaus nach vier Tagen. Ulrich wirkte stets überzeugend seriös. Deswegen hatte sie ihm auch bedingungslos geglaubt. Seine Ansprachen und Monologe erschienen ihr wie Bibelworte. Warum sollte es den anderen Menschen nicht genauso ergehen? Dort, in den Hotels, zeigte Ulrich seinen Pass, gab seine richtige Dörnigheimer Adresse an, Rechtsanwalt, wie sollten sie zweifeln?

Was noch fand sie? Die gesamte Schrankwand, die er hatte anliefern lassen, war mit 100 D-Mark angezahlt. Sein Mercedes, den er nach ihrer Trennung an geheimer Stelle aufgesucht hatte und in dem er durch die Lande fuhr, war ein Leihwagen. Ihr eigenes Auto würde in Kürze abgeholt werden. Was fand sie noch? Eine herzige Pension in Wasserburg bat um Entgelt für zwölf Tage Kost und Logis. Aus Leer jedoch, da, wo seine Eltern, seine Brüder und Schwestern lebten, aus dieser Gegend traf nichts ein.

Keineswegs rannte Walburga mit Kummermiene durch die Gegend. Sie telefonierte mit Dresden, ob die Tage mit Patricia harmonisch und nicht zu belastend verliefen, sie kaufte auf Raten ihren wirklich eigenen VW aus zweiter Hand, sie schrieb an Ulrich, postlagernd, ihre neue Adresse und sie bewarb sich als Dolmetscherin bei der ASEA in Friedberg. Ohne Auto war das nicht zu machen, es gab keine Busse oder Bahnen zwischen den Städtchen. Man stellte sie sofort ein, nicht ohne zuvor bei der Degussa anzufragen. Das erfuhr sie später durch die andauernd heulende Chefsekretärin, die ihr Leid nicht verbergen mochte. Überhaupt merkte sie, dass die Menschen um sie herum die Angewohnheit hatten, ihr in kürzester Zeit wirklich das Intimste zu beichten, es musste sich da um eine Gabe handeln. Oder sie hatte diese Fähigkeit bei ihrer Freundin Ada gelernt, die das Zuhören zu ihrem Beruf erkoren hatte.

Patricia kehrte in die Bundesrepublik zurück und lernte die Nonnen im Kloster kennen. Dort schaute sie beim Kuchenbacken zu, spielte mit dem Hund Struppi, wurde mitgenommen zum Beten, hielt schon mal eine Hostie, aß mit 32 Nonnen an einem acht Meter langen Tisch und wühlte im Sandkasten. »Frau Luger«, wandte sich Schwester Laetitia an die besorgte Mutter, die täglich verschwitzt aus Friedberg heimfuhr, »für so ein kleines Mädel ist das nicht die richtige Umgebung. Wir sind ausnahmslos sehr alte Menschen, wir singen zwar mit ihr, aber sie ist doch allein. Sehen Sie zu, dass Sie etwas Kindgerechtes finden. Sagen Sie mir dann Bescheid, ja?«

Es war offensichtlich, dass Schwester Laetitia ihre Tochter als letzte Herausforderung durch Gott ansah. Schwere Sorgen lasteten auf Walburga; sie trug ihr schlechtes Gewissen dem Kind gegenüber mit sich herum. Das Wirtschaftsgeld kam nicht an! Der Kfz-Meister im Dorf wollte Geld für die Reparaturen des VWs. Und dann stand plötzlich der oberste Chef ihres Mannes aus Oberursel vor dem Haus. Er schrie, sodass ihre Vermieter Wort für Wort mithören konnten:

»Sie sind wohl nicht mehr ganz dicht, diesen Verbrecher, hässlich wie die Nacht, geheiratet zu haben. Warum nur? Sie sind eine bildschöne Frau. Sie könnten sonst wen heiraten, einen Millionär nach dem anderen. Und dann diesen Popanz, diesen Clown, der wirklich alle anderen, mich eingeschlossen, angeschmiert und betrogen hat. Ich bin ruiniert. Durch meine Sozietät mit ihm habe ich mich mitschuldig gemacht. Ich kann einpacken.«

Mit wild brennenden Augen packte er ihren Oberarm. Walburga scheute zurück, machte sich los – und schwieg. Plötzlich wusste sie, welcher Ortsname anfangs im französischen Lieferwagen gefallen war. Einsilbig. So ähnlich wie Rizz, oder doch nicht? Das gehörte nun überhaupt nicht hierher. Aber wenn ihr einer kam mit Anfassen und Kneifen, überhaupt wenn sich die Distanz auf unter 60 Zentimeter verminderte, dann sah sie rot, dann verlor sie die Kontrolle. Und schon - ohne dass sie es wollte – schnellte ihr Fuß in die Höhe und stieß in die Hüfte des Schreihalses. Karate. Sehr oft geübt und ausgeführt. »Entschuldigen Sie bitte«, sagte Walburga, und man hörte an ihrer Lautstärke keinerlei Entschuldigung, sondern schiere Aggression, »ich hoffe, Ihnen nicht wehgetan zu haben. Aber bitte schreien Sie mich nicht an, sondern gehen Sie. Ich habe ihm genau so vertraut wie Sie. Auf Wiedersehen.«

Wutschnaubend setzte er sich in seinen grünen Audi und raste davon. Angeblich verlor er jetzt sein Haus, in dem Frau und drei Kinder saßen.

Wie sollte das hier bloß weitergehen? Die Kellerwohnung

erwies sich als dunkel und feucht, Pat lief erkältet herum; im Kloster, in den alten dicken Mauern, war es auch klamm und düster. An ein Telefon war nicht zu denken. Ein Brief aus Kassel traf ein, unbekannte Adresse, jedoch bekannte Schrift!!!

›Liebe Walburga, leider hat man mich nun gefasst, nach fünf Monaten, ein Kumpel hat mich verraten. Die Verhandlungen sind vorbei. Ob Du mich einmal besuchst, bitte schreibe mir, Dein U.‹

›Lieber Ulrich. Kopf hoch! Die Hoffnung stirbt zuletzt! Schreibe doch bitte in Deinem nächsten Brief zumindest Deinen Namen aus, oder schämst Du Dich, Ulrich Luger zu heißen? Gern würde ich Dich in Kassel, im Gefängnis, besuchen, gern! Aber ich habe kein Geld. Manfred überweist das Wirtschaftsgeld nicht. Herzliche Grüße von Pat und Walburga.‹

Es traf tatsächlich eine Überweisung ein, per Postboten. Sie hatte nicht vor, ihn zu verlassen. Er war in Not. Und sie brauchte keinen Lover, überhaupt keinen anderen. Der Status des Verheiratetseins war ihr ganz wichtig – wegen Pat.

»Mein geliebtes Mädelchen, Pat, heute machen wir einen Sonntagsausflug, zu Papi, nach Kassel.«

In dem grauen Gebäude hatte man ein Spielzimmer eingerichtet für Mütter, die für ein Stündlein den einen oder anderen Insassen sprechen wollten. Der Portier sollte ein Auge auf die spielenden Kleinen werfen.

Man führte sie in eine Art Bahnhofshalle, in der in etwa 24 Tische standen, jeweils umstellt von vier Holzstühlen. An einem der Vierecke saß – Ulrich, abgemagert, schmal, lächelnd. Walburga, vollkommen schwarz gekleidet und hoch geschlossen, nahm Platz und sah ihn interessiert an. Von drüben wurde sie nicht nur angeschaut, sondern regelrecht angestarrt. Es war still in dem grauen, renovierungsbedürftigen Saal. Da saßen weitere Paare mit betretenen Gesichtern.

Verheiratet war Walburga auf dem Papier. Den gewaltigen Betrug hatte sie wie eine Ertrinkende, die einen Baumstamm ausmacht und mit ihm an Land rudert, bezwungen. Für sie gab es eigentlich kein Thema mehr. Na gut, wenn er nicht reden wollte, konnte sie ja interessehalber fragen:

»Wie lange?«

»Ja also bei guter Führung... Gnadengesuch...«

»Wie lange?«

»Ähm. Sechs Jahre.«

Walburga betrachtete angelegentlich ihre rechte Hand und ihren goldenen Ehering.

»Bitte Walburga, entschuldige, es ist nicht meine Schuld. Mein allerbester Freund Manfred hat dein Wirtschaftsgeld verjubelt.«

»Wo?«

Ulrich schwieg. Wahrscheinlich musste er sich schnell eine neue Lüge ausdenken. Sie war gespannt.

»In der Spielbank Bad Kissingen.«

Sie hätte jetzt sagen können, dass Lügen kurze Beine haben. Er war es nicht wert. Manfred hatte nie auch nur einen Pfennig Wirtschaftsgeld von Ulrich erhalten. Im Gegenteil, Ulrich stand mit 4000 D-Mark bei Manfred in der Kreide. Es war ihr auch im Grunde vollkommen gleich, wer log und wer die Wahrheit sprach. Sie hatte innerlich mit dem Fall längst abgeschlossen, und es tat ihr nur leid um seine Verwandtschaft in Leer. Was die wohl durchmachten!

Nach 30 Minuten schloss sie ihre Patricia in die Arme, und sie fuhren in die sonnigen Auen und genossen ein Picknick auf der Wiese. Welch ein Sonntag! Pat griff nach Kohlweißlingen und Marienkäfern, sie juchzte und plapperte, und Mama las ihr die Geschichte von der unartigen Ameise vor. Walburga schaute in die Sonne, genoss die Wärme und die Gewissheit, dass nun das Schlimmste vorüber war.

Drei Tage später – Patricia erlebte das Unglück mit – schloss um die Mittagszeit, kurz nach dem Dankgebet für die Mahlzeit, Schwester Laetitia für immer die Augen. Gleich am Abend übergab man Pat ihrer Mutter, und zwar für immer. Es sei nun niemand mehr da, der die Verantwortung für das wachsende Kind übernehmen könne. Pat verstand nicht recht, warum ihre Mutter bei der Beerdigung weinte und warum die Nonnen sich extrem traurig verhielten. War es im Himmel nicht wunderbar für ihre Beschützerin Laetitia?

Im Dorf waren die Nonnen natürlich hoch geachtet. Walburgas Vermieterin zeigte Erbarmen. Die beiden Frauen heulten um die Wette, und am Ende meinte die Hausbesitzerin, es fehlten doch nur noch wenige Monate, bis Pat drei Jahre alt sei und dass sie in der Zeit auf das Mädel aufpassen wolle. Eine Mieterhöhung um 50 D-Mark pro Monat sei dafür ein kulantes Angebot. Das war es, und Walburga dankte ihrem Herrn, betete, und sie fand, von der Struktur her, dass sie immer wieder Glück im Unglück hatte.

28

Nun hatte sie den Eltern schon den Gefallen getan mit der so genannten ›guten Partie‹ und dem Ausmerzen des Makels: uneheliches Kind, aber nein, wieder ging das Gezeter los. Sie solle sich, unter diesen unglaublichen Umständen, sofort scheiden lassen. Wehe wenn nicht, und haargenau die gleichen Drohungen, Verachtung, Trennung, Enterbung, vergällten ihr das Leben. Im Übrigen kostete eine Scheidung viel Geld, das sie keinesfalls besaß. Sie ignorierte das dumme Gerede. Die hatten keine Macht mehr über sie. Es gab wirklich Wichtigeres. Ihr Hauptanliegen beschäftigte sie jetzt noch mehr: welcher Beruf würde ihr Spaß machen? Der Papierkram in der ASEA war es mit Sicherheit nicht.

Inzwischen kam das Fernsehen bundesweit auf, und wer saß abends, wenn sie heimkehrte, vor dem Apparat? Patricia. Das kam ihr überhaupt nicht richtig vor, und sie meldete sich umgehend krank. Jener Vermieterin konnte man das Kind nicht überlassen, niemand sprach mit Pat, niemand spielte mit ihr, und die Hausdame rauchte.

In dieser Zeit, Walburga blieb Zuhause bei Pat, korrespondierte mit Ada, Claudia und Oma, hielt plötzlich ein fremdes Cabriolet vor der Tür.

Das war eine Überraschung!

Roland, ihr Klassenkamerad aus Dresden, besuchte sie!

Da merkte man doch gleich, was das bedeutet: Heimweh. Sie stellten eine große Übereinstimmung fest. Beide lebten getrennt von ihren Partnern, beide hatten eine Tochter, beide waren im Westen gelandet und unzufrieden mit ihrer Berufswahl. Roland studierte in Heidelberg, wohnte auch dort, aber sein Medizinstudium befriedigte ihn nicht. Sie lachten den ganzen Abend, tranken Wein, tanzten mit der kleinen Pat und tauschten natürlich Erinnerungen aus, einschließlich des abrupten Endes jener ›Party‹ mit Köko und Claudia.

»Bin ich eigentlich am Tag danach nochmals zu euch auf den Weißen Hirsch hoch gekommen? Köko auch?«

»Ja, aber ohne deine Schwester. Wir haben zu dritt geschlemmt, wir hörten Jazz. Leider – zu einem Kuss kam es nicht.«

Zu diesem kam es jetzt und hier auch nicht.

Zwei Suchende oder auch zwei Verlorene saßen sich gegenüber. Es galt sich aufzurappeln und den richtigen Weg zu finden. Klar war, dass Roland eine Familie wollte, und Walburga suchte dies nicht. Nie wieder! Aber man konnte inzwischen das Leben genießen und sich gegenseitig trösten. Bei nächster Gelegenheit holte Roland Pat und ihre Mama nach Heidelberg und zeigte ihnen das entzückende Städtchen. Man ließ Pat Ostereier suchen, besuchte das Kasperle-Theater, schwamm im Freibad und spazierte in den Wäldern.

Sie hatte es durchgesetzt, dass sie für die ASEA Zuhause arbeitete, und wenn sie abends noch wegfuhr, fungierte die Vermieterin vom oberen Stockwerk aus als Babysitterin. Pat hatte die Gabe, tief und fest zu schlafen, wenn das Sandmännchen fortgeflogen war.

Eines Abends musste Walburga noch eine eilige Übersetzung in der Firma abliefern. Hinterher parkte sie kurz auf dem Friedberger Marktplatz, um einen Brief in den Kasten mit Spätleerung einzuwerfen, als sich ihr, langsam und höflich, mit gebührendem Abstand, ein Fremder näherte.

»Verzeihen Sie, dass ich Sie hier so unverfroren anspreche«, fing er an, leichter Akzent, ein Ungar? »Ich habe mich in eine dumme Situation gebracht. Schauen Sie hoch – da drüben in den 4. Stock. Sehen Sie die Festbeleuchtung?

Hören Sie die Rhythmen? Es handelt sich um eine größere Party, und man verspottet mich, weil mir meine Freundin weggelaufen ist. In meiner Wut schrie ich, dass diese sehr wohl einen Grund dazu gehabt hätte, nämlich sei ich mit einer neuen Freundin gesehen worden.«

»Aha.« Walburga hörte begeistert zu.

»In Wirklichkeit fehlt mir eine neue Freundin, nichts in Sicht. Eine Kiste Sekt, hieß es, wenn du sie gleich herbringst. Sonst glauben wir das nicht!!!«

»Soso.«

»Würden Sie mir den Gefallen tun und mit hochkommen und behaupten, dass Sie meine neue Flamme sind?«

»Warum nicht, es darf nur nicht zu lange dauern. Und wir sollten üben. Wo wohnen Sie? Ja, und wir müssen »du« sagen und schon umarmt ankommen. Dein Name?«

Sie übten eine Weile. Er gefiel ihr, großer, starker Mann, für eine Party aber zu nachlässig gekleidet, schlecht rasiert. Ein in Deutschland lebender Ungar, Zahnarzt, wahrscheinlich geizig, eventuell Muttersöhnchen. Den Durchblick in Sekunden hatte ihr einst Ada beigebracht.

»Bitte kämm dich kurz, du siehst so zerzaust aus«, verlangte Walburga. Aber einen Kamm besaß er nicht, und sie zog ihre Bürste aus der Tasche und brachte ihn in Form.

Mit einem riesigen Hallo wurde Walburga empfangen, leider aber sofort einem Kreuzverhör unterzogen, das sie schlecht und recht abwehrte und hoch interessiert die übrigen Gäste begrüßte. Dabei stellte sie so viele Fragen, dass die Kiste Sekt als Gewinn zunächst verdrängt war. Lieber Gott, betete sie im Inneren, was soll ich hier und wie lautet Deine Botschaft?

Kaum gedacht, erblickte sie eine strenge, aber bildschöne schlanke Dame mit kohlrabenschwarzem Haar, die sie anlächelte. Es konnte keine extremeren Gegensätze geben, sie wirkte so zierlich und leicht, Walburga sehr blond, groß und üppig, jedenfalls im Vergleich mit jener Herrin. Magisch angezogen, kam Walburga auf sie zu und fragte fassungslos:

»Wer sind Sie?«

»Ich bin Luise und Englischlehrerin am Friedberger Gymnasium.«

Walburga sank neben ihr nieder auf einen freien Stuhl – ihr fehlten die Worte. Das war es!!! Lehrerin!!! Ihr Beruf war Lehrerin. Jetzt hörte sie nur noch zu, was Luise erzählte, wie ihr Dasein aussah, Schulweg und Wohnung, Probleme und Freuden.

Der Ungar brachte sich in Erinnerung, man tanzte um die Kiste herum, ein Hoch auf den Typen. Aber als er sie zum VW brachte, war sie schon fest verabredet mit Luise, gleich am nächsten Tag.

Es folgten Unterrichtsbesuche; Walburga lauschte den Lektionen, ihr Rückgrat kribbelte in Vorfreude, und Luise riet ihr, mit ihren Zeugnissen in Gießen vorzusprechen. Die Unigebäude in Frankfurt am Main seien verrottet, und in Gießen hätte man die Abteilung für Erziehung, AfE, gerade eingeweiht, nagelneu.

Folgendes wurde ihr mitgeteilt: »Sie brauchen nur noch die Scheine für Pädagogik, Politik, Psychologie und Soziologie. Ihre gewählten Fächer, Englisch, Französisch und Russisch, nun, da können Sie gleich in die Prüfungen steigen, was wollen Sie da in Seminaren herumsitzen.«

Der Zufall brachte es mit sich, dass die Semesterferien just endeten und das Herbstsemester begann. Jetzt hieß es, in aller Eile in Gießen unterzukommen. Da überzog sich das Gesicht von Pat mit roten Punkten, sie begann zu fiebern, und nach kurzer Prüfung stand es fest: sie hatte die Röteln. Egal, Pat wurde verpackt und hinten in den Wagen gelegt. Ab nach Gießen. In einem Vorort hielt sie an, weil sie ein Arztschild sah. Daneben befand sich eine einladende Gaststätte.

»Lassen Sie mir Ihr Töchterchen mal hier für eine Weile. Ich will ihren Speichel untersuchen, möchte die genaue Diagnose erstellen. Warten Sie in der Gaststätte. Kommen Sie in einer halben Stunde wieder.« Der Doktor klopfte ihr auf den Rücken und schob sie ab.

Walburga genehmigte sich eine heiße Fleischbrühe und überlegte fieberhaft, wie sie auf die Schnelle, noch dazu mit Kind, ein Zimmer finden konnte. Eine alte Frau, ganz schwarz gekleidet, trat auf sie zu.

»Schmeckt Ihnen die Bouillon?«

»Sie ist hervorragend, und ich würde sie noch mehr genießen, wenn ich nicht so unendlich viele Sorgen hätte.«

»Ach, wissen Sie, mir ist vor einer Woche meine Schwester gestorben, eigentlich die Wirtin hier; da wissen Sie dann, wie lächerlich die täglichen Sorgen sind.«

»Es geht um meine Existenz. Ich studiere ab nächster Woche, will Lehrerin werden. Wer passt auf mein Kind auf, und wo kriege ich eine Wohnung her?«

Die Alte schlurfte fort, gab keinen Kommentar ab.

Als Walburga zahlen wollte, kehrte sie mit einem Schlüssel in der Hand an ihren Tisch zurück.

»Ich heiße Frau Hahn. Sie können es sich ja mal ansehen.«

»Was meinen Sie? Was soll ich mir ansehen?«

Walburga überreichte ihr die 1,50 D-Mark und stand auf.

»Na ja, die Wohnung. Gleich hier oben, nach hinten

raus. Da hat meine Schwester 40 Jahre lang gelebt. In der Parallelstraße, hinten, befindet sich ein evangelischer Kindergarten, der nimmt die Kleinen ab zweieinhalb Jahren, die Frauen wollen ja arbeiten gehen.«

Walburga verschlug es die Sprache.

Wunderbare drei Zimmer, Küche, allerdings Plumpsklo auf dem Hof. »Wissen Sie, wie weit es ist bis zur AfE, also ich meine, die neue Uni?« »Mein ganzes Leben lang war ich zwar noch nie verreist, noch nicht mal in Frankfurt am Main, aber Gießen liegt keine drei Kilometer von hier, das ist mir bekannt. Können Sie denn 80 D-Mark im Monat bezahlen?«

Walburga schluckte und tat alles, um ihre grenzenlose Freude und Fassungslosigkeit nicht zu zeigen. »Ich kann Ihnen für den ersten Monat, ab sofort, 80 D-Mark übergeben.« »Nein, das ist nicht nötig. Ich mache auch keinen Mietvertrag mit Ihnen. Es geht, so lange es eben geht. Ich bin eine einfache Bäuerin. Mit Unterschriften habe ich es nicht so. Die Gaststätte wird geschlossen, jetzt, wo meine Schwester tot ist.«

»Aber ich muss Ihnen doch meinen Namen und meine Adresse hinterlassen und...« »Nicht nötig, ich kenne mich aus mit den Menschen. Sie werden eine Lehrerin. Sie schaffen das. Und Ihr Kind wird gesund.« Walburga drückte ihre Hände und sprach erneut ihr herzliches Beileid aus. Die Alte litt, ihre Einsamkeit umgab sie wie ein Umhang, und es war die Schwester, die hier den Laden geführt hatte. Mit dem Hausschlüssel in der Hand und dem Torschlüssel dazu kehrte sie zum Arzt zurück, der ihr versicherte, dass es bei Einnahme jener Medikamente ohne Krankenhaus abginge.

Gott sei Dank war es aus mit Dorn-Assenheim und mit der ASEA!

Licht am Ende des Tunnels! Laut singend fuhr sie zurück

in ihr Kellerloch, umhegte die Kranke, die erstaunlich schnell gesundete, borgte sich erneut den LKW, und weg war sie.

Der Kindergarten kostete Geld. Das Auto fraß Benzin. Walburga rechnete und sah, dass sie jetzt ohne Gehalt keinesfalls mehr mit dem Geld auskam, auch nicht mit Bafög, der staatlichen Förderung. Sie schrieb schweren Herzens einen Bittbrief an ihren Vater.

Die Antwort kam prompt:

›*Du hast einmal in Leipzig auf meine Kosten studiert. Das reicht. Ein zweites Studium in Paris musstest Du aus eigener Kraft finanzieren. Und jetzt Dein drittes Studium wirst Du genau so allein bewältigen. Anbei eine Bescheinigung für die Behörden, dass ich eine Unterstützung verweigere. Viel Glück. Vater.*‹

Kurz danach traf ein Brief von Oma ein. Sie war inzwischen nach Köln zu ihrem Sohn gezogen, Onkel Axel, denn ihre Hinfälligkeit gab zu denken, und es musste sich jemand um sie kümmern.

›*Mein liebes Kind, wie lange ich noch lebe, weiß ich nicht, aber ich habe beschlossen, Dir von Deinem kleinen Erbe, das ich Dir zugedacht habe, monatlich 200 D-Mark zuzusenden. Ich will Dir helfen, Lehrerin zu werden, auf dass Du in Deinem richtigen Beruf glücklich wirst und Patricia auch. In unendlicher Liebe umarmt Dich Deine Oma, die an Dich glaubt.*‹

Das war die Rettung! Sicher hatte Omi von Walburgas Bittbrief gehört, und sie wusste auch, dass Papa viel Westgeld in West-Berlin lagerte. Walburgas Eltern glaubten nicht mehr an sie.

Es wurde sogar das Gerücht verbreitet, Walburga denke gar nicht daran, ein drittes Mal zu studieren, und sie hätte sich das nur ausgedacht, um die Oma zu schröpfen.

29

Gleichgesinnte! In dem neu erbauten Gebäude, AfE, Abteilung für Erziehung, mit grünem Hof und ansprechender Kantine, rannten die Studenten hin und her, man begegnete sich zwangsläufig immer wieder, und Walburga war wie erlöst. Jetzt brauchte sie kein Misstrauen mehr vor sich her zu tragen, denn alle wollten ja dasselbe: Lehrer werden, und also auch Vorbild! Gut, der eine wurde Mathelehrer, der nächste studierte Physik, aber Lehrer ist Lehrer. Sie schloss Bekanntschaften, ließ sich nicht merken, dass sie für ein Studium schon ein winzig kleines bisschen sehr alt war: 28 Jahre, die meisten schienen weit jünger zu sein. Und sie wurde auch gewahr, dass ihre Kommilitonen Abend für Abend in Gießen ausgingen, sich trafen, entweder saßen sie auf Mauern und rauchten, oder aber sie lärmten in Kneipen, deren es zahlreiche gab. Wann lernten sie denn? Sie selber, selbst wenn sie gewollt hätte, durfte da nicht mithalten, wegen Pat. Die meisten Studenten wohnten natürlich in Gießen. Walburga konnte ohne ihren VW nicht Wohnort und Studienort vereinen, es waren eben drei Kilometer, und Buslinien fehlten. Einen Wagen, egal wie alt, besaßen aber die meisten überhaupt nicht. Die Wochenenden waren frei. Seminare und Vorlesungen fanden von Montag bis Freitag statt.

Ein sehr netter Kommilitone – er warb um sie und hoffte – stand Samstag früh im Torbogen und sprach von einem Notfall. Ob er sich ausnahmsweise ihren VW borgen dürfe, er würde ihn am Sonntagabend voll getankt zurück bringen, versprochen! Sie saß an einem Referat, Pat spielte mit Bausteinen neben ihr, ja klar, warum denn nicht. Der VW stand im Hof und wurde an diesen zwei Tagen nicht genutzt. Die grundlegende Verachtung, die sie seit Paris gegen das männliche Geschlecht hegte, galt selbstverständlich nicht für angehende Lehrer!

Schon jetzt, während der Arbeit an pädagogischen Themen, sehnte sie sich nach Schülern, und so bat sie Bekannte im Dorf, ihr einen quadratischen Tisch zu zimmern nebst Stuhl. Beides stellte sie auf den Kinderspielplatz, setzte ihre Schreibmaschine drauf, nahm Platz, packte Bücher und Papier aus und schrieb. Um sie herum das Getümmel der Kinder, mitten unter ihnen Pat. Sie schaukelten und spielten ›Räuber und Gendarm‹, und die Studentin schrieb, denn das Kindergeschrei klang ihr in den Ohren wie sphärische Musik. Es animierte sie, es machte sie glücklich. Bald kam es so weit, dass ein Kind fragte, ob es Walburgas langes Haar bürsten dürfte, während sie schrieb, und da wurde ausgiebig gelacht.

Natürlich füllte sich der Spielplatz umgehend mit Kindern, wenn Walburga mit ihrer Schreibmaschine anrückte. Jubel und Frohsinn!

Das durfte jedoch auf diese Art nicht weiter einreißen! Die Dorfbewohner scharwenzelten vorbei und fragten sie süffisant, was sie hier zu suchen habe. Sei sie ein Kind? Hätte sie sich selbst ernannt zur Aufsichtsperson? Schließlich wäre sie doch noch gar keine Lehrerin!

Walburga lachte sie frech an. Sie sollten doch allesamt froh sein, dass sich zumindest auch nur eine Mutter um die Kinder kümmere. Wo seien denn die Eltern? Wo die Omas? Hier säße sie doch seit Wochen allein mit den Kleinen. Die Erwachsenen hätten zu arbeiten, wurde ihr geantwortet, mit dem Unterton, sie hätte wohl nichts zu tun und nur Spaß im Kopf.

Lachen und Fröhlichsein ist eben für die Deutschen eine schlimme Sache. Da wächst Neid und Missgunst! Tags drauf waren Tisch und Stuhl fort, gestohlen. Aber die Dorfbewohner rechneten nicht mit ihren Kindern. Im Nu schleppten sie die Holzmöbel aus einem Schuppen zurück auf den Spielplatz. Der Unsinn unterblieb von nun an.

»Mama, es ist so schön mit dir!« rief Patricia, wenn sie bei einsetzender Dämmerung nach Hause liefen.

Sonntagabend. Ihr VW bog nicht in den Hof ein; ein Telefon in der Wohnung fehlte, und der Kommilitone besaß auch keines. Am Montag brachte sie ihr Kind in den evangelischen Kindergarten, hinterm Haus, und fuhr per Anhalter in die Uni. Saß nur eine Person im Auto, stieg sie kampfbereit ein. Mit Karate traute sie sich ohne weiteres zu, egal ob Mann oder Frau, aus prekären Situationen auszuscheren. Sie war gestählt und zunehmend erfahren im Fach Menschenkunde. Komisch nur, dass sie immer wieder vom Schicksal zur Anhalterin gestempelt wurde.

Vorlesungen versäumen und Seminare schwänzen, nur wegen eines Autos, das gab es nicht bei ihr. Sie betete zu Gott um Hilfe. Kaum war das Gebet beendet, näherte sich ihr auf dem Unigelände ein wildfremder Student.

»Bist du Walburga?«

»Ja, hallo und guten Tag.«

»Vermisst du deinen blauen VW?«

»Allerdings...«

»Von mir weißt du nichts, und du hast mich nie gesehen, ist das klar? Gleich gehe ich weiter, und wir kennen uns nicht. Der Wagen steht bei ihm, Griffhäuser Allee zwölf, und er hat hinten eine Frau vernascht, du siehst noch die

Spermaflecken auf den Sitzen. Er will die erst beseitigen und dann zu dir fahren... so jetzt kennst du seinen ›Notfall‹!«

Sprach es und lief weiter.

Walburga absolvierte ihre letzte Vorlesung »Methodik im Sprachunterricht« – Unterthema war ›Gruppenarbeit‹ - lief zu der angegebenen Adresse, holte ihren Reserveschlüssel aus der Aktenmappe und fuhr den VW heim.

Es stimmte: Sperma verunzierte die beiden Rücksitze. Also auch hier Unredlichkeit und das Nichteinhalten von Versprechungen. Lügen von wegen ›Notfall‹. Kaum hatte sie mit Persil ihr Auto gründlich gereinigt, als er im Torbogen stand. »Es gibt nichts weiter zu besprechen«, sagte Walburga trocken. »Der Tank ist leer, und ich kriege jetzt sofort 30 D-Mark von dir und den Schlüssel.« Damit war der Fall erledigt. Ihre Missachtung Männern gegenüber erreichte einen neuen Höhepunkt. Von nun an zog sie sich von sämtlichen, eigentlich nur Zeit raubenden Freundschaften zurück. Lediglich einen einzigen Kontakt nahm sie wahr.

Ein Student, der unsterblich in sie verknallt war, riet ihr immer wieder, sich schleunigst von Ulrich Luger scheiden zu lassen. Sein Vater sei Rechtsanwalt, und wenn sie jetzt, wo sie als Studentin von Bafög lebe, die Scheidung einreiche, koste es sie keinen Pfennig. Sein Vater würde alles aushandeln, sie verlöre weder Zeit noch Mühe, bis auf die leider persönliche Scheidungsverhandlung in Kassel, sobald der bürokratische Vorlauf erledigt sei. Die vorwurfsvollen Briefe ihrer Eltern aus Dresden, in denen ihr befohlen wurde, sich auf der Stelle scheiden zu lassen, setzten ihr zwar nicht zu. Aber im Grunde erschien ihr diese Angelegenheit zweitrangig, denn eine Scheidung galt als nicht anrüchig, und so unterschrieb sie die Vollmacht und ließ den Dingen ihren Lauf. In Kassel traf sie Ulrich wieder. Er hatte Freigang, bewacht von zwei Beamten. Die Scheidungsverhandlung dauerte fünfzehn Minuten. Das war es. Sie sollte ihn nie wieder sehen.

Der Heiratsantrag des verliebten Studenten kam zwar nicht direkt überraschend, wurde jedoch von Walburga unter Ulk verbucht.

*

In der Uni tat sich ein neues, unangenehmes Phänomen auf. Die Studenten bastelten Plakate und traten in Pulks auf. Sie nannten das Demo. Wenn sie eintraf, hingen Zettel an den Seminartüren: »...fällt aus!« Was entwickelte sich denn hier?

Die Kantine barst von rauchenden und schimpfenden Kommilitonen; sie hörte etwas von einem »Muff von tausend Jahren«, sie vernahm eine enorme Unzufriedenheit – womit eigentlich? Die Dozenten würden antiquiert unterrichten. Aber nach Lösungen hielt Walburga umsonst Ausschau. Schließlich kam es so weit in dieser rebellischen Stimmung, dass sie in einer Woche nur dreimal wirklich Unterricht genoss. So konnte es nicht weitergehen, denn dann erwarb sie die begehrten Scheine nicht und durfte auch nicht zur Prüfung antreten. Sie war verzweifelt. Als sie wieder einmal in einem Aufenthaltsraum so um die 30 Studenten erblickte, die zeternd ihre prallen Demoreden hielten, leere Worthülsen, aus ihrer Sicht, da tobte sie los! Nichts hielt sie mehr!

Sie unterbrach die rauchende Runde und schrie:

»Ihr faulen Schweine, es reicht mir jetzt ein für alle Mal, ihr habt keinen Respekt vor den Dozenten, ihr wollt ja gar nicht Lehrer werden. Im Gegensatz zu euch will ich das aber, und zwar schnell, und jetzt ist Schluss mit eurem Gelaber, geht heim und lernt!!!«

Manche nickten, manche feixten, und die machtbesessene, herrische Anführerin rief: »Jetzt wachen auch die letzten schlafenden Lämmer auf und merken, dass wir ein neues Unterrichtssystem fordern!« »Ja«, rief Walburga mit ihrer mächtigen Stimme, »ein System, in dem ihr für den Rest eures Lebens in den Kneipen hocken könnt, in dem ihr in alle Ewigkeit schwarz fernseht, in dem ihr bis zur Besinnungslosigkeit rauchen und trinken könnt. Ich jedenfalls mache das nicht mehr mit.«

Sie lief aus dem Saal und überlegte scharf. Was taten die Dozenten in dieser Zeit? Konnte zum Beispiel ihre Französisch-Dozentin helfen? Zaghaft klopfte sie bei Frau Dr. Kürth an die Tür.

»Guten Tag, Frau Dr. Kürth, mein Name ist Luger, was sich da unten abspielt, entsetzt mich. Können Sie mir erklären, wie es weitergehen soll? Ich möchte so gern in die Prüfung steigen. Aber wie soll ich meine Scheine bekommen, wenn alles ausfällt?« Um Eindruck zu schinden, trug sie ihr Anliegen auf Französisch vor.

Frau Dr. Kürth, eine Dame in mittlerem Alter, saß an ihrem Schreibtisch und war am Weinen!!! Walburga tröstete sie sofort und hörte sich ihren Kommentar an. Gerade bei ihr hatte Walburga vollkommen Neues gelernt. Durch sie war Walburga eine Expertin im Sprachlabor geworden, ihrer Meinung nach ein sicheres Mittel, grammatikalische Strukturen einzuschleifen.

Sie erfuhr, dass die Dozenten Vollmacht besaßen und auf eigene Faust jedweden Studenten zur Prüfung zulassen konnten. Das war die Rettung! Frau Dr. Kürth gab ihr persönlich Referate auf und Vortragsthemen, und wenn sie die ablieferte und ihr persönlich präsentierte, dann stand einem

Schein nichts mehr im Wege. Flugs sprach Walburga genau so in Politik und Psychologie vor, die einzigen Fächer, in denen sie noch Scheine brauchte, und sie arbeitete wie besessen auf das Ende zu.

Die Rebellion indessen setzte sich in Rauchexzessen fort; es nannte sich später die Bewegung der 68er, aber Walburga warf sich in die Prüfungen, die sich über drei Wochen hinzogen.

Just an dem Tag, als um zwölf Uhr die mündliche Prüfung in Politik stattfinden sollte, traf gegen elf Uhr ein Brief von Oma ein, an sich nichts Besonderes, da Oma und Walburga eifrig korrespondierten.

›Ich verfluche dich auf ewig. Du hast mich getäuscht. Du studierst ja gar nicht, du nimmst nur mein Geld.‹

Eine Cousine hatte im Auftrag der Eltern in Gießen angerufen und dort Recherchen angestellt, und irgendwelche Sekretärinnen, verwirrt durch die chaotischen Zustände in der Justus-Liebig-Universität, genervt von solchen Anfragen, riefen ins Telefon, dass hier kein Mensch studiere und man solle sie in Ruhe lassen. Oder so ähnlich!

Irritiert von dem Brief fühlte sich Walburga unkonzentriert, sodass sie die Politik-Prüfung tatsächlich nicht so zufriedenstellend hinbekam, wie sie es vorhatte. Aber zu einer Drei langte es trotzdem. Über die Kollusion in der Familie konnte sie nur milde lächeln.

Damit hatte sie ihr Ziel erreicht. Ein Brief von ganz oben traf ein, in dem sie gefragt wurde, an welchem Ort in Hessen sie eingesetzt werden wolle. Donnerwetter! Sie konnte es sich wünschen, Wiesbaden oder Mainz oder Fulda – der Grund hierfür: Lehrermangel!

Walburga antwortete postwendend:

›*Sehr geehrter Herr Regierungspräsident, bitte versetzen Sie mich in eine Landschaft, nahe der Grenze zur DDR, wo es kaum eine Anbindung an große Städte gibt, wo Ruhe herrscht und Ländlichkeit. Es sollte eine Gesamtschule sein, in der meine Tochter Patricia, fünf Jahre alt, eingeschult werden kann. Mit Dank und freundlichen Grüßen Walburga Luger.*‹

Innerhalb von vier Tagen traf die Antwort ein. Mit rasender Freude und in höchster Spannung betrachtete sie den offiziellen Brief. Der Absender ›*Regierungspräsident Kassel*‹ sprach für sich! Sie öffnete ihn zunächst nicht. Erst einmal legte sie feierlich auf dem Teppich eine riesige Landkarte von Hessen aus, setzte Patricia daneben und sprach zu ihr: »Siehst du, Häslein, jenen Brief? Dieses Schreiben wird unser weiteres Leben bestimmen.« Pat nickte selig und sah ihre Mutter erwartungsvoll an.

Erdfeld. Fieberhaft, mit Lupe, suchte sie nach dem Ort. Ihr Wunsch erfüllte sich vollständig: nahe der Grenze, man konnte ruhigen Gewissens sagen, mitten in der Pampa Hessens, in der Vorderen Rhön, lag das Dorf Erdfeld. Eine Stunde später sprangen sie in den VW und fuhren nach Nordosten.

30

Kommentarlos, ohne einen einzigen Zusatz, übersandte sie der Oma, ihrem Patenonkel Axel und ihrer Schwester Claudia das Zertifikat. Wenn sie aber gedacht hatte, da würde sich eine alte Dame entschuldigen – immerhin stand ein Fluch im Raum – hoffte Walburga völlig umsonst auf eine entsprechende Richtigstellung. Und sie dachte an den Spruch ihrer Schwester, die öfters hohnlachend gerufen hatte: Selig die, welche nichts erwarten, denn sie können nicht enttäuscht werden!

Die zuckersüßen Gratulationen, die nun von mehreren Seiten eintrafen, landeten sofort im Müll. Unwillkürlich dachte sie ebenfalls an die Lehre ihres Ex-Mannes Ulrich: ›Was ist der Unterschied zwischen einer Kredit-Bank und einem Regenschirm? Der Regenschirm öffnet sich, wenn es regnet.‹

Immerhin, Oma hatte ihr beigestanden – 200 D-Mark im Monat – und als die frisch gebackene Referendarin ihr erstes Monatsgehalt auf dem Konto entdeckte, glaubte sie kaum ihren Sinnen. Es handelte sich um weit mehr als 1000 D-Mark.

In Erdfeld rief Pat ganz begeistert. »Mama, das riecht hier wie im Urlaub. Und die vielen Bäume!« Es stimmte, man kam sich vor wie in einem Kurort mit Lärchenduft und Vogelsang.

Die Wohnungssuche in Erdfeld lief merkwürdig ab. Walburga tauchte nach einem ergebnislosen Besuch in der evangelischen Pfarrei willkürlich in der Apotheke auf, die einzige im Ort, und fragte den Chef, ob er für sie eine Wohnung wüsste. Es kämen doch hier in seinem Laden die Einwohner vorbei.

»Nein, tut mir sehr leid, hier gibt es überhaupt keine Wohnungen. Da kann ich Ihnen nicht weiterhelfen. Was darf es denn sein?«

»Mein Name ist Walburga Luger, und ich trete hier am ersten August als die neue Englischlehrerin an, Englisch, Französisch und eventuell auch Deutsch, und ich muss in diesem Ort wohnen, nicht zuletzt, weil sich in unmittelbarer Nähe hier auch der katholische Kindergarten befindet. Einen evangelischen gibt es nicht.«

»Was sagen Sie da? Sie werden in der Lichtschule, hier in Erdfeld, Lehrerin? Ab dem ersten August?«

»Allerdings.«

»Einen Moment mal bitte!«

Durch die angelehnte Tür hörte sie, wie der Apotheker zum Telefonhörer griff und flüsternd, recht aufgeregt, rief: »Hartmut, hast du schon vermietet? Hier steht eine zukünftige Lehrerin für uns!«

Er kehrte zurück und bat sie, Platz zu nehmen. Pat erhielt einen Karamellbonbon. Innerhalb von zehn Minuten erschien jener ›Hartmut‹, es handelte sich um Herrn Hurter, der – unterwürfig – formell – säuselnd – Folgendes von sich gab:

»Liebe Frau Luger, Sie treten also am ersten August hier bei uns eine Stellung an, als Lehrerin? Der Zufall will es, gegenüber dieser Apotheke steht eine sehr geräumige, nette Wohnung leer, sie kostet 200 D-Mark im Monat und ist sofort beziehbar. Darf ich sie Ihnen kurz zeigen?«

Walburga, das hatte sie von Ulrich gelernt, zeigte ein neutrales Pokergesicht.

Nach einer Weile, sie musste vor Erstaunen hüsteln, meinte sie:

»Ich bin etwas verwundert, denn Herr Wolf sagte mir, es

gäbe überhaupt keine Wohnungen in Erdfeld.«

»Das ist natürlich vollkommen richtig! Ich hatte den ersten Stock, das Haus gehört mir, auch schon so gut wie vermietet. Das aber habe ich sofort rückgängig gemacht, und nun ist sie frei.«

Eine herrlichere Bleibe, vier Zimmer, Küche, Bad, Balkon, Blick auf den Wald, war schlichtweg kaum vorstellbar, und sie griff zu.

Frau Hahn war ihr nicht weiter böse. Sie hatte vorausgesehen, dass Walburga umzog. Ein Bekannter half ihr mit den paar Möbeln, und der neue Lebensabschnitt gestaltete sich problemlos. Der Rektor der Lichtschule gab offen zu, begeistert zu sein, da seit einem halben Jahr kein Sprachlehrer mehr zur Verfügung stand. Sie wurde sofort Klassenlehrerin, betreute ansonsten sechs weitere Klassen in Sprachen, und sie erkannte nach kurzer Zeit: noch nie in ihrem Leben war sie so erfüllt und glücklich gewesen wie jetzt. Pat versuchte, ihre umfangreiche Tüte zum Schulanfang aufzuessen und lernte das ABC. Sie war ein sehr dünnes Mädchen mit blauen Augen, das ständig alles verschlingen und gleich drei Teller hintereinander leeren wollte, und das dann nach der ersten halben Wurstschnitte oder dem ersten halben Teller Grießsüppchen leise meinte: »Mama, ich kann nicht mehr.« Dann schütteten sich Mutter und Tochter aus vor Lachen.

Walburga liebte ihre Schüler, und zwar jeden. Sie verehrte ihren Rektor, von dem die meisten sagten, er sei ein Glücksfall. Auch mit dem Kollegium und den Eltern kam sie wunderbar klar. Es wurde ihr zugetragen, dass man sich doch sehr wundere, wie allein sie, eine schöne Frau, so lebe, aber das kümmerte sie nicht weiter.

Die ersten Sommerferien winkten, und nun hieß es endgültig Rache auskosten. Zuerst würde sie nach Hamburg fahren und dort Tante Ilse löchern. Was war aus Gustav geworden? Wer alles war in Mitleidenschaft gezogen worden? Zweitens würde sie nach Dresden fahren und mit ihrer Schwester Claudia abrechnen. Drittens folgte eine Reise in die USA, um zu sehen, was Aal wohl trieb und was ›das arme Kind‹, der Ausdruck ihrer Eltern, geerbt haben könnte. Und viertens, endlich, führe sie nach Frankreich. Die Zahl 04 am Auto hieß ›Alpes-de-Haute-Provence‹, und den Ort, der ihrer Erinnerung nach nur eine Silbe ausmachte, diesen Ort würde sie auch noch herausbekommen.

Felsenfest stand für sie, dass sie nie wieder eine Bindung eingehen und auch um Gottes willen nichts mehr mit Sex zu tun haben wollte. Da sich aber die Dorfbewohner mehr und mehr für ihr Privatleben interessierten, sie praktisch akribisch überwacht wurde (man beobachtete einige Meter entfernt, welche Lebensmittel sie in ihren Einkaufswagen legte!), wurden die Söhne und Töchter instruiert, zu schauen, was Walburga Luger ›sonst so‹ unternehme. Ach je, dachte Walburga, der einzige wunde Punkt ist längst erfolgreich vertuscht. Bei Pats Einschulung verlangte niemand ihre Geburtsurkunde. ›Lehrerin mit unehelichem Kind‹ war ganz ausgeschlossen. Es handelte sich natürlich um die Tochter einer geschiedenen Frau. Aber Pat hieß nicht Luger, sie hieß Patricia Weda, und jahrelang stand ›Luger‹ auf Pats Zeugnissen. Die Dorf-Kontrolle war zwar scharf, aber auch leicht dümmlich und einfach zu umgehen. Sie hatte sonst nichts zu verbergen, aber wenn es ihr zuviel wurde, so stieg man in das Auto und fuhr weg.

Es kam vor, dass bei passendem Anlass die Schüler von

ihr wissen wollten, woher sie eigentlich stammte. Dann schilderte sie eine wundersame Stadt hinter der Grenze, die am dreizehnten Februar 1945 vollkommen vernichtet wurde. Die Barockstadt sei so schön gewesen, wie es nur in Märchenbüchern noch auf Bildern zu sehen war. Und wenn sie erwachsen seien, sollten sie doch einmal nach Dresden fahren und die feine Stadt voller Historie, die sich übrigens im Aufbau befand, anschauen. Sie säte eine Art von Dresden-Kult, Prospekte, Bücher, Plakate tauchten auf, und da die Stadt in Sachsen unerreichbar war, sie stand in der DDR, sprachen die Eltern indigniert vom schönen Fulda und von Würzburg, wohin sie mit ihren Kleinen fuhren.

Vokabeln, Wortschatzarbeit, verband Walburga sehr oft mit Bewegungen oder Spaziergängen. Sie koordinierte Musik, Melodien mit Yogastellungen und sang mit den Kindern nach Herzenslust auf Englisch und Französisch. Jedes Jahr inszenierte sie kleine Theaterstücke, gern auch in der Fremdsprache.

Diese Lehrerin scherte aus, ihre Methoden verwunderten zunächst, häufig kamen Besucher in die Stunde, der Schulrat kreuzte auf, der Elternbeirat klopfte unvermutet an das jeweilige Klassenzimmer, aber Walburga lächelte nur spöttisch, sie wusste, was sie lehrte, was sie tat, wie sie es tat, und jeder ›Feind‹ – anders ließ es sich nicht mehr ausdrücken – verließ gebändigt und machtlos die Unterrichtsstunden. Bei einsetzender Kritik und aggressiven Vorwürfen nahm sie sofort ihren Schreibblock heraus und schrieb die schlecht verhehlte Anmache Wort für Wort in Stenografie mit. Sie war gestählt darin, mit Widersachern umzugehen und untermauerte jeden Vorgang mit einer schriftlichen Stellungnahme. Jede Unterrichtsstunde war schriftlich fixiert mit Einführung, Erkenntnis und Training des Lehrstoffes. Fazit der üblen Nachrede: »Aber die Kinder lernen viel bei ihr.« Die Kinder! Klug, schelmisch und spöttelnd beobachteten sie die unterschwelligen Konkurrenzkämpfe zwischen Lehrerkollegen und ihren Eltern. Kam es schlimm, litten sie. War es nur läppisches Geplänkel, amüsierten sie sich. Jedenfalls sollte sich keiner einbilden, die Schüler würden nichts merken!

Pat freute sich auf ihre Großeltern in der DDR. In Bebra holte sie wieder eine Rot-Kreuz-Schwester ab, um sie in Eisenach Walburgas Mama zu übergeben. Die Lehrerin indessen fuhr gespannt nach Hamburg zu Tante Ilse.

»Vielen Dank für deine Einladung, Tante Ilse. Wie geht es dir?«

Auch Ilse war Lehrerin gewesen und pflegte mit Kreti und Pleti, wie es in Hamburg hieß, freundschaftliche Kontakte. Nach einer eingehenden Diskussion über Goethes ›Wahlverwandtschaften‹ (betrachtete Walburga die Leute in Erdfeld als Wahlverwandtschaft? Antwort Nein!), berichtete Ilse von Gustavs Firma. Es sei keine eingesessene Kaufmannsfamilie, Hannover sei der Ursprung, und Frau Giesmann habe sich scheiden lassen, vor einiger Zeit, sie hätte es mit der Hüfte und weile schon monatelang in der Endo-Klinik, Altona; der Gustav Giesmann selber sei lange in Wintermoor gewesen, angeblich zur Erholung, die Firma sei anschließend verkauft worden, und die Sekretärin hätte als Erste das sinkende Schiff verlassen.

»Wo mag Gustav jetzt stecken?«

»Gustav? Herzchen, wieso nennst du ihn denn Gustav?«

»Ähm. Meine Mutter in Dresden, deine Großcousine also, die kennt ihn und wollte wissen, warum er plötzlich schweigt und keine Päckchen mehr sendet...«

»Ach so, ganz klar, ich kann ja deiner Mutter schreiben, dass...«

»Nein, nein. Ich fahre ja anschließend nach Dresden, um Pat zurückzuholen, dann reicht es doch, wenn ich es ihr erzähle.«

Walburga log nicht oft, hätte aber doch gern gewusst, wo sich Gustav jetzt aufhielt.

»Giesmann ist Rentner und lebt mit neuer Frau irgendwo in der Eifel. Er wollte sich in der CDU engagieren, strebte gar nach Bonn. Aber das ist im Sande verlaufen. Mehr ist nicht bekannt.«

Walburga war sehr zufrieden! Auch er hatte sorgfältig die Syphilis versteckt, für seinen Ehebruch einen teuren Preis bezahlt, und er hatte mit Sicherheit gebüßt für die Extratouren mit ihrer Schwester Claudia!

»Sag mal, Walburga, bekommst du auch solche Klagebriefe aus Dresden? Dort gibt es wohl nichts zu kaufen? Hungern die da drüben?«

»Ja, also Hunger ist nicht gerade angesagt, aber Tomaten und Erdbeeren, zum Beispiel, müssen sie sich mühevoll unterm Ladentisch besorgen. Manchmal oder oft sogar treten Engpässe auf, bei Kerzen oder Rasierklingen. Ganz bös ist es mit Badezimmerkacheln oder Autoersatzteilen. Genaues weiß ich auch nicht, aber Pat hat Bohnenkaffee und Bananen mit, deklariert als ›Proviant‹.«

»Soll ich wieder vermehrt Pakete senden?«

»Warum nicht. Weißt du was, Tante Ilse, ich habe doch jetzt das Visum für zwei Wochen. Da mache ich von dir aus hier gleich einen Abstecher nach Warnemünde in das Valuta-Hotel Neptun. Da werde ich zum Spaß ein paar Tage verbringen, Frühstück inklusive, 80 D-Mark die Nacht, Westgeld wohl gemerkt, aber sonst will ich mal nur von Ostgeld leben; will sehen, wie das so ist, ob man da satt wird und alles kaufen kann. Dann bekommen wir einen Vergleich, wie die Familie in Dresden lebt. Außerdem sehne ich mich nach ein paar Tagen Urlaub am Meer. Die Schule ist kein Parkspaziergang!«

»Schade, da würde ich gerne mitfahren! Aber ohne Visum, und mit meinem kranken Bein... Du musst mir genau berichten, wie arm die da drüben sind, ja? Meine Liebe, schön, dass du mich nicht vergessen hast. Für Warnemünde schenke ich dir 500 D-Mark, damit du mir nicht verhungerst. Informiere aber unbedingt deine Mutter, damit sie weiß, dass du später nach Dresden kommst, und wenn dir dort etwas passiert...«

»Was soll mir denn passieren. Schließlich kann ich gut schwimmen und spreche russisch.«

Mühsam erhob sich Tante Ilse aus ihrem Liegesessel und holte aus dem Jugendstil-Sekretär das Westgeld.

»Weißt du, mein Kind, wenn man alt und verbraucht ist, kann man sein Erspartes ja gar nicht mehr ausgeben.«

Walburga nahm sich vor, später genau so zu handeln. Sie wollte ihre Freude über diesen finanziellen Beitrag nie vergessen, über Ilses Spendierhosen sozusagen, über ihre Großzügigkeit, ihre teilnehmende Güte. O ja, Ilse würde einen ausführlichen Bericht erhalten, versprochen.

31

Die Idee mit dem Ostseestrand in der DDR fand Walburga einfach grandios. Wie privilegiert sie sich vorkam, mit Westgeld in der Hand und in einem Elitehotel der ersten Klasse! Sie traf dort leider nur Westler und um sechs Uhr früh keinen einzigen Schwimmer. Das Meer umspülte sie glucksend und glitzerte wie Strass-Schmuck. Vom Zimmer aus rief sie ihre Mutter an.

»Hallo, ihr alle in Dresden, wie schaut es aus, was macht mein Töchterchen?«

»Alles prima, wo bist du denn, von wo rufst du an?«

»Von Hamburg aus noch ein kleiner Abstecher nach Warnemünde, in das Hotel Neptun. Mami, ich komme übermorgen oder in drei Tagen. Muss kurz ausspannen, bin ausgelaugt von der vielen Pädagogik.«

»Aber ja doch, lass dir Zeit. Wir feiern hier ganz groß das Universitäts-Jubiläum, natürlich auch im Club. Es kommen 68 Professoren aus dem In- und Ausland. Höhepunkt Semperoper! Weber. Der Freischütz. Papa wird einen Vortrag halten. Es kommt Besuch von ganz oben, aus Wandlitz, du verstehst... also genieße das Meer und erhole dich.«

Nach dem opulenten Frühstück wollte sie sogleich den Ort erforschen. Über einer grauen Baracke, mit abgeblätterter Fassade und baufällig, entdeckte sie das Schild ›Konsum‹, dazu ein Transparent in Rot: ›Wir schreiten zum Sieg des Sozialismus‹. Der Text ging noch weiter, war jedoch von Wind und Wetter so unleserlich geworden, dass sie nur noch ›proleta‹ entziffern konnte. Walburga traute ihren Augen nicht. Was sie in der schmuddeligen Baracke sah, waren gähnend leere, unsaubere Regale. Keine Tomate, kein Ei; sie nahm ihre Finger und zählte lieber das auf, was da lag: ein paar Stangen Rhabarber, mehrere Flaschen Rhabarbersaft, und zum Schluss noch zwölf Köpfe Weißkohl. Das war es! Sie kaufte zwei Flaschen Rhabarbersaft und beschloss, ein paar Kilo abzunehmen, dann hätte diese Situation einen Sinn. In einem russisch aufgemachten Lokal mit Balalaika-Klängen wurde sie regelrecht abgefangen. »Was wollen Sie hier? Ihr Name? Haben Sie einen Tisch bestellt? Nein? Tischbestellung sechs Wochen, vorneweg!« »Ich bezahle mit Westgeld!« »O bitte, verzeihen Sie vielmals, Sie können hier jeden Tisch auswählen, es ist ja noch früh am Tage.« »In Ordnung, wir sind drei Personen, ich komme gleich wieder.« Und weg war sie!

Ein anderes Gasthaus fand sie zunächst nicht, auch keinen Lebensmittelladen, aber von Ferne winkte ein Eis-Stand. Sie musste sich jetzt mit der Verkäuferin unterhalten, um herauszukriegen, wovon die sich ernährte. Sie war dick und trug einen weißen Kittel. »Kann ich hier für Ostgeld Eis kaufen?« »Nu klar, wie viel Kugeln?« »Eine Vanillekugel, bitte. Sagen Sie mal, wenn Sie nun Rosenkohl kaufen wollen oder Fleisch, wohin wenden Sie sich da?« »Gar nicht. Mein Onkel züchtet Schweine im Hinterland, und den Rosenkohl bekomme ich von meiner Schwiegertochter, die auf der LPG Nienhagen schafft.« »Und wie kann sich dann ein normaler Mensch wie ich eindecken, der keine Beziehungen hat?« »Na ja, schwierig. Sind Sie denn nicht eingeladen? Also beim Bäcker bekommen Sie auf jeden Fall Brötchen; Mehl und Butter gibt es in Diedrichshagen, aber Schlange stehen müssen Sie auf jeden Fall. Eine heiße Bockwurst am Markt oben bekommen Sie ab vierzehn Uhr. Was, unter uns, brauchen Sie denn?« »Im Moment noch nichts. Ich bin im Neptun untergebracht...« »Ach, ein Westler! Warum nicht gleich? Für Westgeld besorge ich Ihnen alles. Und rasch dazu!!! Ich bin die Franziska, Sie können mich duzen. Wir sind da nicht so.«

Kopfschüttelnd verabschiedete sie sich von Franzi, auf bald, und kehrte in das Hotel Neptun zurück. Wer stand an der Rezeption? War das nicht Hans? Ex-Student Leipzig? Musikwissenschaften? Der sie in der Mensa beim Tanz aufgerissen hatte? Ein Ehemann mit vier Kindern!!!

»Walburga, Liebste, endlich habe ich dich einmal angetroffen! Jetzt entkommst du mir nicht mehr, da staunst du, was!«

»Hans, woher kennst du meinen Aufenthaltsort? Hast du Ferien? Musst du nicht deine Musiksendungen in Ost-Berlin vorbereiten, Radio DDR zwei?«

»Reiner Zufall. Ich wollte wieder einmal wissen, wo du bist und rief deine Mutter in Dresden an. Sie lachte und meinte, du seist just im Neptun, na, da stieg ich doch gleich in den Zug.«

»Du bist gut. Ich bin nicht in Form. Urlaubsreif. Und wo wirst du die Nacht verbringen?«

»Natürlich in deinem Zimmer, endlich ist es so weit. Genug scharwenzelt, jetzt geht's rund!«

»Gib es zu, du willst in den Westen!«

»Sei leise, klar will ich das, wer nicht? Du musst mir helfen.«

»Einen Moment«, sagte Walburga, »ich muss noch etwas fragen.«

Sie entfernte sich behände und wandte sich außer Hörweite an den Empfangschef.

»Sehen Sie den Herrn dort? Es ist ein DDR-Bürger. Verbieten Sie ihm leise und höflich, mein Zimmer zu betreten.

Wir sitzen an der Tagesbar. Machen Sie es diskret, ich habe keine Ahnung!«

»Wird erledigt. Seien Sie unbesorgt!«

Hans trank Wodka, Walburga Rotwein (Westgeld), und das Gelächter nahm kein Ende. All die Reminiszenzen an Leipzig, Gesangswettbewerbe, Sportveranstaltungen, FDJ-Versammlungen, Maidemos, das war vorbei, und der Ernst des Berufes hatte beide gepackt.

Als Walburga von der Toilette zurückkehrte, zeigte Hans ein betretenes Gesicht. »Die Schweine haben mich geortet und mir den Zutritt zu deinem Zimmer verwehrt. Ich dürfe nur für Valuta hier essen und trinken, mehr nicht.« »Sehr dumm«, nickte Walburga bedauernd. »So viel Westgeld habe ich nun auch nicht.« Sie log wie gedruckt und schämte sich kein bisschen. »Jetzt musst du in ein Osthotel, Hans, die sollen ja gestopft voll sein. Triff mich in zwei Stunden, warte unten, ich muss mich ausruhen.« »Macht ja nichts«, lachte Hans, »die Dünen sind blickdicht und der Strand ist weit!«

Abends wartete er mit zwei belegten Broten vor dem Hotel und holte sie ab. Sie stiegen in eine leere Sandburg, Walburga hüpfte kurz ins Wasser, und Hans zog vier Flaschen Radeberger Pils aus seiner Aktentasche. »Es gibt hier drei Hotels. Nichts zu machen. Werde wohl am Strand übernachten!« Es war warm, und Hans spöttelte und feixte über Walburgas entsetzte Miene. »Im Wiesenhof, Walburga, da sitzt eine freche, hübsche Henne an der Rezeption. Ich sagte zu ihr, dass ich später käme, dass ich Wein mitbringe und mit ihr die ganze Nacht quatschen will, und morgen sieht die Welt wieder neu und anders aus, na?« Walburga dachte an Aal, wie er sie mit Heidi betrügen wollte: nur wegen der Katzen wich er vor ihr zurück. Sie überlegte, was wohl die Frau von Hans dazu sagen würde, wüsste sie überhaupt, wo er war. »Ja, klopfe sie weich, Hans«, schmunzelte Walburga und griff zur Flasche Pilsener. »Vielleicht nimmt sie dich dann morgens, am Ende ihres Nachtdienstes, mit in ihre Wohnung.« »Ja, stell dir vor, sie wohnt hier in Warnemünde und ist SED-Mitglied, sie hat die Schnauze gestrichen voll.«

Noch lange spazierten sie am Strand entlang. Walburga wollte als Nächstes unbedingt zu der berühmten Klosterkirche in Bad Doberan, aber Hans winkte entnervt ab. »Boot mieten und eine kräftige Nummer schieben, das ist intensiver, Schatz.« »Warum nicht«, meinte Walburga. »Schlaf gut, Hänschen, du wirst sicher Glück haben.«

»Wann werde ich dich endlich endlich besitzen, Walburga, schönste Frau der Welt? Hat dir meine vorletzte Musiksendung, nur für dich, ›Richard Wagner‹ war das Thema, nicht gefallen? Ich nannte gar deinen Namen, sprach mehrfach von einer Walküre...«

Am Frühstückstisch erschien aufgeregt der liebe Hans, sauber, gekämmt, ausgeruht. »Stell dir vor, was mir passiert ist. Eva Hill. So heißt sie. Walburga, ich fasse es nicht. Nachdem wir eine Flasche Rotkäppchen gekippt hatten...«

»Wovon sprichst du eigentlich?«

»Eva Hill. Die Frau an der Rezeption. Die Parteigenossin. Im Hotel Wiesenhof!«

»Ach, der Nachtdienst. Ja. Und?«

»Es war nach Mitternacht, da fing ich an, von dir zu erzählen, dass du hier wohnst, für ein paar Tage, wie viel Tage eigentlich? Da sprang sie auf wie von einer Hornisse gestochen, gab mir einen Kuss und rief – wir sind längst beim Du – versprichst du mir, dass ich sie kennen lerne? Ich versprach es gleich, weiß aber nicht, warum, ehrlich gesagt. Ob sie lesbisch ist? Jedenfalls drehte sich Eva Hill um und übergab mir die Schlüssel für das Ministerzimmer, das in dieser Nacht leer stand, und dazu noch für zehn Mark Ost.« »Hast du ihr ein Foto von mir gezeigt?« »Nein, es ging ihr nicht um dein Aussehen, dein Alter, deinen Beruf, aber sie hat etwas vor mit dir, vielleicht ist es doch die BRD-Bürgerin.« »Glaub ich nicht, die ist doch SED-Bonze, hat alles, was sie will, Geld, Beruf, Wohnung.« »Hast du eine Ahnung!« murmelte Hans düster.

Walburga fühlte sich belästigt. Sie wollte in harmloser Art flirten und schwimmen. Morgen würde sie abfahren nach Dresden, das ging sie hier doch gar nichts an.

Aber Eva Hill ließ nicht locker und lud Hans mit Westbesuch in ihre Wohnung ein. Er nickte Walburga zu: »Natürlich habe ich ausgehandelt, dass du mit darfst in mein Ministerzimmer, ganz umsonst.« Sie betraten eine kuschelig eingerichtete Zweiraumwohnung, die mit Gladiolen und künstlichen Hortensien voll gestellt war und in der man sich kaum bewegen konnte. Eva wies auf die geräumige Ausziehcouch und nahm selber Platz. »Es freut mich so, dass ich Sie, Frau Luger, kennen lernen darf, wo wohnen Sie denn?« »Im Neptun.« »Nein, ich meine im Westen.«

Aha!

»Das werden Sie nicht kennen, in Erdfeld.«

»Ist das weit von Berlin?«

»Ja, schon. Aber ich komme laufend nach West-Berlin, habe dort Verwandte, und jetzt darf man ja auch nach Ost-Berlin – zumindest am Tage.«

»Das ist schön. Ich habe hier ein Geschenk für Sie, einen Meter lang, feine mecklenburgische Salami, mein Onkel stellt sie selbst her, reinste Qualität, und...«

»Ach, Eva, hole bitte ein scharfes Messer, ich bin hungrig, die schneiden wir gleich einmal scheibchenweise auf«, meinte Hans.

»Prima, wollen wir nicht DU sagen, Walburga? Jedenfalls hier auf dem Tisch siehst du ein Glas echte, selbst hergestellte Himbeermarmelade, von mir, lass es dir schmecken.«

»Mit dem Du bin ich einverstanden«, meinte Walburga und freute sich. »Aber weißt du, die Geschenke; wir werden ja ungeheuer gefilzt, in meinem Fall bald in Gerstungen, also da möchte ich nichts riskieren. Und überhaupt, wieso beschenkst du mich, ich habe nichts für dich getan.«

Die Westtouristin hasste Himbeerkonfitüre. Die winzigen Kernchen staken fest in den Zwischenräumen ihrer Zähne und ließen sich nur zeitraubend und mühevoll entfernen. Das Glas konnte Hans leeren.

»Es stimmt, wir kennen uns noch nicht. Und ich habe auch nur eine ganz kleine Bitte an dich. Nimm diesen Brief mit nach West-Berlin und gib ihn dort auf dem Kurfürstendamm Nummer zwei bei Rechtsanwalt Brückland ab«, bat Eva.

»Na, wenn es weiter nichts ist. Hoffentlich eilt es nicht?«

»Also nee, nee!« rief Hans. »Den wollen wir erst einmal lesen.«

»Gern. Das Couvert ist offen.« Eva händigte ihr den Brief aus. Und Walburga las laut vor:

»Sehr geehrter Herr Rechtsanwalt Brückland, auf Empfehlung von Frau Luger bitte ich Sie,...«

Walburga legte das Papier nieder.

»Hast du davon noch eine Kopie?«

»Ja, hier.«

»Zerreiße die Kopie sofort!«

Eva befolgte den Befehl und warf die Fetzen in den Müll.

»Nun muss ich dir, liebe Eva, Folgendes sagen. Wie komme

ich denn dazu, dem Rechtsanwalt Brückland, einem Mann, den ich nicht kenne, eine Dame zu empfehlen, die ich auch nicht kenne. Das geht natürlich nicht. Wenn du einen Brief schreibst, du als Absender, er als Empfänger, dann gern. Ich bin dann ein Bote, ein Nachrichtenüberbringer, aber eine Empfehlung spreche ich keinesfalls aus, ist das klar? Wir wollen mal weiter lesen, was willst du denn von ihm... aha... was??? Er soll dich freikaufen???!«

»Ja, Walburga. Jeden Tag kann ich verhaftet werden. Eigentlich sogar jede Stunde. Denn ich habe einen Ausreiseantrag nach Kiel gestellt, und seitdem quälen sie mich ganz besonders.«

»Du schreibst den Brief jetzt um, und ich nehme ihn mit. Vorher aber habe ich eine ganz wichtige Frage: dir geht es doch ausgezeichnet, vor deinem Balkon ein rieselnder Bach, vor der Haustür die Ostsee, du hast ein Gehalt, Verwandte, Freunde, große Kinder, wieso willst du nach Kiel? Hast du da jemanden?«

»Nein, ich habe in Kiel keinen Menschen. Hier kann ich nicht mehr leben, ich ersticke, sollen sie mich in den Knast stecken, Hauptsache, der Westen erfährt meinen Namen und meinen Willen, damit sie mich freikaufen.« Und Eva fing an, bitterlich zu weinen.

Später saß Hans am Strand und löffelte das Himbeerglas aus. Manchmal, schmatzend, lachte er genüsslich und meinte zu Walburga, die sich zum Schwimmen umzog, nun sei sie eine Fluchthelferin, und sie käme bald in den Knast. »Wenn das die Stasi erfährt!« rief er glucksend.

Walburga versteckte die Sandalen unter ihren Textilien. Die Wertsachen, vor allem der Pass, lagen verborgen in ihrem Zimmer.

Hans sprach flirtend: »Ich könnte der Stasi das Ding erzählen; von hier aus im zehnten Haus, links, sitzt sie – ein Ferienhaus für die Stasi. Ein Erholungsheim, die müssen ja auch mal pausieren, ha ha ha!!!«

»Lass dich nicht bremsen. Ich geh jetzt in die Wellen und lasse mich ein wenig treiben, bis später, Hans.«

Während sie auf dem Rücken lag und zum Mond aufschaute, war sie gespannt, wie er es anstellen würde, dass auch er unbeschadet in den Westen käme. Das Rezept, am Kurfürstendamm 2 nur den Namen durchzugeben, schien ein wundervoller Weg zu sein, wie beide erfahren hatten.

Aber bei ihrer Rückkehr aus den Fluten sprach Hans das Thema nicht mehr an. Sicher hatte er sich überlegt, dass er seine vier Kinder und auch die Frau nicht im Stich lassen konnte.

»Sei mir nicht gram, Hans, es war schön, aber mit in das Ministerzimmer komme ich leider nicht. Du hast mich nicht gefragt, aber ich habe in Hessen einen neuen Freund, den ich liebe, und im Gegensatz zu dir bin ich treu, hi hi hi. Gute Nacht. Und komm gut heim nach Ost-Berlin.«

Sie log wie gedruckt, und sie guckte ihn sogar liebevoll an.

Er verstand. »Aber, du Extremistin, Hexlein, wenn du nach Ost-Berlin kommst, Anruf genügt, Hans steht parat!!!«

32

Mit Mühe war sie ihn losgeworden, den anhänglichen Hans, der übrigens neben seinen vier Kindern noch zwei uneheliche in Weimar füttern musste. Er war eben ein wilder Typ, Widder, immer auf der Suche. Walburga sei sein absolutes Ziel, alle anderen Frauen seien ihr ähnlich, kämen aber nie an Statur und Charakter Walburgas heran.

Sie dachte gar nicht daran, abzureisen, die Natur hier in Warnemünde war bewegend. Sie lief zum Hafen und sah einen riesigen Ausflugsdampfer einlaufen, ja, das sei die Fähre zwischen Travemünde (West) und Warnemünde (Ost). Es gäbe doch viele Westler, die sich die schöne DDR angucken wollten. Und umgekehrt? Na, da ginge natürlich gar nichts. Die Westler haben ein Sondervisum und fahren am gleichen Tag wieder zurück.

Im Sand sitzend, nahm sie das Schreiben an den Rechtsanwalt Brückland, West-Berlin, heraus und las es lange. Dann zerriss sie den Brief in tausend Stücke, erhob sich, versenkte einen Teil der Fetzelchen in den einen Papierkorb, den Rest der Schnipsel in einen anderen. Erledigt. Sie kannte den Brief nun auswendig und würde ihn im Westen neu schreiben.

An der Rezeption bat sie dringend darum, möglichen Anrufern zu sagen, Walburga Luger sei abgereist. Selbst Mama wurde nun nicht mehr informiert, Walburga hatte wirklich keine Lust auf verflossene Lüstlinge.

Am nächsten Tag regnete es in Strömen. Das war natürlich ungünstig für ihre Pläne. Sie wollte nach Bad Doberan und in die Kloster-Kirche, doch sonntags fuhr kein Bus. Im Zimmer übte sie Karate, vor allem die Griffe mit Lähmungseffekt, sagte sich nochmals, dass es nur ein Auto mit einer Person sein dürfe, und im Notfall könne sie ja jemanden mit Westgeld bestechen. Denn Taxis gab es überhaupt nicht. Voller Abenteuerlust und Spannung im Herzen zog sie los, im blau glänzenden Regen-Cape. Kaum hatte sie die entsprechende Landstraße erreicht, sie hob die Hand, hielt ein Trabant, grün, und wer saß drin? Nur eine Person, ein Mann.

»Guten Morgen, nehmen Sie mich mit nach Bad Doberan?« fragte Walburga freundlich lächelnd, die Wangen nass vom Wasser. »Aber klar doch«, meinte freudig der junge Mann, er sei Arno Kahn und voll gelangweilt. (Auch ein Widder!) Er fahre nur so über die Landstraßen, alles sei sinnlos, und er hätte die Schnauze restlos voll und keine Hoffnung mehr. Sie staunte über seine Offenheit. Sie hörte Dinge, die so ähnlich wie gestern, bei Eva Hill, klangen. Wohin sie wolle, ach, Kirche, natürlich, er führe sie hin, könne ihr alles erklären, kenne sich aus, er sei Architekt. Warnowerft.

Beide genossen die Klosterkirche, Arnos Vorträge umfassten die wechselvolle mecklenburgische Geschichte, einschließlich Goten, Dänen, Slaven, Alemannen, Normannen und Franken.

»Es ist ein glücklicher Umstand, dass Sie Zeit haben, Arno. Ich muss nämlich morgen weiter und würde gern so viel wie möglich sehen.« »Wie bei mir, ich habe morgen ab sieben Uhr Dienst.« »Können denn die Pfarrer hier ungestört, ich meine unzensiert, arbeiten?« »Soviel ich weiß – können sie es noch.« Dann zeigte er ihr seine Gartendatscha. Danach fuhren sie in seine Wohnung nach Lichtenhagen, da sie beide gleichzeitig ihren Lieblingsautor entdeckt hatten: Robert Musil mit seinem Werk »Der Mann ohne Eigenschaften«, für beide eine Bibel. Ja, und alle Bände stünden bei ihm, Arno Kahn, im Regal!! In einer Viertelstunde seien sie da.

»Darf ich«, fragte Arno, »auch Ihren Namen erfahren?«
»Klar. Ich bin Walburga Luger, Tourist leider.«

Plötzlich schwieg Arno. Sein Trabant machte einen Schlenker. Er bremste, hielt dann rechts an. Er war ganz blass. »Woher kommen Sie, Walburga?« »Ich bin vom Hotel Neptun aus gestartet.« »Ich ahnte es! Sie sind aus dem Westen!« Sie hatte dies extra vermeiden wollen, weil es sie nervte. Denn man wusste dann ja nicht mehr, ob es um die eigene Person ging oder um den Westpass. Seine Geschichte kannte sie bereits: große Materialschwierigkeiten beim Bau, grausige Intrigen bezüglich der Hierarchie, Verrat an jeder Ecke, und seine Freundin mochte er nicht mehr so. Kinder gab es keine.

In seinem Appartement zeigte er ihr Fotos von seiner Verwandtschaft in Düsseldorf, ein Onkel sei auch kürzlich mit dem Ausflugsschiff hier gewesen, tolle Sache. Aber leider, sie wisse ja, er dürfe keinesfalls rüber, zu Besuch. »Erst wenn ich 60 bin!« lachte er und Walburga lachte mit, fand es aber trotzdem traurig. Sie lud ihn ein in das Hotel Neptun, denn das kannte nun er wieder nicht, da man nur mit Valuta bezahlen durfte. Der normale DDR-Bürger mit Ostgeld kam nicht herein.

An der Tagesbar scherzten sie nach Herzenslust, wenn es ihm auch unangenehm war, dass sie bezahlte; er mochte das nicht. »Ich könnte noch einen Tag bleiben und Sie morgen treffen«, meinte Walburga, denn er gefiel ihr außerordentlich – als Unterhalter. »Vielleicht noch Rostock?« »Nein, morgen nicht. Und wundern Sie sich nicht, wenn Sie nichts mehr von mir hören. Eine schwere Woche liegt vor mir. Aber ich habe Ihre Adresse in Erdfeld, und ich schreibe Ihnen, ganz klar.« Sie verabschiedeten sich mit einem leichten Wangenkuss. Es kam ihr so vor, als trüge er eine schwere Last.

Kurz entschlossen, es gut sein zu lassen, setzte sie sich anderntags in den Zug nach Dresden, um sich endlich ihrer Familie zu stellen.

Pat umarmte ihre Mutter, war jedoch fröhlich spielend in die Nachbarskinder integriert, jauchzende Jagd im Garten; Mama kam, in Ordnung, aber bitte störe uns nicht. Ach, wie süß!

»Mama«, sagte Walburga, »ich danke dir für deine Fürsorge und was du alles für Pat tust.« »Mehr kann ich nicht machen als ihr noch eine anständige Erziehung mit auf den Weg zu geben. Sie kann mit Messer und Gabel umgehen und verfügt insgesamt über annehmbare Manieren. Ich bin nun auch nicht mehr die Jüngste.« Sie war 60, und damit wuchs die Gefahr, dass Walburga in Erdfeld sehr bald Besuch erhielt. Von der gestrengen Mama. Die Umstände der missratenen Hochzeitsfeier in Ost-Berlin wurden ausdiskutiert; Walburga machte Mama glücklich mit der Nachricht, sie sei endgültig geschieden, ihre Lehrtätigkeit in Erdfeld wäre erfüllend und wundervoll, ihre Wohnung sei eine Oase der Ruhe, und wo – Walburga blickte angelegentlich auf den Sandkasten mit den sieben spielenden Kindern – sei denn Claudia.

»Dein geliebtes Schwesterherz Claudia ist vollkommen ausgelaugt von ihrer Poliklinik, dazu die zwei Kinder, ihr Mann verhält sich ohne jedes Verständnis, ihrer Meinung nach. Also ich verstehe mich mit Erich sehr gut, eine prima Partie!«

»Kommt sie zu uns, oder soll ich nach Blasewitz zu ihr?«
»Wie hättest du es denn lieber?«

»Ich will zu ihr natürlich, dann sehe ich auch meine Nichten.«

Pat, Mama und Walburga fuhren schwimmen. Nach der kleinen Isetta fuhr Mama nun einen Trabbi und setzte Walburga vor Claudias Haustür ab. »Ruf an«, sagte Mama, »wenn ihr fertig seid, ich hole dich gerne ab.« Papa, der für die gesamte Welt, einschließlich Australien, eine Reisegenehmigung besaß, und zwar ohne dass er sechs Wochen lang auf ein Visum warten musste, war gerade aus Wien zurückgekehrt und arbeitete im Haus, sodass Pat nie allein war.

Die Schwestern umarmten sich. Walburga erblickte mit Schrecken Claudias ausgemergeltes, feines Gesichtchen, den edel gedeckten Tisch, die Zitronenschnitten, den echten West-Kaffee und registrierte voll Erschütterung die neue Situation. Die Nichten lachten und plauderten, der Ehemann trat herzu und zeigte ein finsteres Gesicht.

»Wie lange bleibst du, und wann fährst du wieder ab?« fragte Erich.

»Ich sehe dich heute, Erich, zum ersten Mal, also nicht nur auf Fotos, und du hast nichts anderes im Sinn, als mich wieder loszuwerden. Was habe ich dir angetan, dass du so finster blickst?«

»Weil du mir meine Frau wegnimmst. Sie spricht seit Tagen nur von dir, von deiner Ankunft, von den Vorbereitungen, den Plänen mit dir, es ist zum Verrücktwerden! Die Kinder reden von neuen Jeans, von Westgeld, von Schallplatten und Westschokolade. Ich kann ihnen das nicht bieten, und du versuchst meine Familie mit Westideologie.«

»Da bin ich also schuld?«

»Ja, du. Denn hier in Dresden gibt es kein Westfernsehen, meine Kinder wissen nichts von eurem vergifteten Land, nur durch deine Briefe und Pakete sind sie infiziert. Lass das in Zukunft.«

Claudia schwieg dazu, nahm die Silberkanne und goss Kaffee nach. Sie mischte sich nicht ein und erklärte ihrer Schwester später, unter vier Augen, sie sei zu kraftlos, um zu widersprechen. Die Diskussionen West-Ost hätten sie zermürbt, sie käme auch gegen Erich nicht an.

Walburga erhob sich. »Ich möchte mit meiner Schwester ein wenig spazieren gehen, im Park. Also verabschiede ich mich jetzt von euch, von dir, Erich, und von euch, meine Kleinen.«

»Gnade euch Gott, ihr seid nicht Punkt neunzehn Uhr zurück!« rief Erich den beiden hinterher.

Nun war es so weit. Zwar sah Walburga ein abgearbeitetes weibliches Gerippe vor sich, so dünn war Claudia, so schmächtig, so zart und angreifbar, sodass es die Lehrerin fast vor Schmerz zerriss, aber trotzdem wollte sie den Treuebruch mit Gustav nun hinter sich bringen. »Du bist Ärztin, Claudia, was machst du denn mit deinem Körperchen? Du siehst schrecklich aus, warst einst eine Schönheit. Claudia, Claudia!«

Sie standen im Waldweg, fest umarmt, aneinander geschmiegt, und Claudia weinte herzzerreißend. Sie wäre nun im Osten geblieben, die Würfel seien gefallen. Aus Respekt vor den Eltern wäre sie nicht in den Westen gegangen, hätte diesen Widerling geheiratet, der ihr nicht die Luft zum Atmen ließe, nur die Kinder seien ein großer Trost.

»Du wolltest nicht, Walburga, dass ich in den Westen gehe«, wimmerte Claudia.

»Moment mal!« Walburga ließ Claudia los.

»Ich wollte nicht, dass du mir folgst, nach Frankfurt am Main. Und du weißt auch, was du mit mir gemacht hast. Du hast mir meinen Freund Gustav wegnehmen wollen, was dir aber nicht gelang.«

»Nein, das stimmt nicht. Ich war nur zweimal mit ihm aus.«

»Ach, so nennst du das, ich würde sagen, zweimal gefickt, ja? Du hättest selbstverständlich in den Westen gehen können, aber eben nur nicht in meinen Dunstkreis, bitte mal eben, bitte sehr!«

»Gustav und ich haben nichts miteinander gehabt.«

»Aber zweimal wart ihr in seinem Appartement!«

»Das heißt ja nichts.«

»Über Nacht!«

»Ja, aber sonst war nichts.«

Walburga wusste, dass Claudia ihre Geschwisterliebe retten wollte, und Walburga wollte das auch. Die neue Zeit präsentierte ihrer Claudia andere, härtere Herausforderungen, und so waren Walburgas Rachegelüste schnell und endgültig gestillt. Walburga schaute auf die Uhr. O Gott, es war zehn vor sieben, und Erich würde toben. Noch nie hatte sie es erlebt, dass Claudia sich bei ihr entschuldigt hätte. Weder in den Jugendjahren, noch in der Oberschulzeit, noch jetzt. Wenn sie doch gesagt hätte: »Ja, Walburga, es stimmt. Bitte verzeihe mir, ich war jung und naiv und ahnungslos.« Alles wäre gut gewesen, und zwar für immer. So aber hielt sich der unwägbare Groll weiter in der angeblich so starken Walburga.

»Claudia, komm, wir sind zu spät dran, der Erich...«

Claudia blieb demonstrativ stehen.

»Du sollst seine Wut kennen lernen. Du wirst jetzt den Charakter meines Mannes persönlich erleben. Pass auf!«

Und so geschah es. Mit hochrotem Gesicht, die abgebundene Armbanduhr in der Hand, schrie er an der Eingangstür los. Im Nebenhaus öffneten sich Türen, und Schürzen bewehrte Lockenkopf-Weiber äugten interessiert herüber. »Was wagst du es, zu spät zu kommen. Alles nur wegen dieser Westtante. Ich will mein Abendbrot. Die Kinder sind hungrig, wir müssen noch ihre Schularbeiten prüfen, um acht kommt mein Parteifreund, du sollst ihm noch ein Medikament verschreiben, bin ich denn mit einer Wahnsinnigen verheiratet, alles nur wegen der überflüssigen Westverwandtschaft...« So ging das locker und laut weiter, und die Schwestern blickten sich lächelnd und innerlich vereint an. »Morgen«, flüsterte Claudia, »komm ich zu Mama und zu Pat, und dann haben wir Ruhe. Mach es recht gut, mein Herzlieb.«

Drei Tage später saß sie mit Tochter Patricia im Interzonenzug Richtung Erfurt, Eisenach, Gerstungen, Bebra.

33

»Patricia, hast du das Firmenschild, innen, von deinen neuen Schuhen abgeschabt?« Der Zug hielt in Gerstungen, und es war zu spät. Pat schlug die Augen nieder. »Mama, ich habe es vergessen.« Walburga bekam ein mulmiges Gefühl. Die Schiebetür wurde geräuschvoll aufgestoßen, und eine fette, grimmig schauende Hyäne in dunkelblauer Uniform schob sich in das Abteil. »Sie beide bleiben hier, die anderen Fahrgäste bitte kurz wegtreten. Warten Sie im Gang, bis wir hier fertig sind. So. Zeigen Sie Ihren Pass. Ist das Ihre Tochter? Gut. Nehmen Sie den Koffer runter und öffnen Sie ihn.«

Die Furie wühlte Walburgas Wäsche durch, fand Schuhe ohne Namensgebung, durchfächerte Briefe und Dokumente, durchblätterte Bücher und warf den Kofferdeckel, scheinbar enttäuscht, wieder zu. »Leeren Sie Ihre Handtasche aus.« Da kullerten die Käsebemmen heraus, der Lippenstift, die Nagelschere, Joghurt, der Löffel dazu, Pats Kamm, Taschentücher und ein paar ausgeschnittene Artikel aus dem »Neuen Deutschland«. Die nahm sie gleich an sich. »Der Löffel ist aus Silber. Den nehmen wir mit. Schmuggel von Edelmetall, das haben wir gern.«

»Jetzt reicht es mir aber!« schrie Walburga, sodass nicht nur der Drachen, sondern auch Pat und die Leute auf dem Gang zusammenfuhren, »ich bin keine Schmugglerin, wir essen nur unseren Joghurt mit einem geerbten Silberlöffel, wenn ich bitten darf. Plastik lieben wir nicht. Geben Sie mir sofort den Löffel zurück!«

Der landete zögerlich auf dem Sitzpolster.

Tonlos, leise befahl die Ziege: »Ist das Ihr Mantel? Ihre Jacke?« Dann fuhr sie mit ihren flinken Pranken in die Taschen, in denen sie nur gebrauchte Taschentücher und Münzen fand. Insgesamt 23 Pfennig Ost. »Sie dürfen keine DDR-Münzen mit rüber nehmen, das wissen Sie ganz genau.« Ob sie nach dem Brief von Eva Hill suchte? War es das?

»Wie heißt das Mädel, Patricia. Patricia, zieh mal deinen rechten Schuh aus.«

Pat gehorchte, guckte dabei skeptisch ihre Mama an.

»Aha, frisch gekaufte Schuhe aus der DDR! Die werden natürlich konfisziert.«

»Wir haben 25 D-Mark pro Tag gewechselt, da können wir doch...«

»Nein. Nicht Leder.«

»Kommen Sie beide mit – raus aus dem Zug – in die Prüfstelle.«

»Bei mir haben Sie nichts gefunden, um es zu beanstanden. Der Silberlöffel ist zu klein, um mir einen Schmuggel mit Edelmetall anzuhängen. Nur bei Pat haben Sie die Schuhe entdeckt. Also: nehmen Sie das Kind mit.«

Die Lehrerin wandte sich an Pat, streichelte sie und sagte zu ihr:

»Geh mit raus zu ihnen, dann kommst du eben auf Socken zu mir zurück. Wenn mein Zug weg ist, ich warte in Bebra auf dich, dann kommst du mit dem nächsten Zug. Hier, nimm deine Fahrkarte und dein Visum. Sei schön aufmerksam und höflich, erzähle mir dann alles.« Pat war acht Jahre alt.

Die Viper hörte fassungslos zu, selbst sie war wohl immerhin Mutter und staunte. Sie ahnte nicht, dass Pat und ihre Mama sehr viele Grenz-Szenen, gar mit Koffer und Tasche, mit Rucksack, verkleideten Soldaten und Schaffnern, durchgespielt hatten. Pat war gerüstet, nicht dass sie schmunzelte, dazu war die Situation zu real und die Trennung von ihrer Mutter zu beängstigend, aber sie nickte tapfer und couragiert. Außerdem wusste sie genau, dass die Mutter ärgerlich war, denn Pat hatte die Schuhschilder kleben lassen. Und das war die Strafe!

Tatsächlich nahm die Zollbeamtin das Kind mit. Walburga wurde es übel vor Ekel. Dieses System arbeitet mit nacktem, offenem Terror, dachte sie. In den elf Tagen DDR hatte sie elf x 25 D-Mark in Ostmark gewechselt, 275 D-Mark wurden zu 275 Mark der DDR. Die Schuhe hatten 34 Ost gekostet, aber man gönnte sie ihr nicht. Die Fahrgäste, die mit ihr im Abteil gesessen hatten, wurden von zwei Soldaten angewiesen, ihre Sachen zu greifen und in ein anderes Abteil umzuziehen, es gäbe genug Platz. Aha. Walburga sollte isoliert sitzen und warten. Doch sie hatte in Minutenschnelle bereits die Mitreisenden über die Vorgänge informiert, und dass jetzt ihre Tochter in der Kontrollbaracke sei.

Der Zug stand zwei Stunden still. Keine Ansage. Keine Erklärungen. Es war inzwischen 22 Uhr geworden. Zuerst hatten sich die Fahrgäste noch, wild gestikulierend, unterhalten. Aber mit der Zeit kehrte Schweigsamkeit ein, weil noch so vieles passieren konnte. Auch wurde Walburga allmählich als Rabenmutter betrachtet. Spitze Bemerkungen, ›das arme Kind‹, ›was die wohl mit ihr machen‹, wurden in ängstliche Sätze eingebaut. Walburga wusste: dort wachten viele Personen, also potenzielle Zeugen. Da konnte man einem Westkind nichts antun. Ja, wenn Pat in der Hand eines Einzigen geblieben wäre, das aber kam hier nicht in Frage. Und da erschienen sie: zwei Soldaten, der Drache und Pat in scheppernden Holzpantinen, viel zu groß.

»Hier bringen wir Ihnen Patricia Weda zurück. Wir haben

sie sehr lange über ihre Straftat aufklären müssen. Visum und Fahrkarte liegen in ihrer Jackentasche. Gute Fahrt. Auf Wiedersehen.«

Mit den Holzpantinen in der Hand verzog ich die Zoll-Xanthippe.

Der Zug ruckte an und hielt wenige Minuten später in Bebra. »Was haben sie mit dir gemacht, Pat?« fragte die Mama, und das Zittern in ihrer Stimme ließ sich nicht verbergen.

»Die haben mich auf einen Holzstuhl in die Ecke gesetzt und wollten wissen, warum ich nicht Luger heiße.«

»Und was hast du gesagt?«

»Weiß ich nicht!!! – Mama, warum heiße ich Weda?«

»Später, Kind. Was wollten sie noch wissen?«

»Ob ich mit an der Ostsee gewesen sei oder überhaupt schon mal an der Ostsee.«

»Und?«

»Ich habe Nein gesagt, Mama, ist die Ostsee schön?«

»Und sie haben dir die Schuhe ausgezogen? Das war doch das Thema.«

»Ja, zum Schluss haben sie mir vom Sozialismus vorgelesen, dass alle Sachen dem Volke also denen, gehören, und nicht mir. Das habe ich dann auch eingesehen, und ein Mann borgte mir seine Holzpantinen.«

»Aber, Schatz, mein Engel«, Walburga nahm das Kind in den Arm und wandte den Kopf ab, um ihre Tränen der Erleichterung, ihre Entspannung, ihre Erlösung nicht sehen zu lassen, »wir saßen hier genau 98 Minuten ohne dich, was geschah denn noch?«

»Na ja, erst haben sie nur geflüstert, sie müssten dich filzen, und ich habe ein bisschen geschlafen, gedöst. Dann mussten sie mir Limo besorgen, und ich bekam Hunger. Es gab heiße Bockwurst. Außerdem hat der eine Soldat seinem Freund eine furchtbare Geschichte erzählt, und das war sehr spannend. Mama, stell dir vor, der hat gesagt, ein Mädel sei 39mal vergewaltigt worden. Neunundreißigmal!!!«

»Wo?«

»Im Westen. Imparalismus. Doch, Mama, es stand in der Bildzeitung.«

»In der Bildzeitung?«

»Ja. Dicke, schwarze Buchstaben. Ist es nicht furchtbar?«

Furchtbar war, wie diese widerlichen Imperialismus-Hasser ihr Kind manipulierten. Sie konfiszierten »Stern« und »Bild«, lasen ›das Zeug‹ dann aber selber!

»Na gut, warum regst du dich denn so wahnsinnig auf, ihr habt das in der zweiten Klasse durchgenommen.«

»Ja, Mama, ich weiß Bescheid!!!«

»Na also.«

»Aber nun bekommt sie doch 39 Kinder!«

Zuhause schrieb sie umgehend einen Bericht an den Schulrat mit der Bitte um Archivierung. Im Paragraf 55a der Erlasse mussten Vorkommnisse im Zusammenhang mit Stasi und Grenze umgehend gemeldet werden. Sie sandte auch eine Kopie an ihren Rektor.

34

In rasendem Tempo änderten sich die Zeiten. Uneheliche Kinder wurden haufenweise geboren, und kein Mensch scherte sich mehr darum. Also sprach Walburga bei der Polizei vor, beantragte den Wechsel ihres Namens zu »Weda«, ihrem Mädchennamen, damit endlich der Name Luger verschwand und sie genau so hieß wie ihre Tochter. Der Vorgang kostete ganze zehn D-Mark. Die Schulsekretärin erhielt den diskreten Hinweis, die zukünftigen Zeugnisse mit »Patricia Weda« auszustellen. Und sie selbst, Frau Luger, hieße nun Weda.

»Haben Sie geheiratet?«

»Das Gegenteil. Ich habe wieder meinen Mädchennamen angenommen.«

Omchen war neugierig, und so holte Onkel Axel die kleine Pat nach Köln, über Samstag, Sonntag. Walburga musste an diesem Samstag nicht arbeiten und fuhr Freitagabend nach West-Berlin. Sie suchte tags drauf mit dem neu geschriebenen Brief Herrn Rechtsanwalt Dr. Brückland auf. Seine Kanzlei lag sehr vornehm im ersten Stock eines bildschönen Jugendstilgebäudes. Ihr hätte durchaus ein Briefkasten gereicht. Aber die Kanzlei war ausnahmsweise nicht geschlossen!

»Guten Morgen, darf ich Ihnen dieses hier anonym übergeben?«

»Um Himmels willen, wie können Sie denn hier einfach die Treppen hochkommen! Vorgestern hat man einen uns fremden Boten direkt auf der Straße vor unserem Haus erschossen. Wir werden beobachtet.«

Das war zwar unschön zu hören, aber Walburga meinte,

die Erschießung sei Donnerstag gewesen; und samstags, also heute, mögen die Stasileute nicht besonders gern arbeiten. Die Stasi sei zwar leicht zu durchschauen, aber so dumm seien sie nun auch nicht, dass sie erneut auf dem Kurfürstendamm aufkreuzten, denn die Berliner Polizei dürfte wohl vor Ort sein. Außerdem:

»Ich sage Ihnen jetzt etwas. Dann lasse ich mich eben erschießen. Was da drüben vor sich geht, wie die verhört werden und gequält, das können wir uns gar nicht vorstellen.«

»Wir wissen es, meine Dame, wir sind auf dem Laufenden. In Zukunft rufen Sie nur anonym an und geben den Namen des Ausreisewilligen durch. Reicht vollkommen.«

Nach diesem Schreck fuhr Walburga frohgemut nach Ost-Berlin, das konnte man direkt, ohne Visum, wenn man tüchtig löhnte und im Hotel Metropol wohnte – für Westgeld. Da den Schergen ihr neuer Name unbekannt war (er war uralt, im Grunde), galt sie als unbescholten. In der Sauna wartete sie sehnsüchtig auf Claudia, der sie die Errungenschaften der DDR zeigen und mit ihr eine einzige Luxusnacht verbringen wollte – bis Sonntag. Claudia kam mit dem D-Zug aus Dresden, sie jubelten und begaben sich in die Suite 114.

Doch kaum dort eingetroffen, legte sich Claudia jäh auf ihr Bett (Damastdecke, alles in zartem Grün) und begann zu husten. »Mir tut der Kopf so weh, Walburga.« Sie wälzte sich von rechts nach links und von links nach rechts. »Hilf mir, ich kann nicht mehr atmen. Mein Herz wird gleich stillstehen.« Walburga stand da – starr vor Schreck. Was war denn passiert? Sie stürzte zum Telefon und verlangte sofort einen Arzt.

In Minutenschnelle klopfte es, und ein sehr sympathischer DDR-Bürger, Dr. Bäcker, betrat mit schwarzer Arzt-Tasche den Raum. Er fühlte erst einmal Claudias Puls und schaute dabei Walburga aufmerksam an: »Sie hat einen Schock bekommen.« Claudia fing lauthals an zu weinen und schluchzte: »Seit Jahren schufte ich in Dresden, 60 Patienten am Tag, dafür bekomme ich 800 Ostmark im Monat. So ein Hotel, solch ein Zimmer ist für uns unzugänglich, wir sind rechtlose Ameisen, das steht uns nicht zu. Ich habe nicht gewusst, dass es überhaupt solchen Luxus in der DDR gibt. Und 120 D-Mark West pro Nacht! Ich begreife es nicht, mir ist das schleierhaft.«

»Beruhigen Sie sich, Frau Doktor, Sie haben einen viel zu hohen Blutdruck. Ich gebe Ihnen jetzt eine Beruhigungs-Spritze, und dann nehmen Sie hier diese Tabletten, Sie wissen schon, sind ja selber Ärztin. Meine Liebe. Ich danke Ihnen sehr, dass Sie erkrankt sind. Da staunen Sie, nicht??? – Aber zum ersten Mal bin auch ich in dieses Hotel gerufen worden, und genau wie Sie sehe ich die Flure und Örtlichkeiten zum ersten Mal. Auch ich bin erschlagen, das können Sie mir glauben.«

Walburga atmete auf und betrachtete voller Dankbarkeit das Telefon, das stets bereit stand, sogar mit einem rot blinkenden Lämpchen. Man unterhielt sich noch ein gutes Viertelstündchen, alle drei lächelten entspannt, Claudia ging es von Minute zu Minute besser, und voll des Dankes verabschiedete sich Dr. Bäcker, nicht ohne 30 D-Mark mitzunehmen.

Nun begannen sie wirklich jedes Teil zu untersuchen, die dichten Samtvorhänge, den Tisch mit Perlmuttintarsien, den klobigen Fernsehapparat, die goldenen Wasserhähne, die fein ziselierten hellgrünen Kacheln, na, und auch die Mahagoni-Nachttische.

»Komisch«, meinte Walburga. »Bei mir blinkt es, aber bei

dir, an der gleichen Stelle, gibt es kein rotes Licht.«

Claudia summte »O when the Saints go marchin' in...«, schlüpfte in ihren Badeanzug, um sich für den Pool vorzubereiten, im Tiefgeschoss. Vorsichtig zog sie den Hotel-Bademantel drüber und legte sich wieder auf das Bett. »Es geht mir besser. Ich fasse es nicht, Walburga, das haut den stärksten Athleten vom Sockel. Solch ein paradiesischer Luxus. Du hast mir nicht zu viel versprochen.«

»Claudia«, flüsterte Walburga irritiert, »kann es sein, dass hier eine Abhöranlage installiert ist?«

Sie guckten sich verstört an. Was sie alles schon gerufen und ausgesprochen hatten! Einschließlich der Ausrufe des Dr. Bäcker! Sie gaben sich Zeichen. Keine Politik mehr!

Am Sonntag, nach einem unvergesslichen Frühstück im ›Metropol‹, umarmten sie sich ein letztes Mal, und dann ging es hurtig ab nach Dresden, und für Walburga nach Bebra und Erdfeld. Es war zu schön gewesen, einmalig!

Aber man soll bekanntlich den Tag nicht vor dem Abend loben. An der Friedrichstraße bat der zuständige Offizier Walburga in eine Kabine.

Eine strenge dicke Frau in Schwarz kam herein, verschloss die Tür und befahl Walburga, sich vollständig auszuziehen.

»Wie? Wie meinen Sie das?«

»Machen Sie uns keine Schwierigkeiten, Frau Weda, alias Frau Luger, sonst lassen wir Sie hier drei Stunden schmoren. Ausziehen, und zwar alles.«

Sie genierte sich zu Tode. Ihr war schlecht vor Demütigung. »Wer sieht mich noch, werde ich gefilmt?«

»Nein. Sie haben nur mit mir zu tun. Ausziehen!«

»Auch den BH?«

»Ja, auch den BH, und auch die Strumpfhose!«

Splitternackt stand sie vor der Frau, ziemlich dicht, da die graue Kabine klein war. Walburga betete zu Gott. Sie fixierte die Frau unermüdlich und durchgehend. Sie schickte den Satz ›Du bist eine KZ-Hure‹ von innen her in ihre Schweinsaugen.

»Eigentlich soll ich jetzt mit dieser Stablampe auch Ihren After untersuchen, aber ich denke, das muss nicht sein. Sie können sich wieder anziehen. Klopfen Sie dann von innen, ich werde aufschließen und Sie abholen.« Die Frau war rot im Gesicht. Wurde es ihr vor der nackten Gestalt peinlich? Vielleicht aber auch nervte sie die Schönheit der imperialistischen Feindin, und sie verglich den Anblick mit ihren zwei Zentnern.

Draußen übergab man ihr – völlig neutral – ihren durchsuchten Koffer und die zerwühlte Tasche und wünschte ihr eine gute Reise. Die KZ-Hure war verschwunden.

Mama in Dresden teilte ihr nach einer erneuten Antragstellung mit, dass die Lehrerin Weda bis auf weiteres Einreiseverbot hätte. Auch Claudia bekam eine Abfuhr. DDR-Bürger durften zumindest nach Ungarn und Rumänien, eben in die sozialistischen Bruderländer. Die Ärztin Claudia erhielt für kein Land ein Visum.

35

Sie meldete ihr Einreiseverbot beim Schulamt, hasste die Stasi und ergab sich schließlich in ihr Schicksal, eine ausgiebige Korrespondenz zu führen, mit Postkarten, Berichten und Paketen. Es wartete ja sowieso ein Rätsel auf sie: die Forschungsreise in die USA, genauer, nach Ohio.

Von Schulbeginn an war Pat mit der kleinen, wilden Carmen befreundet. Sie saßen zusammen in einer Bank, trafen sich täglich zum Spielen, übten Tänze ein, die sie im Altenheim vorführten, und, natürlich, tobten sie in Pats Zimmer. Aber auch umgekehrt fand sich Pat im Häuschen von Carmen ein, deren Eltern pausenlos stritten und sich, oft erst nach Stunden, versöhnten. Pats Mutter überlegte, ob sie ihr Kind für drei Wochen zu Carmens Eltern geben konnte, denn die nächsten Osterferien eigneten sich für den USA-Flug.

Zunächst jedoch galt es erstmal, ihr nächstes Theaterprojekt durchzuziehen, diesmal das Märchen »Der süße Brei«, natürlich auch mit Pat und Carmen, wobei insgesamt 28 Kinder auf der Bühne agierten und die Eltern jeweils Kostüme und Stoffe nähten. Musiklehrer, Sportlehrer, Kunstlehrer, Handarbeitslehrer, Chemielehrer und auch der Physiklehrer – ein Engel flog mit dem Flaschenzug empor – halfen ihr nach Kräften. Es machte Spaß, und ihr Englischkollege Beinhardt übernahm die Organisation und das Licht. Das Projekt lief mehr oder weniger außerhalb der Unterrichtsstunden, und sie war ihren Kollegen wirklich dankbar.

Da hieß es plötzlich: alle Lehrer feiern Fasching. Man konnte sich nicht gut drücken. Dennoch, Walburga hasste diese Art von Maskeraden, sie benötigte keine Verstellung. Oma hatte ihr einmal einen durchsichtigen Kaftan übersandt, kohlschwarz mit goldenen Pailletten, und – mit schwarzem BH und schwarzem Slip – konnte das lange Kleid recht sexy und verführerisch aussehen. Oma dachte oft an ihren Tod und mistete immerzu aus. »Vielleicht ist es ganz brauchbar für eine Hexe in Deinen Theaterstücken«, schrieb sie. Zugegeben, Beinhardt machte sie öfter darauf aufmerksam, dass einige Kollegen anfingen zu schwärmen, aber sie blieb eisern beim Sie, auch zu Herrn Dr. Beinhardt, verheiratet, drei Kinder.

Während sie im Kreise der Verkleideten gerade ein Glas Wein genoss und an frühere Zeiten dachte, in ihrer Nexöschule, Dresden, wo in den vier Jahren, vom neunten bis zum zwölften Schuljahr, kein einziger Lehrer das Talent hatte, eine Theateraufführung zu arrangieren (man lernte dabei so viel ›aus Versehen‹); und nur die Klasse über ihr dieses Privileg genoss mit dem inzwischen berühmten Schüler Wolfgang Dehler, der damals im elften Schuljahr sogar im ›Urfaust‹ brillierte... sie sinnierte also über den öden und einschläfernden Frontalunterricht aller damaligen Lehrer, als Herr Stein, in der Staffage eines Wüstenräubers, sie plötzlich zum Tanzen aufforderte. Der Mann war verheiratet, zwei Kinder, und einen Kopf kleiner als sie. Ehe es Walburga registrieren konnte, hob er sie wie ein Baby auf seine Arme, trug sie durch das geräumige Lehrerzimmer im Kreis herum, und die Meute brüllte und klatschte Beifall. Er setzte sie ab und sagte laut: »Und jetzt, Walburga, sagen wir Du.« Nun beging sie ohne nachzudenken einen Riesenfehler.

Laut rief sie: »Das kommt nicht in Frage. Ich sage zu allen Sie.«

Eisiges Schweigen. War der etwa heiß entflammt, oder was? Ein verheirateter Deutschlehrer? Es handelte sich um den Klassenlehrer von Pat, und von nun an konnte ›das arme Kind‹ einpacken. Entsprechend ließ er sie im nächsten Jahr sitzen, und niemand konnte es verhindern. Walburga störte es nicht. Ihre Tochter hatte Zeit und konnte so viel wiederholen, wie sie wollte. Schwieriger gestaltete sich der Umstand, dass ihr Rektor starb und ein neuer – Herr Hengst – Yoga, Aerobic, Theater, Eurhythmie, Tanz als puren Quatsch betrachtete und Walburga als ›spinnerte Gans‹ abtat. Hengst ließ sie kommen.

Eine dunkelbraune Zigarre qualmend, bemerkte er nicht, dass sie mit Bleistift und Block vor ihm saß. Der Schreibtisch in seinem Büro (keine Zeugen!) verbarg zunächst Walburgas Hände und Schoß.

»Das Gesinge in Ihrem Unterricht und die gymnastischen Übungen, was soll das bloß? Frau Weda, keiner kann Sie leiden, kein Lehrer, kein Kind, kein Elternteil. Machen Sie doch, dass Sie fortkommen. Lassen Sie sich versetzen. Was machen Sie denn da?«

»Ich schreibe mit, Herr Hengst.«

»Von mir aus, ich streite sowieso alles ab.« Hengst lachte und tupfte die Zigarrenasche in eine Schale. Es roch penetrant.

Er unterschätzte sie vollkommen. Blonde Frau dumme Frau, so dachte er wohl, und er war neu, hatte keine Ahnung von den Verhältnissen. Steckte Stein dahinter?

Walburga beschloss, etwas zu sagen: »Eine Beamtin auf Lebenszeit sitzt vor Ihnen. Was bezwecken Sie mit Ihren Beleidigungen? Wollen Sie meine Premiere übermorgen boykottieren oder gar torpedieren?«

»Hahaha. Das brauche ich gar nicht. Da werden Sie sich mit diesem Schwachsinn selbst blamieren, na ja, und dann diese Linsag-Geschichte!«

»Wenn Tom Linsag bei einer Fünf verzweifelt schreit, seine Mutter schlüge ihn tot, dann handele ich, dann gehe ich zu diesen Eltern und frage sie persönlich. Infolgedessen laufen die Eltern empört zu Ihnen, um sich zu beschweren; sie laufen zum Schulrat, sie fahren nach Kassel, da bleibe ich ganz stoisch. Wenn ein Junge so etwas schluchzend wimmert, dann bin ich sogar verpflichtet zu agieren.«

»Ich werde weiter Fakten gegen Sie sammeln, mal sehen, wer hier am längeren Ende sitzt.«

Walburga erhob sich. Sie guckte ihn höhnisch an und riet ihm, die Tür fest geschlossen zu halten, da sonst die Schüler ein erstklassiges, durchschlagendes Argument für das Rauchen hätten.

Nach Unterrichtsschluss schrieb sie sofort ein Protokoll und fuhr damit nach Fulda. Der Schulrat las es und unterhielt sich eine Weile mit ihr.

Dann nahte die Premiere. Keine Panne! Alles lief glatt. Keiner meldete sich krank, und des begeisterten Beifalls war kein Ende. Die Eltern, hinterher mit einem Glas Söhnlein-Sekt in der Hand, gratulierten sich gegenseitig stolz zur Leistung ihrer Kinder.

Ziemlich unauffällig verschwand Herr Hengst von der Bildfläche; irgendeine Ohrenkrankheit sollte es wohl sein, und so zog – jedenfalls für Walburga – Frieden ein, mit einer provisorischen Schulleitung.

Eines Morgens um sechs Uhr klingelte es Sturm. Pat übernachtete bei ihrer Freundin Carmen, und Walburga dachte an einen Notfall. Wer war verunglückt? Wasserrohrbruch?

Sie öffnete im Nachthemd. Da standen zwei Beamte, wie sie erfuhr, vom Bundesnachrichtendienst! Sie verschafften sich Eintritt, zeigten ihr einen Haftbefehl und einen Durchsuchungsbefehl und fingen auf der Stelle an zu suchen. »Jetzt hören Sie sofort auf, in meinen Sachen zu kramen! Wenn Sie schon unbedingt an meine Bücher müssen, dann vorher ins Bad und Hände waschen! Schauen Sie mich an. Welche Straftat soll ich denn begangen haben?« Dabei wusste sie es schon: Eva Hill.

»Sie sind angeklagt, ein Stasi-Spion zu sein, also mit der Stasi zusammenzuarbeiten.«

Walburga musste laut lachen.

»Wo ich doch Einreiseverbot habe?«

»Ja. Zur Tarnung!«

Der eine Mann wühlte in den Unterlagen neben ihrer Schreibmaschine. »Was wollen Sie denn dort finden?« fragte die Lehrerin.

»Da liegen meist die aktuellsten Vorgänge«, antwortete er.

»So. Die aktuellsten Vorgänge! Sie betrachten gerade mein Antragsformular für die IfA, die Initiative für Ausländerbegrenzung. Ist das vielleicht die Stasi? Nein. Ich habe den sorglosen Umgang mit Ausländern hier nämlich Dicke. Das werde ich Ihnen jetzt schildern! Stellen Sie sich vor, mitten im achten Schuljahr bekomme ich zwei Buben aus Kairo in den Klassenverband. Kein Wort Deutsch, weder Lesen noch Schreiben. Ich muss ihnen Buchstaben zum Ausmalen geben und werde von oben, von der Schulleitung, abgefertigt mit dem Ausdruck ›Innere Differenzierung‹; aber, meine Herren, am schlimmsten ist die Reaktion der Klasse: Ach, rufen die, wir ackern jahrelang, um immer wieder versetzt zu werden, und die kommen einfach so hier herein? Jetzt habe ich meine Klasse nicht mehr im Griff; die sind laut, frech, diszplinlos, fertigen nicht mehr ihre Hausaufgaben an. Und andere Kollegen kriegen auch genau solche Einwanderer – ungefragt, einfach so.«

»Was? Sie sind Lehrerin?«

»Wohl nicht gut informiert, wie?« Sie war sprachlos. »Wer hält heute meine fünf Unterrichtsstunden? Es ist im sechsten, übergreifend, eine Englischarbeit dran, Thema ›Nach dem Weg fragen‹ – Fragestellung im Präsens. Wer kümmert sich um meine Tochter? Ich muss das doch organisieren.«

»Ziehen Sie Ihren Mantel über!«

Sie griff zum Telefon und rief Carmens Mutter an, ließ sich von den Männern nicht hindern.

»Wehe, Sie berühren mich, dann wird es hier krachen, meine Herren!«

»Hilde, guten Morgen. Du glaubst es nicht, ich soll ein Ostspion sein. Ja. Kannst du heute noch einmal die Pat übernehmen? Oh, vielen vielen Dank. Weiß nicht.«

Walburga hob ihren Kopf: »Wie lange wird die Verhaftung dauern? Tage, Wochen?« »Wissen wir nicht!« Die beiden Männer wanden sich verlegen. »Hilde, ruf du bitte in der Schule an, ich sei verhaftet worden, ja, nach Fulda, unfassbar, ich stehe hier fast nackt.«

Es war noch früh am Morgen um sechs Uhr zwanzig und niemand bemerkte die grüne Minna und Frau Weda. Sie saß hinten und wollte jetzt alles wissen.

»Also die Eva Hill ist in Kiel«, fing der eine Offizier an. »Nein«, rief Walburga, »so schnell? Das kann ich gar nicht glauben, ganz ohne Knast, hallo, da stimmt etwas nicht. Da haben die drüben sie wohl umgedreht, und sie ist Stasispionin. Was hat sie denn gesagt? Dass ich für die Stasi arbeite?«

»Ja!«

»Das ist nun der Dank für meine Botendienste. Überlegen Sie doch einmal selber, wenn ich Eva Hill bei ihrem Ausreiseantrag helfe, da arbeite ich nicht für die Stasi, bestimmt nicht. Denn die wollen doch, dass ein DDR-Bürger da bleibt, wo er hingehört. Also in Warnemünde. Oder nicht?«

Verlegenes Schweigen umgab sie. Nach einer Weile sagte der andere Offizier:

»Da ist noch etwas, und das erfahren Sie in Fulda.«

Man merkte generell, dass die Situation verfahren und fatal war, und dass sie sich möglicherweise vollkommen geirrt hatten. So ist das mit den jungen Burschen, frisch von der Uni auf die Pirsch gesandt! Sie kannten ja noch nicht mal Walburgas Beruf!!! Und nun musste sie ungekämmt und ungewaschen, im geschlossenen Wollmantel, hoch in das Gebäude, siebter Stock. Auf ihren Zähnen fühlte sie den nächtlichen Zahnbelag. Diesmal saß sie im Westen fest, und es war ähnlich wie in der DDR.

»Fangen Sie an, zögern Sie nicht«, rief Walburga, auf einem unbequemen Holzstuhl sitzend.

»Lassen wir einmal die Eva Hill beiseite und was sie behauptet hat. Es ist etwas Böses passiert. Sie haben den Herrn Arno Kahn« – ›ach du lieber guter Gott‹ dachte Walburga und fürchtete sich – »kennen gelernt. Und der hat sich einen Tag später auf dem Ausflugsdampfer ›Trave‹ zwischen Warnemünde und Travemünde in den Rettungsbooten versteckt, wurde auf See entdeckt, nebenbei: verraten von einem aus der Mannschaft, und im Kreuzverhör gab er an, zu Ihnen zu wollen.«

»O, wie gemein von ihm. Nein, ich habe davon nichts gewusst. Keine Ahnung. Das hat er nur gesagt, um seine Düsseldorfer Verwandtschaft, sicher war der Onkel auch auf der ›Trave‹, zu schützen.«

»Sein Onkel auch auf dem Schiff?«

»Das ist nur eine Vermutung von mir. Arno wollte sicherlich seinen Onkel schützen; Fluchthilfe, immerhin, und ich war ja weit weg, also nannte er mich. Das ist doch auch, jetzt mal aus seiner Sicht, nicht verboten? Wenn er zu mir wollte, warum nicht? Kaffee trinken! Was soll denn nun Arno sein? Stasimitarbeiter? Ich lotse alle Stasileute herüber, damit sie die BRD zersetzen??? Damit ich mein Gehalt nicht mehr bekomme? Hören Sie, ich bin Beamtin auf Lebenszeit.«

Sie war so empört, dass sie ihr Entsetzen nicht richtig zeigen konnte. Und noch nicht einmal ein Taschentuch besaß sie, ungeschminkt, zerzaust. Der Wachtposten an der Tür näherte sich und reichte ihr ein Päckchen Tempotaschentücher. Walburga beschloss, mal so richtig zu heulen.

»Alles schön und gut«, der Beamte schrieb ihre Äußerungen auf. »Aber wir haben überhaupt keine Beweise, dass Sie keine Spiele mit uns treiben.«

Walburga schnäuzte sich.

Ihr fiel der Schulrat ein.

»Doch«, schluchzte sie, »ich habe die Vorfälle einschließlich Arno Kahn zweimal zu Protokoll gegeben! Sogar beim Regierungspräsidenten in Kassel.«

»Warum sagen Sie das nicht gleich?«

»Haben Sie gefragt? Weil ich es vollkommen vergessen habe nach diesem schrecklichen Hausfriedensbruch.«

Wenn die Meldung stimmte, hatte das Büro sich hier unheimlich blamiert.

Sie wurde in ein anderes Zimmer geschickt, und nach zehn Minuten holte man sie zum Verhör zurück.

»Sie können gehen.«

»Eine Entschuldigung quetschen Sie nicht aus Ihrem Mund, oder doch? Ich habe kein Fahrgeld, wie soll ich jetzt die 40 Kilometer zurück in mein Dorf nach Erdfeld kommen, unten guckt mein Nachthemd heraus. Und wenn man mich so sieht!«

»Hier haben sie vier D-Mark, das wird für den Bus reichen. Auf Wiedersehen.«

Sie stand auf und bat den Wachtposten, ihr die Toilette zu zeigen. Dann lief sie zwanzig Minuten heulend zum zentralen Busbahnhof und las ab, dass der nächste Bus in anderthalb Stunden fuhr. Kurz entschlossen lief sie auf den Taxipulk zu.

»Hallo, mein Lieber, fahren Sie mich doch bitte ganz schnell nach Erdfeld, ich gebe zu, dass ich kein Geld habe, aber im Dorf renne ich schnell hoch und hole Geld aus meiner Wohnung. Sind Sie so nett?«

»Aber ja doch, Frau Weda, kennen Sie mich nicht mehr? Ich bin doch der Opa von Olaf, Ihrem Französisch-Schüler der R7, es ist mir eine Ehre, Sie heimzufahren, wohl bisschen gefeiert gestern?«

36

Nachdem der Verfassungsschutz sich so jäh zurückgezogen hatte, wie er eingebrochen war, kam Walburga zur Ruhe, und die Sommerferien nahten. Sie lag auf dem Sofa und durchforstete die Korrespondenz mit Aal. Er war ein Einzelkind. Sein Vater stammte aus Schottland, genauer Aberdeen. Aals Vater und dessen Bruder waren nach Ohio ausgewandert. Beide heirateten. Beide erzeugten je einen Sohn. Aal und Ron waren also Cousins. Die Familie dieses Ron war nun Walburgas Ziel.

Es klingelte. Pat stürmte herein und sah die Mama ruhig und entspannt in Papieren wühlen. »Mama?«

»Ja, mein Kind, fein, dass du kommst, gleich gibt es heißen Kakao.«

»Den haben Carmen und ich schon bei Hilde getrunken. Mami, ich muss dich etwas fragen.«

Walburga horchte auf, es hieß pädagogisch Acht geben.

»Warum ist es bei uns immer so friedlich?«

»Ich verstehe dich nicht, Patricia, was meinst du denn?«

»Na, in Erdfeld eben. Bei Carmens Mama Hilde und in allen anderen Familien ist es immer laut, und es kracht.«

»Was kracht?«

»Hildes Mann hat heute das Toilettenfenster eingeschlagen, und gestern hat Hildes Nachbar den Fernsehbildschirm mit dem Küchenhocker zersplittert.«

»Das kann doch nicht wahr sein, und das erzählst du mir erst jetzt?«

»Ach Mama, das kommt täglich vor, und ich gucke auch gern zu, nur eben, warum nicht auch bei uns?«

»Hm!« machte die junge Frau und setzte sich auf. »Das ist

doch ganz einfach, Kind«, und damit nahm sie Pat in den Arm, »weil wir unter uns sind, und auch, anders lässt es sich jetzt nicht sagen, weil wir ohne Mann wohnen.«

Pat neigte den Kopf. »Es stimmt nicht ganz, Mama, auch wenn der Mann nicht da ist, herrscht Geschrei und Unruhe.«

»Na ja, wir wohnen zu zweit, nicht zu fünft, und auf jeden Fall gibt es auch liebe Männer, die nicht lärmen. Denk an Dresden, da geht es auch geruhsam zu, trotz Opa... Pat, das beunruhigt mich jetzt aber. Gerade wollte ich dich fragen, ob du vierzehn Tage lang bei Carmen wohnen möchtest, ich muss verreisen, aber wenn du nicht in Sicherheit bist...«

»Au fein, Mama, verreise ruhig, ich spiele so gern mit Carmen, wir haben Platz, und Hilde ist lieb. Und wenn Carmens Papa wieder ausrastet, verstecken wir uns immer unterm Bett.«

Trotz einiger Bedenken wurden sich Carmens Mutter und Pats Mutter bald einig, und dem Flug nach New York stand nichts mehr im Wege.

Dies war ihr erster USA-Besuch, und es sollte auch ihr einziger bleiben.

Todmüde von den Flughafen-Strapazen stieg die Touristin in den Greyhound-Bus nach Elyria, Ohio. Zwar wusste sie, dass Aal selbst in Florida lebte, kannte auch seine Adresse, jedoch galt ihr Interesse nicht ihm, sondern den Erbanlagen, mit denen Pat möglicherweise geschlagen war. Ron wohnte, wie sie wusste, mit Frau und sage und schreibe fünf Kindern in einem großen Haus, und diese Kinder wollte sich Walburga anschauen. Dabei würde sie in jedem Falle die Lebensumstände von Aal in Erfahrung bringen.

»Breezewood!« rief nach vier Stunden der Busfahrer, und

Walburga fühlte sich dermaßen gerädert und erschossen, so voller Sehnsucht nach Stille und Schlaf, dass sie, ganz gleich, was jetzt auf sie zukam, ausstieg. Um sie herum zog sich eine unendliche Weite hin, nur Felder, Wälder, keine Menschen, kein Haus, nur ganz in der Ferne winkten wieder diese Reklameschilder, vor denen man sich eigentlich nirgends retten konnte. Eine leichte Brise umwehte ihr Haar, als jemand hinter ihr schrie:

»Was wollen Sie hier?« Die Stimme des Busfahrers klang angewidert. »Hier gibt es absolut nichts. Nothing.«

»Eben deswegen!« rief Walburga, packte ihre Tasche und gewann Land. »Go to hell!!!« fluchte der Greyhound-Chef. Was ging in ihm vor? War er neidisch auf ihre Freiheit? Nun, wenn Walburga gedacht hatte, dass sie für sich allein dahinwandern dürfte (Gras, Sand), so hatte sie sich gründlich getäuscht; eine einsame Wanderin inmitten von rasenden Autos! Gleich der erste Schlitten hielt unaufgefordert an, sie wäre wohl in Not, ob etwas nicht in Ordnung sei, er brächte sie, wohin sie wolle... und so weiter und so fort. Das war entsetzlich. »Danke, nein«, winkte sie ab. Mit einem grässlichen »Die spinnt ja total!« fuhr der Mann weiter. Ähnliches machte sie noch so circa siebenmal durch, und dann stand sie vor einer Ansammlung von flachen Motels und Hotels. Ohne großen Kommentar händigte man ihr den Schlüssel aus. »Stellen Sie Ihren Wagen vor Ihre Tür.« Zahlen sollte sie bei Abfahrt.

Walburga war tief beeindruckt von dem Luxus des Apartments. Dusche, Wanne, Bidet, Massageapparat, Fliegenschutz, (wenn auch die Fenster hermetisch abgeschlossen waren) Wäscheleine, Kaffeemaschine mit Tüten, Klimaanlage, TV, Radio, ein französisches Bett, Stilmöbel und – die Bibel! Das war so wundersam, so ruhig und gediegen, dass sie erst einmal vierzehn Stunden durchschlief. Von Nachbarn war absolut nichts zu hören, da die Wände akustisch abgedichtet waren. Spät abends wachte sie auf, äugte hungrig aus ihrer Tür zu ebener Erde, schnupperte die Luft, sah ihre Parklücke zwischen den anderen geparkten Autos und erblickte überdimensionale Plakate, auf denen fast ganz ausgezogene Mädels winkten: ›Kommen Sie essen!‹ – so lockten die Restaurants. Sie lief hinüber, aß fürstlich, umhegt von einer unglaublich freundlichen Bedienung, die allerdings eine Menge Fragen stellte, nun ja, und Walburga kam aus dem Staunen kaum heraus. So ein zartes Steak zum Beispiel, solch eine braune schmackhafte Sauce – das war in Europa nicht anzutreffen, oder aber sie hatte es nicht erlebt. Es handelte sich in Breezewood um eine Art Kreuzungspunkt und Knotenpunkt für LKWs, ein Rastplatz für Langstreckenfahrer, mit gigantischen Ausmaßen, aber ohne ein Hochhaus, ohne Baum, nur umgeben von Weideland, so weit man schauen konnte. Bei ihrer Rückkehr in das Motel stob die Wirtin auf sie zu und fragte atemlos, wo ihr Auto stehe.

»Ich habe keines, Madam.«

»Um Gottes willen. Das ist ja furchtbar. Kommen Sie mit, und zahlen Sie sofort zwei Nächte.«

»Was ist denn passiert? Weil Sie dann keine Autonummer haben, oder wie?« Eine rechte Antwort gab es nicht.

Der nächste Bus kam, und bange, bange stieg Walburga in Elyria aus. Sie traf auf extrem breite Straßen; kreischender, heulender Autoverkehr umtoste sie, dazu ein scharfer Wind; man fühlte sich unfroh und unbehaglich im Freien. Wie sollte sie nun vorgehen?

Die Familie Ron Sigsworth war doch sicherlich vollkommen ahnungslos. »Erie-Inn«, las sie, offensichtlich ein nettes

Hotel. Also nichts wie hinein! Sofort erfolgte ein grauenhaftes Kreuzverhör, das gar nicht aufhören wollte, die Dame kontrollierte den Pass, und fast wollte die Touristin wieder gehen, als plötzlich ein Schlüssel in ihrer Hand lag und sie offensichtlich ins Innere entlassen war. Auch hier traf sie auf ein wundervolles Zimmer, sogar mit Nelken, wenn auch künstlich, und einer fabelhaften Minibar.

Nun war es so weit. Im Telefonbuch stand: Ron & Margie Sigsworth. Sie wählte die Nummer und vernahm eine weibliche Stimme. Das war sicher die Ehefrau von Ron. »Guten Tag, Mrs. Sigsworth, meine Name ist...«

»Tut mir leid, wir kaufen nichts, wir bestellen nichts, unterlassen Sie Ihre Werbeanrufe!« Und die Madam legte indigniert den Hörer auf. O Himmel! Was war das denn? Die wurden offensichtlich von den Vertreterinnen und Werbeagenten unverhohlen genötigt.

Sie wählte die Nummer sofort erneut.

»Nein, ich bin keine Vertreterin, Mrs. Sigsworth, es ist etwas Persönliches. Ich komme aus Deutschland, bin Deutsche, und mein Name ist Walburga Weda. Haben Sie meinen Namen schon einmal gehört?«

»Was wollen Sie und von wo rufen Sie an?«

»Ist es möglich, Ihren Mann, Ron Sigsworth, zu sprechen? Ich rufe an aus dem Hotel Erie-Inn.«

»Na gut, und was wollen Sie von meinem Mann?«

»Das ist mir äußerst unangenehm am Telefon, könnte ich es Ihrem Mann, Ron Sigsworth, nicht persönlich sagen, gern in Ihrer Gegenwart?«

»Nein – auf keinen Fall. Ich will sofort wissen, was Sie wollen, sonst lege ich auf.«

»Nennen Sie mich bitte Wallie, das ist für Sie angenehmer als Walburga, das Problem dreht sich um Rons Cousin, Aal.«

»Um Gottes willen, bloß nicht wieder der. Madam, der hat uns dermaßen abgezockt, betrogen und belogen, mit dem wollen wir nichts mehr zu tun haben.«

»Ich auch nicht, Margie, ich auch nicht. Aber es geht nun nicht mehr allein um Aal, sondern um das, was er angerichtet hat. Ich habe nämlich ein Kind von ihm.«

»Was? Ist das Kind mit?«

»Nein, ich bin allein.«

»Sie wollen also Geld, Alimente?«

»Auf keinen Fall, Margie. Mir geht es darum, einfach die Verwandtschaft kennen zu lernen, wo kommt meine Patricia her, immerhin zur Hälfte, ich meine damit, sie ist doch eine halbe Amerikanerin.«

»Ah. Das verstehe ich natürlich. Und sonst wollen Sie nichts?«

»Nein. Es gibt meines Wissens niemanden mehr aus seiner Familie, den ich kennen lernen könnte, oder?«

»Nein. Er hat seine Mutter elendiglich im Siechenheim verrecken lassen. Während sie dort vegetierte, hat er in ihrer Wohnung eine Summe von 4000 Dollar vertelefoniert, lauter Anrufe nach Deutschland. Wir mussten zusammenlegen, um die Telefongesellschaft vom Halse zu kriegen.«

»Von Deutschland, von mir, hat er Ihnen nichts erzählt?«

»Kein Wort. Ich höre das zum ersten Mal. Passen Sie auf, Sie finden unser Haus nie. Ich hole Sie jetzt gleich ab vom Erie-Inn, dann reden wir. Ron kommt in etwa einer Stunde nach Hause.«

37

An der Rezeption stand Margie. Ihr grünes, sackartiges Baumwollkleid verbarg nur unzureichend die beträchtlichen Fleischberge der kleinen Person. Aber sie lächelte, und Walburga beschloss, sie zu umarmen. Von ihr hing es jetzt ab, ob sie alles erfuhr. Während der Fahrt rieb Pats Mutter wieder ihre Hände, die Elektroschläge trafen sie oft zu unvermittelt. Das war aber jetzt unwichtig, sie durchfuhren die zugige Stadt und parkten zehn Minuten später vor Margies Haus.

Ehemänner schienen hier überhaupt keine Rolle zu spielen. Ohne Margie als Wachmann lief nichts. Unvermittelt stand Ron in der Lounge, und Walburga erschrak fürchterlich. Ihr wurde richtig schlecht, mit Mühe fand sie einen Platz auf dem nächststehenden Stuhl und verbarg ihr Gesicht in den Händen: Ron sah fast so aus wie Aal.

Schließlich stand Walburga auf und gab, mit Tränen in den Augen, Ron die Hand. Ron lächelte auch wie Aal, sie bemerkte den leichten Sarkasmus in seinen Zügen, als er sagte:

»Sieh mal an, solch eine wunderschöne Frau, die versteckte Aal also in Frankfurt am Main? Sie hätte ich nie, nie gehen lassen!!! Und dazu ein Kind, wie alt ist diese Pat?«

»Patricia ist acht Jahre alt.«

Margie entpuppte sich als eine fabelhafte Gastgeberin. Walburga wurde überhäuft mit vegetarischen Köstlichkeiten, und die Unterhaltung war enorm spannend. Folgendes erfuhr sie:

Aal kehrte in die USA zurück und verlangte von Alma, seiner Frau, die Scheidung. Als sie darüber nur lachte und davon sprach, dass sie nun endlich in den Genuss seiner

Pension käme, betrank er sich maßlos und setzte in jedes Zimmer ihres Hauses ein Kackhäufchen. Es stank bestialisch in den Räumen, während er minutenlang schrie: »Wenn dich der Duft stört, hau doch ab.« Als sie mit Eimer, Schaufel und Lappen immer wieder die Zimmer reinigte, zerschlug er die Whiskyflaschen und zielte mit den Flaschenhälsen auf ihren Kopf. Das ging nicht gut, sie wurde mehrfach getroffen, sie blutete, rief Ron zu Hilfe; er holte die Polizei, anders ging es nicht mehr. Man nahm ihn in Gewahrsam und sein Pass wurde eingezogen. Das Verfahren wegen Körperverletzung wurde insofern ausgesetzt, als sie, Ron und Margie, eine Kaution bezahlten und er frei kam, jedoch von seiner Army nach Indianapolis versetzt wurde. Um ein Haar wäre er unehrenhaft entlassen worden. Dort bekam er die Ruhr, die ihn für mehrere Wochen im Armeekrankenhaus festhielt. Danach musste er sich dort dreimal die Woche bei der Polizei melden, damit er nicht verschwand. Sein Pass blieb bei den Behörden. Während dieser Zeit erkannte Alma wohl, dass sie verloren hatte, sie zündete ihr Haus an und verbrannte darin. Der Adoptivsohn befand sich zu der Zeit in New York.

»Wie, Alma hat sich umgebracht? Das Haus angezündet?«

»Gewiss doch. Aal kann es nicht getan haben; denn er wurde in Indiana pausenlos überwacht. Er konnte nicht weg.«

Nach und nach trafen die Kinder von Ron und Margie ein. Sie waren alle vollschlank und trugen dickwandige Brillengläser. Aal hatte nie eine Brille getragen, und auch Pat litt keinesfalls unter Sehschwäche. Aber diese Kinder hier...? Margie beruhigte sie sogleich: »Das kommt von meiner Familie.« Eifrig holte sie vom Regal ein Fotoalbum, um Walburga ihre gesamte Verwandtschaft zu zeigen. Wirklich!

Margies Familie wirkte wie ein Heer von Brillenträgern, und als ›Wallie‹ nach einem Album mit Rons Ahnen fragte, stellte sich heraus, dass es fehlte. Somit war hier für Walburga die Sachlage geklärt. Sie bedankte sich herzlich und wollte sich verabschieden.

Da brach eine Art verbales Gewitter aus. O nein, sie solle zumindest noch eine Nacht in Elyria bleiben!!! Dies müsse doch mit einer Party gefeiert werden, dass es eine Patricia gäbe!!! ›Wallie‹ dürfe so nicht abreisen, oder wolle sie etwa zu Aal? Da würde sie dann erleben, was er tue. Nämlich nichts. Er sei bettlägerig, volltrunken wäre er auf die Kante des Bürgersteigs gestürzt, ein Wirbel sei kaputt, laufen könne er nicht mehr. Mehrere Oldtimer hätte er zu Schrott gefahren, als Journalist kaum einen Termin in Lake Wales eingehalten. Fristlose Kündigung. Eine Pflegerin bekomme ein Kind von ihm, und er wäre von einem Lungenemphysem geplagt, das ihn umbrächte. Aber er rauche ja weiterhin 80 Zigaretten am Tag...

Mit fast übermenschlicher Fassung ertrug Walburga diese Neuigkeiten, sie nickte immerzu und versprach, noch eine Nacht zu bleiben und die Party mitzumachen. Aber sie hätte doch einen Wunsch. Morgen, also tagsüber, vor der Party, würde sie zu gern die Schule der Kinder besuchen, sozusagen in ihrer Eigenschaft als Lehrerin, um Vergleiche anzustellen.

Ron sprang auf, suchte im Telefonbuch die Nummer heraus und rief sofort an. Nach langen Verhandlungen schaffte er es, dass sie morgen den Deutschunterricht besuchen durfte. Sie sollte sich um acht Uhr im Sekretariat melden.

Walburga lag in ihrem Hotelbett und begriff es nicht. In einer Armee herrschte doch Disziplin. Und warum handelte Aal so disziplinlos in seinem privaten Leben? Wie konnte er nur seine Mutter dermaßen in Schulden stürzen! Warum rief er Walburga nicht von der Telefonzelle aus an? Wo sollte die alte Dame tausende von Dollars hernehmen?

Sie selber hatte von Frankfurt aus Aal telefonisch erreicht. Und zwar stellte sie sich eines Tages vor das Telefonamt und passte die Angestellten ab. Sie suchte sich eine Feine aus und begann mit ihr ein Gespräch, lud sie ein. Bald kam das Angebot. »Walburga, wenn du mal ein Auslandsgespräch hast, ich verbinde dich ohne einen Pfennig, es geht aber nur nachts, da fehlt bei uns die Aufsicht.« Und so geschah es. Mit einer speziellen Vermittlung konnte sie unbegrenzt telefonieren, gratis.

Und dann diese Art, mit seiner Frau Alma umzugehen! Er war doch der Bittsteller! Er war es, der sie sanft behandeln musste! Nein, sie fragte sich nun, ob es nicht eine Gnade war, diesen Mann nicht geheiratet zu haben. Ja, und nun war er unheilbar krank. Wenn sie zu ihm führe, stünde da an seinem Bett eine neue Geliebte, schwanger dazu, das wohl schaffte er noch gut! Nein, diese Blamage würde sie sich nicht antun. Überhaupt, sie wollte hier so schnell wie möglich fort aus der Stadt, in der es offensichtlich enorm um das Thema Alkohol ging, denn bei Margie war es verpönt und strikt verboten, Wein oder Bier zu trinken. Es gab ausnahmslos nur Wasser, Saft, Tee, Kaffee und Kakao.
    Und das musste wohl einen Grund haben!

In ihren Examensarbeiten hatte man sich zu beziehen auf die tollen Methodiker Chomsky oder Skinner und andere Amerikaner, die der wahren Didaktik und Methodik im Unterricht erst richtig auf die Sprünge halfen. Der Schüler stand im

Mittelpunkt, und nicht, wie über Jahrhunderte, der Lehrer.

Ohne Anmeldung wäre Walburga niemals in das Schulgebäude hineingelangt, man hätte sie als Drogenhändlerin dingfest gemacht und verscheucht. So aber empfing sie der Rektor, ein Schwarzer, fast zwei Meter hoch. Und er ließ ihr freie Hand.

Maßlos erstaunt stellte Walburga fest, dass in dieser Schule die neuesten Erkenntnisse der amerikanischen Wissenschaftler keinesfalls realisiert wurden. Sie erlebte acht Stunden lang nur Frontalunterricht, die Schüler hingen müde in Einzeltischen, in abgehacktem 45-Minuten-Rhythmus.

4500 Schüler und 200 Lehrer quälten sich miteinander ab, so ihr Eindruck. Es gab keine Klassen. Jeder fabrizierte sich seinen eigenen Stundenplan und wurde gezwungen, pro Tag acht Stunden zu belegen. Und die Mittagszeit war auch vorgeschrieben: 45 Minuten. Um sechzehn Uhr endete der Unterricht.

Walburga saß hinten an ihrem Klapptisch und beobachtete die apathischen Schüler, die still Kaugummi kauten oder etwas lutschten. Wenn der Lehrer einmal eine Frage stellte, so hob niemand, kein einziger, die Hand. Kaum ertönte die Glocke, erhoben sich die Schüler, Mädchen und Jungen von vierzehn bis achtzehn Jahren, übergangslos von ihren Sitzen, ganz gleich, was der Lehrer gerade sagte, an welcher Stelle er sich aufhielt; sie schoben sich aus ihren Einzeltischchen, griffen ihre Bücher und Hefte – Ranzen oder Aktenmappen waren nicht Mode – und liefen fort, grußlos. Auch in den Fluren wurde kein Lehrer etwa ehrfürchtig gegrüßt; die unterschieden sich auch nicht wesentlich von ihren Zöglingen. Obgleich der Tag quasi vorbei war, bekamen alle Schüler in jedem Fach Hausaufgaben, sodass sie mindestens bis 21 Uhr noch zu Hause beschäftigt sein mussten. Kein Lehrer wagte es zu tadeln oder zu schimpfen, denn es war ein Leichtes, den Pädagogen zu diffamieren. Er wurde sofort entlassen, und zwanzig stellungslose Lehrer bewarben sich um seinen Job. Der Lehrer durfte 50 Tage im Jahr krank sein, alles darüber wurde nicht mehr bezahlt. In den Pausen lernte Walburga nur frustrierte und sich bitterlich beklagende Pädagogen kennen, und sie hatte den Eindruck, dass sie alle am Rande eines Nervenzusammenbruchs standen. Es gab kein Beamtentum, ungeschützt wanden sie sich, methodisch unbeleckt und teils ohne hieb- und stichfeste Fachkenntnisse, durch den Unterrichtstag.

Die Deutschstunde, die Walburga miterlebte, ließ sie einer Ohnmacht nahe kommen. Das Lehrbuch war von 1889! Normalerweise wird die Sprache induktiv gelehrt, in Gesprächen, in Dialogen, also in alltäglichen, situativen Zusammenhängen. Hier aber war Thema: Der Konjunktiv der Vergangenheit. Zum Schluss, die Schüler schliefen teils fest, stand an der Tafel:

›Wenn der Bauer nicht gekommen hätte, hätte das Kind gestorben.‹

Der Deutschlehrer sprach 45 Minuten lang Englisch! Loben konnte er nicht, da kein Kind sprach oder etwas sagte. Zum Schluss kam er auf Walburga zu und rief: »Sie sehen also, die Kinder sind dumm.« Dieser Kurs war besonders schlecht belegt, da sich kein Teenager für Deutsch interessierte. Sechs Schüler nur plagten sich abstrakt mit dem Konjunktiv ab. Walburga versuchte, mit dem Lehrer zu diskutieren, in dem Sinne, dass die Kinder, ohne den Mund aufzutun, eine Sprache gar nicht lernen könnten. Antwort: »Wir haben hier zu reden und zu dozieren, dafür werden wir bezahlt.«

Neugierig empfing der Rektor die Besucherin aus Deutschland. »Wie ich höre, werden bei Ihnen in Westdeutschland alle Kinder gezwungen, eine oder gar zwei Sprachen zu erlernen?« »Ja, es ist Pflicht, und zwar in ganz Deutschland. Bei uns ist Englisch obligatorisch, und in der DDR Russisch.« »Nein. Das gibt es doch nicht! Hier ist alles fakultativ.« Der Mann kam bald um vor Stolz, als Walburga fortfuhr: »Englisch ist eben eine Weltsprache, denken Sie an die Piloten, an Fernost, ohne Englisch ginge das doch gar nicht bei den vielen anderen Sprachen.« Als es ihr zu viel wurde mit seinem angeberischen Affenstolz, sagte sie abschließend: »Ich spreche übrigens von Englisch, und nicht von Amerikanisch!«

Tief beleidigt wandte er sich ab, wie ein ungezogener, störrischer Bock, und Walburga lächelte zufrieden. Sie hatte zu viel gesehen, es war abscheulich, wie hier mit jungen Menschen umgegangen wurde. Tolerieren, dachte sie, ist ignorieren – in diesem Fall.

Billige Metall-Legierungen, Autogriffe zum Beispiel, jagten einen Stromschlag in die Haut des Anfassenden. Am Abend wurde sie wieder mit zig Stromschlägen abgeholt und stand vor 25 Partygästen, die sie – als sei sie ein Zirkuspferd – anstarrten. Margie nahm Walburgas üppigen Rosenstrauß entgegen und zeigte sich erneut als perfekte Ehefrau. Ihre drei Söhne und zwei Töchter saßen reglos und abweisend auf den Sofas. Der Fernseher lief, auf ›stumm‹ geschaltet, und alle fünf guckten gelangweilt in diese Richtung. Für etwa zwei Stunden tobte um Walburga herum ein toller Small Talk, und sie machte sich den Spaß, ihr Lieblingsgedicht »Vases« aufzusagen. Gewaltiger Applaus und übertriebenes Lob prasselte auf sie nieder. Ohne einen Tropfen Alkohol endete für alle das Treffen, und Gastgeberin Margie fuhr sie in das Hotel zurück. Die Gastgeberin Margie hatte darauf geachtet, dass Ron nicht eine Sekunde mit ›Wallie‹ allein, ungestört, blieb.

Während der sechzehnstündigen Schleichfahrt per Greyhound-Bus, von Cleveland zurück nach New York, schrieb sie ihrer Schwester Claudia folgenden Brief:

›Windhund-Bus, im Sommer 1972.

Meine liebe Claudia,
  sicherlich bist Du wahnsinnig gespannt auf meinen USA-Bericht, zumal Ihr alle nicht hierher fliegen könnt. Was nützt es Dir, wenn ich Orte nenne wie New York, Breezewood, Cleveland oder Elyria, das bringt nichts. Nur musst Du davon ausgehen, dass geografisch völlig andere Dimensionen vorherrschen, ähnlich weit und breit wie in der Sowjetunion, nur bebauter.
  Das Verhalten der Amerikaner erscheint zumindest mir als abartig, sozusagen degeneriert. Die Oberflächlichkeit, gepaart mit Taktlosigkeit, schockt gewaltig. Die Amerikaner sind Künstler im Erfinden von nichts sagenden Sätzen, denkfrei, und die Floskeln wiederholen sich derart oft, dass ich anfangs lauthals lachte, später schwieg ich apathisch. Jedoch wehe, man weigert sich zu antworten, dann denken sie, man wolle etwas Ungesetzliches verheimlichen. Es bleibt nur die Lüge oder ein frisiertes, leicht witziges Phrasendreschen in Richtung Märchen.
  Marktschreierisch sprechen sie an allen Ecken und Enden von Privatleben und Individualität. Beides gibt es nicht! Respektlos fängt jede Bekanntschaft so an:
  Wie lange bleiben Sie? Wann genau fahren Sie wieder ab?

Diese beiden Fragen stehen ausnahmslos an erster Stelle. Dann, stakkatoartig: Woher kommen Sie? Was wollen Sie ausgerechnet hier? Ferien? Sind Sie verheiratet? Haben Sie Kinder? Und wo sind die? Wo ist Ihr Mann? Gehorcht man schnell und reibungslos, schließt die Bekanntschaft ab mit: »Nennen Sie mich Jim« oder »Nenne mich Mary« – sie unterscheiden bekanntlich nur im Ton das Du vom Sie. Nicht dass Du denkst, sie ahnen nichts. Sie wissen genau, dass ›etwas‹ ›nicht in Ordnung‹ ist, aber was? Ich kenne die Antwort: sie finden keine Ruhe. Hilflos eilen sie zu einem Therapeuten, zwecks Analyse. Was stimmt nicht? Auf dem Buchmarkt, Claudia, siehst Du die Ergebnisse: »Der sinnliche Mann«, »Die sinnliche Frau« und »Das sinnliche Ehepaar« oder »Warum Single?« – es nützt nichts. Sie klopfen Dir auf die Schulter und rufen »Darling«, aber in Wirklichkeit leuchten keine Liebesherzchen in ihren Pupillen, sondern einzig und allein blinkt das Dollarzeichen!!! Die Gier nach Profit treibt sie voran und kennt keine Grenzen, und so überbieten sich die Firmen in Werbung, in Werbeplakaten, die mindestens so groß sind wie eine Dorfkirche bei uns. Farbe und Illumination wechseln in Sekundenschnelle. Es gibt kaum eine Kaufaufforderung ohne aufreizenden Sex, dicht an der Porno-Grenze, sodass die armen Herren fehlgelenkt werden, auf der Autobahn, am Steuerrad; erotisiert werden sie am falschen Ort, und abgesehen von Straßenunfällen aller Art versagen die Männer an passender Stelle. Denn der Körper ist verwirrt. Jetzt gilt es, den Frust nicht zu zeigen, und es kostet viel Kraft, das von Enttäuschungen gezeichnete Gesicht zu maskieren. Es geht allen wirklich gut, (ein ewiges Okay) aber ich durchschaue die Vertuschungsmanöver.

Irritierend für mich kommt hinzu, dass sie sich, bar jeder Demut, für die Größten halten. Alle anderen Völker sind ausnahmslos dumm. Gnade Dir Gott, Du übst Kritik, wie winzig sie auch sei. Dann hast Du Dein Gegenüber persönlich beleidigt, und der Beleidigte wird Dich bei allernächster Gelegenheit ins Schwarze fallen lassen. Das ist nicht weiter schlimm, denn für jede Notlage oder Panne gibt es einen Job! Hauptsache, Claudia, Du hast Dollars (auch anderes Geld wie z.B. Pfund oder D-Mark ist dumm und wertlos!). Passiert ihnen nun etwas Unerwartetes, so sieht man Körper und Geist ziemlich wehrlos, da sie untrainiert sind und nur Dinge bewältigen, die im TV vorgelebt werden. Jeder echte Denkvorgang schafft Chaos.

Wäre ich, liebe Claudia, gezwungen gewesen, länger als zehn Tage hier im Lande zu verweilen, hätte sich mein Gesundheitszustand, seelisch und körperlich, enorm verschlechtert! Der unerträgliche Lärm und die schrecklichen Elektroschocks, die Dich bei jeglichem Anfassen von Metall treffen, besonders in Verbindung mit ungeerdeten Flauschteppichen, wirken wie eine Körperverletzung. Fazit: Du in Dresden, in Deiner Villa an der herzigen Elbe, hinter Birken und Linden, mal ein Schiffshorn, lebst wie im Paradies. Und Pat wohnt mit mir in einem Kurort der Rhön.

Von meinem Schulbesuch schweige ich diskret, too much is too much, das sagen kluge Amis. Deine entsetzte Walburga.‹

Der Flug nach Luxemburg verlief reibungslos. Die Passagiere versanken bei Ankunft in ein grünes Tal der Stille. Walburga, die ihre Reise erheblich verkürzt hatte, beschloss, in Aberdeen, Schottland, nach Aals Vorfahren zu suchen.

38

Während des Fluges nach Glasgow rekapitulierte sie, was sie von Aals Vorfahren wusste, entweder von ihm selbst oder von Ron. Die Väter waren die Brüder Jack (Rons Vater) und Stuart (Aals Vater) gewesen und hatten die Auswanderung in die Vereinigten Staaten von Amerika beschlossen, blieben dann in Ohio hängen. Ron und Aal waren demnach Cousins, Vettern.

Ron arbeitete ganz profan als Sachbearbeiter in einer Produktion für Autoersatzteile, von großartiger Kreativität war nichts zu bemerken. Seine fünf Kinder wollten »weiß nicht« werden, konnten kein Gedicht auswendig, sangen kein Lied. Woher um Himmels willen stammte denn nun Pats unübersehbare Schauspiel-Begabung? Außerdem sang sie, wo es nur ging, stand immerzu auf Vereinsbühnen, übrigens zusammen mit ihrer Freundin Carmen, die durch ihre tänzerischen Qualitäten eine erstaunliche Ergänzung oder gar Bereicherung darstellte. Die beiden übten, kaum waren sie mittags dem Unterricht an der Lichtschule entronnen, auf dem Spielplatz oder im Zimmer; und bereits bei den Proben saßen Zuschauer dabei und Fans. Walburga war nie gezwungen, so wie andere Mütter, verzweifelte Vorschläge zu unterbreiten, die so anfingen: »Liebling, was wollen wir denn heute einmal unternehmen?« Carmen und Pat hatten grundsätzlich »keine Zeit«, oder aber Walburga sprach ein Machtwort. Dann mussten sie beide mit, zum Beispiel nach Frankfurt am Main, um dort ihre allererste Oper zu erleben, wegen der tänzerischen Leidenschaft: »Carmen«!!! Der Vergleich musste sein, damit sie sich nicht gleich nach ihren Anfangserfolgen als Superstars betrachteten.

In Aberdeen umschmeichelte die Touristin schönste, reine Seeluft, keine Filteranlage in Hotels, nichts mehr von fest verschlossenen Fenstern! Es war angenehm und wirklich erstaunlich, dass in jedem schottischen Hotelzimmer – jedenfalls im Moat Hotel – ein Wasserkessel bereitstand, dazu Tassen, Löffel, Kekse, Schokoladen-, Tee- und Kaffeepulver. Im Hotel-Pool empfing sie eine Wassertemperatur von 36 Grad! Bereits im Flugzeug der British Airways bemerkte man eine völlig andere Freundlichkeit der Briten oder Schotten, anders als in Ohio. Abgesehen von den warmen, knisternden Croissants und den heißen Hähnchen-Schenkeln, die jedem im Flugzeug serviert wurden, begegnete ihr unerwartet eine aufrichtig gemeinte Herzlichkeit. Und dieser Eindruck verfestigte sich in Aberdeen. Dort, man glaubt es kaum, bremsen die Busse auch ohne Haltestelle und lassen einen einsteigen. Die Schotten sind liebenswert und freundlich, hilfsbereit, und sie kleiden sich extrem wild-bunt, sodass Walburga, von oben bis unten in Königsblau, schlicht, jedoch erlesen, recht markant auffiel. Die Leute blieben teils stehen, gaben sich jedoch keinesfalls aufdringlich und hätten nie im Leben Walburga angesprochen. Noch frech dazu. Die Polizei langweilte sich zu Tode. Hier passierte kaum etwas.
Zunächst – beim ersten lockeren Ausgang – musste sie ins Gespräch kommen, vorzugsweise mit einer älteren Dame. Die erfahrene Generation wusste am meisten und kannte ihre Historie. Also lief Walburga in den nächsten Park und setzte sich auf eine verschnörkelte, schmiedeeiserne Bank. Dabei studierte sie den Stadtplan und las Sehenswürdig-

keiten durch, guckte sich den Veranstaltungsplan an.

»Hello«, sagte sie zu einer distinguierten Dame, die mit ihrem Pinscher vorbeischlenderte, »darf ich Sie kurz etwas fragen, da ich hier fremd bin...« »Aber natürlich, für einen Moment wollte ich mich sowieso setzen, schönes Wetter heute, nicht?« »Ja, eine leichte Brise...« Walburga wusste, dass man über das neutrale Territorium des Wetters ein eventuell peinliches Fremdsein überspielte.

»Wenn Sie nach Belmedie hinausfahren, treffen Sie auf die reinste Nordseeluft und einen feinen Sandstrand«, meinte die Dame. Walburga hielt ihr den Stadtplan hin, und die Dame holte ihre Brille hervor, zeigte routiniert auf die entsprechende Stelle. Dann lockerte sie die Leine des Hundes und erweiterte seinen Schnupper-Radius.

»Wie«, fing Walburga an, »soll ich es nur anfangen, die Vorfahren der Familie Sigsworth hier zu finden?«

Die Dame nickte. Ohne das bis zum Überdruss bekannte Kreuzverhör antwortete sie lapidar:

»Friedhof!«

»Ähm?«

»Ja, Sie laufen jetzt erst einmal auf den städtischen Friedhof, und da finden Sie mit Sicherheit ein Grab mit diesem Namen. Es ist bei uns gang und gäbe, dass der Vater seinen Erstgeborenen genau so nennt, also in Ihrem Falle...?«

»Zwei Brüder, der Ältere hieß Jack, starb aber in den USA, der Jüngere hieß Stuart und weilt auch nicht mehr unter den Lebenden.«

»Also ich tippe auf einen Vater, der Jacob hieß und seinen erstgeborenen Sohn Jack nannte.« Die Dame war sich sicher. Dann fuhr sie fort: »Ich würde nach einem Grab suchen mit dem Namen Jacob Sigsworth.«

»Und dann?«

»In der Verwaltung wird man Ihnen weiterhelfen. Und wenn nicht, gucken Sie einfach in das örtliche Telefonbuch und rufen an, der Reihe nach.«

»Im Telefonbuch stehen fünf Sigsworths.«

»Na, da haben Sie ja etwas vor sich. Wir Schotten haben viel Zeit. Da werden Sie um fünf Einladungen nicht herum kommen. Außerdem langweilen sich viele hier, auf Neuigkeiten ist jeder gespannt. Was springt für Sie heraus, wenn Sie Nachfahren entdecken? Was genau möchten Sie erfahren?«

»Ich würde zu gern wissen, welchen Beruf die beiden Brüder hatten, speziell Stuart, und warum genau sie auswanderten, die beiden.«

»Na ja, wenn Sie mir nichts weiter erzählen möchten, das kann ich verstehen.«

Wie höflich sie war! Wie taktvoll!

Walburga erhob sich, denn sie hatte die Forscherei etwas satt. »Haben Sie noch etwas Zeit«, fragte sie, »mir den Bus zu zeigen, der mich an den Strand bringt? Ich würde zu gern erst einmal schwimmen gehen, im offenen Meer, mare apertum!«

»Aber gern! Ich komme mit. Cliwi aus!«

Cliwi, der Pinscher, wedelte lustig mit seinem Schwänzchen und gehorchte sofort. Seine Markierungen hatte er gesetzt, er war zufrieden, genau so wie Walburga, die jetzt Licht im Tunnel sah.

»Ich wünsche Ihnen alles Gute«, sagte die Dame und lächelte ihr zu. »Viel Freude in Aberdeen, am Strand werden Sie für sich sein. Schade, ich darf das alles nicht mehr – aus ärztlicher Sicht.«

»Vielen Dank für Ihre Hilfe, Madam, es war für mich sehr aufschlussreich, Sie kennen zu lernen. Danke nochmals.«

»Auf Wiedersehen!« rief die Fremde freudestrahlend – in deutscher Sprache.

Erneut wurde Walburga mit einer riesengroßen Überraschung konfrontiert: bei fünfzehn Grad im offenen Ozean war sie die Einzige, die in das Wasser ging – das war ja nun nicht neu – aber sie lief überhaupt völlig isoliert am bildschönen Strand entlang, kein Spaziergänger, kein Boot, nicht ein einziges Hotel stand dort, kein Strandkorb, absolut verwaist, kein Imbiss, kein Restaurant, nur die reine Seeluft und die Nordsee! Vielleicht fand sich alles hinter den Dünen? Sie lief nach oben, fort von den leichten Wellen, und sah... Müllhalden, und hinter den Deponien gewaltige Golfplätze mit flachen Clubhäusern. Zurück am Meeresufer genoss sie den feinen hellen Sand, die vortreffliche Schönheit des Horizonts, sehr weit entfernt, fast hinter dem Horizont die Überseedampfer, als plötzlich von oben her, aus den Dünen heraus, eine junge Frau auf sie zustürzte, in Militärkleidung! Sie schrie unartikuliert und wedelte verzweifelt mit den Armen. Walburga blieb stehen. Die Soldatin wollte etwas, das war offensichtlich, es sah aus wie eine Warnung. Aber welche Gefahren sollte es hier geben?

»Um Gottes willen, hier können Sie nicht weiter laufen. Stop. Stop. Stop!!! Zurück! Sehen Sie denn da draußen nicht die Kriegsschiffe? Schießübungen. Sie schießen sich auf die Küste ein. Was, Sie laufen hier nach Aberdeen? Und Sie leben noch?«

»Madam«, antwortete Walburga wütend, »bisher habe ich nicht einen einzigen Schuss gehört. Nirgendwo steht ein Warnschild! Ich sehe keine Barriere! Klettern Sie also zurück in Ihren Unterstand, vergraben im Sand, und funken Sie durch, dass da jetzt eine Deutsche durchläuft, Ihnen zuliebe im Dauerlauf. Ich wandere nicht zurück, das ist ein riesiger Umweg! Kommt nicht in Frage, die paar hundert Meter laufe ich jetzt weiter.«

»Dann werden Sie möglicherweise erschossen.«

»Nur zu!«

Ohne einen weiteren Kommentar rannte Walburga davon, hinter ihr schrie die Soldatin: »On your own risk!!!«

Aber sie nahm auch ihre Beine in die Hand, und die ›Front‹ schwieg.

Schließlich, dachte Walburga furchtlos und empört, haben die doch Ferngläser, oder etwa nicht? Bald darauf – nach den unbebauten ebenen Flächen – stieß sie auf einen Vergnügungspavillon, dies wahrscheinlich statt Strandleben, und darin gab es neben Spielautomaten, Pool und Billard einen Aerobic-Saal. Dort tobten permanent etwa 60 Mann, groß, klein, jung, alt, dick, dünn, und wer aufhören wollte, verschwand kommentarlos vom Parkett. Da machte Walburga mit und lachte sich halb tot.

Am Abend wurde es recht ›dizzy‹, Aberdeen selbst erschien ihr grau, staubig und auch laut. Die Straßenzeilen erinnerten sie an die Bauweise der DDR in den 50iger Jahren. Und sie verspürte Sehnsucht nach der Jetztzeit, nach einem echten schottischen Bier, nach Kavalieren und vor allem nach der Bewahrheitung des Vorurteils: Schotten sind geizig. Stimmte das?

Bequem zurechtgemacht nahm sie in der nächstgelegenen Bar namens ›Overwind‹ an der Theke Platz, flankiert von zwei Männern. Es schien eine Männerdomäne zu sein, denn Frauen fehlten fast ganz. Auf jeden Fall war es ungewöhnlich, dass eine Frau einfach so am Tresen saß und ein Ale bestellte. Offensichtlich kannten sich die meisten untereinander, denn leise Anfeuerungsrufe machten die Runde. Nicht dass jetzt der Eindruck entsteht, es gäbe dort in irgendeiner Form Feuer und Temperament, o nein, Lachen schien verboten zu sein. Da keiner der beiden Walburga ansprach, rief sie einfach ›Cheers‹ in die Luft, lächelte sanft und hob ihr Glas. Der Mann zur Rechten nahm immerhin sein Glas und wollte doch tatsächlich mit ihr anstoßen. Er sei Douglas. Von hinten hörte sie ein leises Stöhnen, ihr war so, als hätte der Mann zur Linken nun ›verloren‹. Also das war ja überhaupt nicht natürlich, diese Hemmungen hier. Demonstrativ unterhielt sie sich laut mit beiden Männern, mal links, mal rechts, und da der Douglas einem interessanteren Beruf nachging, (der linke arbeitete als Schwimmmeister) ließ sie sich mit Douglas ein und wechselte über zu einem Mahagoni-Tisch. Wieder ein Seufzen und Stöhnen! Sehr nervend. Die Männer zeigten sich vollkommen passiv. Douglas sei ein Ingenieur auf der Bohrinsel in der Nordsee, er müsse vierzehn Tage hintereinander dort isoliert arbeiten, steuern, wachen, und danach hätte er, so wie jetzt, sieben Tage lang frei und lebe in seiner Wohnung in Aberdeen, gleich um die Ecke. Und dort, in seinem Apartment, müsse er das Wort ›Erdöl‹ nicht mehr hören.

Walburga machte Anstalten, sich zu erheben. Ihr Test lief!

»Lieber Douglas, ich muss jetzt leider in mein Hotel. Es war nett mit Ihnen. Oder bleiben Sie noch hier? Wenn ja, würde ich mir einen Whisky ON THE ROCKS bestellen.«

»O nein, o ja«, sagte er, mit zart erhobener Stimme, »bitte, kann ich Sie einladen?«

Donnerwetter. Also stimmte das mit dem Geiz doch nicht! Alle hatten Walburga telefonisch gewarnt. »Nimm Geld mit, es gibt dort weder Einladungen noch Feste! Du triffst auf unvorstellbaren Geiz!« (Das Absonderliche, was sie zunächst erlebte, war die strikte Ablehnung von Trinkgeld.)

»Danke, gern. Aber nur, wenn Sie noch bleiben.«

Douglas wollte sie noch zu anderen Getränken einladen, überbot sich in Angeboten, aber Walburga machte kurzen Prozess. Sie sagte: »Nicht dass Sie jetzt denken, ich sei auf ein Abenteuer aus, aber Ihre Tätigkeit als Leiter einer Bohrinsel finde ich schon recht interessant, und daher würde ich mir gerne Ihre Wohnung anschauen, es ist ja nicht weit. Es bleibt wenig Zeit, ich fliege morgen zurück nach Deutschland.«

Douglas blieb der Mund offen stehen. Er lief rot an.

Außerdem fiel plötzlich eine Stille in den Raum, aber die anderen konnten gar nicht gehört haben, was sie da vorgeschlagen hatte. Sie sahen nur, dass Douglas und Walburga gemeinsam das Lokal verließen. Es folgte ihnen ein leises Zischen.

Auf der Straße fragte sie Douglas geradeheraus, was da eigentlich in der Bar gelaufen sei, sie verstünde das nicht, und in Deutschland gäbe es solche Reaktionen nicht, außer vielleicht in ganz kleinen Dörfern, wo sich jeder kennt. »Eben!« rief Douglas laut und fröhlich, »nach deren Meinung habe ich Sie abgeschleppt, und es gibt nicht den geringsten Zweifel, dass wir jetzt sofort im Bett landen.« »Das kann doch nicht wahr sein!« lachte Walburga und hakte sich bei ihm ein. Er sollte mehr, er sollte alles erzählen!!!

»Viele von denen, die Sie gesehen haben, arbeiten ebenfalls auf der Bohrinsel, sind mir jedoch unterstellt. Sozusagen. Jetzt bin ich ein doppelter Sieger. Männer sind nun mal Konkurrenten, und Frauen wohnen zwar hier, aber die gehen kaum aus. Wer gibt sich schon ab mit Männern, die nie da sind?« Der Mann war also bekannt wie ein bunter Hund und konnte sich schon deshalb nichts herausnehmen.

Walburga betrat eine Wohnung, die als eine solche kaum noch zu identifizieren war. »Und ist es eine reine Männer-Bar?« fragte sie. »Aber nein, keinesfalls. Wenn überhaupt, kommen eben nur Touristinnen herein, meist vom Hotel. Übrigens wundern Sie sich nicht, nach meiner Rückkehr von der Bohrinsel musste ich erst einmal Wäsche waschen, es trocknet hier das meiste auf dem Bett... nun ja, der Fernseher...« Der lief, und die eingelegte Kassette zeigte einen unmissverständlichen Pornofilm. Es war eiskalt, und Walburga blieb gleich an der Eingangstür stehen. Der Fußboden war bedeckt mit schmutzigen Textilien.

»Sie sind zurückgekehrt. Aber warum leben Sie dann in einer eiskalten Wohnung? Glauben Sie, dass die Wäsche dann schneller trocknet?«

Douglas stand da mit hängenden Schultern.

»Ich habe ja keine Zeit zum Aufräumen. Sehen Sie, ich bin geschieden. Mit meinen Geschwistern rede ich schon jahrelang kein Wort mehr, und ich erfuhr – per Zufall – erst vor sechs Wochen, dass meine Mutter gestorben ist.« »Wann genau starb sie?« »Vor fünf Monaten.« Walburga verstummte. Hier gab es offensichtlich gar keine Kommunikation mehr. Unvorstellbar im Zeitalter des Telefons.

»Douglas, Sie hätten mich nicht hierher führen sollen. Da sagt man nein. Jetzt kommen Sie zur Ruhe. Sie haben Urlaub. Ich muss morgen arbeiten, ein schwerer Tag wartet auf mich. Dann sehen wir weiter.«

Und weg war sie. Ihre umfassende Verachtung für Männer verwandelte sich für einige Minuten in Mitleid.

39

In den Prospekten wurde mehrfach darauf hingewiesen, dass The Majesty's Theatre das größte Theater Schottlands sei. Für den kommenden Abend wollte sich Walburga dieses wirklich beeindruckende Gebäude von innen ansehen, ganz gleich, was gegeben wurde. Der Vergleich mit der Semperoper in Dresden reizte sie. Auch wollte sie beten in der pompösen gotischen Kirche, jedoch zunächst hob sie in ihrem Zimmer den Telefonhörer und wählte die erste Sigsworth-Nummer.

»Brian Sigsworth.«

Die Stimme klang sehr freundlich und höflich, und Walburga sagte ihm, sie sei eine deutsche Historikerin, die nach den Wurzeln der Familie Sigsworth in Schottland fahnde, morgen müsse sie weiter, und ob er ihr helfen könne, denn auf dem Friedhof hätte sie keine Anhaltspunkte finden können. Das war gelogen, sie war einfach zu faul, auf den Friedhof zu laufen und dort stundenlang zu suchen.

Der Mann war begeistert.

»Wir haben hier in der Stadt noch andere Sigsworths, die könnten vielleicht auch etwas sagen. Wenn Sie einverstanden sind, es war schon lange meine Idee, alle einmal zusammen zu rufen, dann organisiere ich ein Treffen, heute, bei mir, sagen wir ab sechzehn Uhr. Dann geben wir Auskunft, jeder, was er weiß.«

Das klang fantastisch. Walburga bedankte sich wärmstens, schrieb die Adresse auf, ließ sich den Weg beschreiben und zog sich für das Hotelfrühstück an.

Sie hatte ja nun viel Zeit. Ihr Weg führte sie erneut durch den Stadtpark oder besser durch Naturparks, und sie konnte sich des Eindrucks nicht erwehren: die städtische Silhouette erinnerte bei Ansicht der mittelalterlichen, staubgrauen Zinnen an William the Conqueror, an Macbeth, an Folterknechte, Seeräuber, doch Aberdeens Wald von Dachantennen wiesen auf das gegenwärtige technische Zeitalter. Sie beobachtete völlig verwahrloste Jugendliche, die rücksichtslos Müll verstreuten, um sich spuckten, und entsetzt las sie entsprechende Schilder:

›*Rauchen Sie nicht im Bus!*‹ (Der Busfahrer tat es dennoch!)

›*Keine Exkremente auf den Parkwegen!*‹ (Hohe Strafen!)

›*Verlassen Sie die Grünanlagen bis zwanzig Uhr!*‹ (Sonst Einschluss!)

Es zog sie in die gotische Kirche zum Gebet.

›*Fassen Sie die Bibel mit sauberen Händen an!*‹

›*Spucken Sie nicht in die Abtei!*‹

Es näherte sich – im Whiskey-Dunst – ein Pfarrer, der lauthals und völlig ungebremst, ungefragt, von der Historie dieser gotischen Kirche zu erzählen begann. Walburga unterbrach ihn vehement.

»Herr Vikar, ich möchte still beten.«

›*Lieber Gott, Du weißt, was in mir vorgeht. Es ist drückend und quälend. Ich wünsche mir so sehr Aals Tod. Lungenemphysem. Leberzirrhose, Lendenwirbel gebrochen. Lass mich doch meine Rachegelüste vergraben, hilf mir, die Kränkungen zu überwinden.*

Niemand fragt je: Sind Sie vergewaltigt worden? Ich will blutige Rache nehmen an den drei Verbrechern. Du predigst Vergebung. Deine Gnade weicht von mir, ich kann nicht vergeben, nicht verzeihen, der Teufel ist in mir und sucht mörderische Befriedigung. Mal sehen, was heute Nachmittag alles herauskommt über Berufe und Berufungen. Du hast es ja eh so eingerichtet, dass mit jeder Eheschließung die Familienmerkmale verschmelzen, verwässern, und zum Schluss sind wir alle verwandt. Jeder ist dein Nächster, predigt Jesus, Dein Sohn. Vater unser, der Du bist im Himmel, Du hast mir Gaben geschenkt, damit ich mich selbst aus dem Sumpf ziehen konnte. Nun hilf mir auch zu vergeben und wieder fröhlich zu sein. Bei meiner Schwester Claudia habe ich es geschafft, ich vergab ihr. Vergib Du mir, schenke mir Frieden, oder zumindest, lieber Gott, lass mich einen Weg finden, um lieb zu werden. Amen.‹

Auf den Knien verharrte sie in der reich geschmückten Kirche und weinte hemmungslos. Sie konnte sich den erlittenen Kränkungen nicht entziehen. Es war nicht möglich! Drei Verbrecher und Aal hatten ihre ›Leichen‹ zu entsorgen, ganz abgesehen von Walburgas Ex-Ehemann Ulrich Luger, ›Jurist‹, ›Dr.‹, aber das waren deren Sünden, nicht ihre.

Die Antwort kam prompt und klar: Pat ist ein Gottesgeschenk. Carmen ist eine wundersame Dreingabe, nimm dich ihrer an. Die Kinder von Erdfeld brauchen und lieben dich. Deine Oma glaubt an dich, hat dir viel Geld von ihrer knappen Rente geopfert. Männer haben dich infiziert, Männer haben dich gerettet, zumindest Ärzte. Das einzige, was ich von dir verlange, ist: lerne aus dem Unglück und lasse nichts Unrechtes mehr zu! Vertrauen ist gut. Kontrolle ist besser! So, und nun lauf zu all den Sigsworths, die danach gieren, sich selbst kennen zu lernen. Du gabst ihnen den Anlass, sich zu treffen, sich zu beschnuppern, das lob ich mir an dir, dass du die Menschen in Kontakt bringst. Auf geht es!

Als sie aus dem Kirchenportal trat, fühlte sie sich befreit und reingewaschen. Wer war Brian Sigsworth? Auf jeden Fall, so war es jedenfalls in Deutschland üblich, kaufte sie für die Dame des Hauses ein angemessenes Blumengebinde, rosa Gladiolen, elfenbeinfarbene Christrosen und noch ihr unbekannte Stängel. In Marineblau gekleidet, mit blonder Hochfrisur, so näherte sie sich einer verstaubten Villa und betätigte den Löwenkopf aus Messing. Sie wunderte sich ständig über das Vertrauen, das ihr entgegengebracht wurde und die sofortige Bereitschaft zu helfen. Walburga wusste nicht, wie sehr die Leute hier unter Langeweile litten und gierig nach einer Abwechslung Ausschau hielten. Alle hatten grundsätzlich Zeit. Nicht einen Eilenden hatte sie ausmachen können.

»Ah, Sie sind es, Mrs. Weda, kommen Sie herein. Das Wetter ist heute ganz angenehm, nicht wahr? Wie darf ich diesen Strauß betrachten?«

»Danke, dass Sie mich empfangen, Mr. Sigsworth, darf ich auch Ihre Frau...«

»Oh! Es gibt keine Dame des Hauses. Ich bin Witwer, 40 Jahre im Bankwesen tätig gewesen. Ann! Bitte kümmern Sie sich um diese Blumen, eine Vase wäre vonnöten. Mrs. Weda, wie wäre es mit einer Tasse echt schottischen Tees?«

Ann war seine Haushälterin, eine knochendürre, hinterhältig dreinblickende Person, deren Tage der Fruchtbarkeit längst vorüber waren. Böse starrte sie auf Walburgas Block und Kugelschreiber.

Brian wirkte enorm sympathisch, mit stechenden blauen Augen, putzmunter, Golfspieler, ein hochinteressierter, gebildeter Mann. »Ich habe schon am Telefon bei drei Parteien Glück gehabt, sie kommen jeden Augenblick, und auch den Namen ›Jacob‹ nannte ich bereits in den diversen Telefonaten. Bei Cathy hat es gefunkt, es gab in ihrer Familie ein so genanntes ›Schwarzes Schaf‹.«

In der nächsten halben Stunde fanden sie in dem gemütlichen Biedermeier-Zimmer zusammen, äußerten ihre Meinungen über das Wetter, stellten fest, dass sie den einen oder anderen schon einmal auf dem Gemüsemarkt oder in der Kathedrale gesehen hätten. Es war eben unangenehm, wenn man nicht direkt vorgestellt wurde und sich als Fremder behaupten musste.

»Meine Damen und Herren, darf ich Ihnen eine Historikerin aus Deutschland, Hessen, vorstellen, sie sucht nach Vorfahren der Familie Sigsworth, speziell nach dem Vater von Jack und Stuart, die jedoch beide in Ohio geboren wurden.«

Cathy unterbrach ihn, eine resolute, uralte Dame im grauen Kostüm mit lila Seidenbluse, dazu grüne Schuhe und viel Goldschmuck. »Das kann nur meine Familie sein. Wir durften den Namen Jacob nicht erwähnen, nachdem er dem Zug der Zeit gefolgt war und sich in die Staaten eingeschifft hatte.«

Aber auch sie wurde unterbrochen von Craig, Kantor im Ruhestand, der ein für alle Mal feststellte, dass sämtliche Sigsworths ursprünglich aus Irland eingewandert waren, da sie sich hier in Schottland bessere Lebensbedingungen erhofft hatten.

Cathy fuhr fort: »Ja, das mag sein. Jacob aber war ein Scharlatan. Er fand sich toll als Schauspieler, als Clown, als Schausteller, als Moritaten-Sänger, und er zog mit seinem Planwagen, zwei klapperige Gäule davor, durch die Grampian Mountains. Jedoch es war ein armseliges Dasein in den Highlands, Wärme nur mit Hilfe eines Kohlenbeckens, und in Inverness verkaufte er seine Relikte, den Bühnenkrempel, die Kutschenremise, und reiste ab.«

»Wie, ›und reiste ab‹?«, fragte Henry, ein ehemaliger Speditions-Kaufmann, der darauf brannte, auch dran zu kommen.

»Nun ja, das ganze Thema war tabu. Ich weiß nur von meiner Großmutter, dass eine Korrespondenz erfolgte, in der Jacob von seinen Söhnen Jack und Stuart berichtete, voller Stolz, dass zumindest Stuart auch Schausteller geworden war.«

Da! Es stimmte also, was Aal angedeutet hatte.

Es war heraus. Aals Vater, Stuart, – ein Wanderschauspieler, Till Eulenspiegel, Hans Sachs und Konsorten! Daher also Pats Talent! Walburga hatte oft gelesen, dass sich Begabungen vorzugsweise über zwei Generationen vererbten, also beispielsweise vom Opa zur Enkelin. Damit war der Zweck ihres Besuches erreicht. Wie lächerlich von Ron, dem Sohn von Jack, dass er ihr diese ›Schande‹ nicht erzählt hatte! Sie erfuhr lediglich, dass Stuart ein ›Hans Dampf in allen Gassen‹ war und chronisch fremd ging und dass seine Frau, Pats Oma, gar nichts gelernt hatte.

Henry, der Speditionskaufmann, ließ sich jetzt nicht mehr bremsen und sprach stolz: »Unser Zweig brachte auch Familienmitglieder hervor, die auswanderten. Haben Sie in Deutschland von Guy Sigsworth gehört, er ist ein Komponist und Produzent in den Staaten, arbeitete auch für Marilyn Monroe, außerdem gibt es einen recht bekannten David Sigsworth, er kam im Planwagen nach Ohio, machte dort seinen Weg als Künstler...«

Walburga war sprachlos. Jedoch sie besann sich und nickte wissend, ja, man hätte selbstverständlich in der Yellow Press von ihm gelesen, besonders von Guy. Das waren ja erfreuliche Mitteilungen, und sie bereute ihren Wissensdurst keinesfalls.

Brian, Craig, Cathy und Henry hatten sich gefunden, verzehrten Ananas-Törtchen und tranken Sherry. Walburga packte ihren Schreibblock ein und verabschiedete sich höflich und dankend. »Was haben Sie heute noch vor?« fragte man sie.

»Wenn ich eine Karte bekomme, schaue ich mir das Majesty's Theatre an.«

»Zu spät! Da gastiert um zwanzig Uhr das Bolschoi Ballett aus Moskau, mit Empfang, wir haben es umsonst versucht!« sprach streng Cathy, die es wohl wissen musste.

Walburga kannte solche negativen Krähen recht gut. Diese Unkerei beeindruckte sie schon lange nicht mehr. Es reichte im Übrigen, sich das Gebäude nur anzusehen, und in der Pause konnte man allemal ganz umsonst durch die Räume schlendern, einzig die Garderobe musste entsprechend wirken.

40

In dieser Kleinstadt Auftritt des weltberühmtesten russischen Balletts? Ausgeschlossen. Was steckte dahinter? So todmüde sie auch war, das musste Walburga noch vor Abflug eruieren. Tatsächlich bekam sie buchstäblich die letzte Karte, weil ein Abgeordneter der Labour Party aus London nicht erschienen war. Schnell erkannte die Kulturtouristin, dass es sich um einen Semperoper-Verschnitt handelte, renovierungsbedürftig, was aber bei der Dresdener Oper auch der Fall war. Während sie das Foyer betrat, dachte sie an Cathy und die anderen, wie höflich und zuvorkommend sie doch gewesen waren. Ob ihr die Auskünfte genützt hätten. Kein Wort, warum sie forschte, wozu, das hätte sie dann von selbst erzählen müssen. Sie kaufte gerade ein Programm, als sich ihr eine blutjunge Schottin näherte, mit der Frage, ob sie ein Glas Sekt wolle. Nein, das sei umsonst, es handele sich eh um eine Art Feier, nein, keine geschlossene Gesellschaft, aber doch eben etwas Besonderes. Das konnte man wohl sagen! Walburga nahm einen Schluck und wurde von hinten angesprochen:

»Das ist aber lange her, dass wir uns gesehen haben!«

Sie begriff: sich anzusprechen, ohne miteinander bekannt zu sein, galt als unschicklich. Also musste diese Floskel her!

Sie drehte sich um und schaute auf ein wildfremdes Ehepaar, ebenfalls mit Sekt. »Gewiss, es ist lange her. Sagen Sie, wie kommt das hier eigentlich zustande? Ich bin angereist, weitläufig verwandt mit der Star-Ballerina Natalya Bessmertnova...« Das war alles, was sie sagen musste, um ›in‹ zu sein. Von nun an wurde sie umfassend informiert und hörte zu.

»Wir verehren Mr. Bain, höchster Chef der Texaco-Ölgesellschaft, als eine Art Nero von Aberdeen. Russkis, so sprach er, mit euch mache ich nur noch Geschäfte, wenn in meiner Geburtsstadt Aberdeen das Bolschoi Ballett gastiert, und zwar sieben Mal. Nun, heute ist sozusagen das erste Mal! Premiere! Die Russen ließen mit sich reden und sandten 34 Tänzer. Die werden wir heute erleben.«

Andere scharten sich um die lächelnde Walburga, die, schlicht in Taubenblau, wirkte wie Kim Novak in Erdfeld. Denn insgesamt entdeckte man kaum junge Gesichter, nur vereinzelt Cocktailkleider und selten einen Smoking. Walburga ließ beim Small Talk ein paar russische Brocken einfließen. Unbekannte Herren drückten ihr die Hand. Im Leben war es schon reizvoll zu schauspielern, ohne Probe, ohne vorgegebenen Text, ohne Routine. Auf der Bühne langweilte man sich doch schnell. Da einige Köpfe sich erwartungsvoll in eine bestimmte Richtung drehten, passte sie auf.

»O, sehen Sie, Mr. Bain nähert sich persönlich, da ist er...« Jetzt hieß es aber Schluss mit dem Affentheater! Aus Lust und Tollerei und ohne Lohn umsonst dolmetschen, das hatte ihr gerade noch gefehlt! Außerdem meldete sich ihre sozialistische DDR-Erziehung zu Wort: Kapitalisten, die mit ihrem Öl unter dem Meer pokerten, sind zu meiden. Umgehend erklärte Walburga, sie wolle nun erst einmal das Programm studieren, ihren Platz finden, man sehe sich ja wohl in den zwei Pausen. Es fiel ihr auf, welch ein saft- und kraftloses Leben insgesamt dahinfloss, die Unterhaltungen erschienen ihr abgestanden und unlebendig. Sie setzte sich und merkte, dass selbst für schlanke Zuschauer die Sitze äußerst eng konzipiert waren.

Es folgte ein Potpourri aus ›Schwanensee‹, ›Giselle‹ und ›Taras Bulba‹, und Walburga wurde regelrecht in einen Rauschzustand versetzt. So etwas an Ekstase hatte sie noch niemals in ihrem Leben durchschüttelt, diese Vorstellung war Weltklasse, einsame Spitze, die junge Frau jagte ihrer Seele hinterher, das war Glück! Sie schrie Bravo und Sametschatjelno, tschudessno, die Schotten jedoch klatschten dünn und ließen lediglich ein ärmliches, zaghaftes ›Cheers‹ hören.

In den Pausen verkrümelte sie sich in den Gängen, hörte dort von den Geburten und Todesfällen in schottischen Familien, floh nach draußen, lief um das Gebäude herum, um dann erneut Musik und Tanz zu goutieren. Hinterher fühlte sie sich leer und rein wie nach einem langen, feierlichen, heiligen Abendmahl.

Auf dem Weg in das Hotel schrie ihr die Disco entgegen, ein Ort des Lärms, wie das letzte, verzweifelte Ankämpfen gegen den Erstickungstod. Sie las die Lichtreklame:

›Kommen Sie in unsere zahlreichen Destillen!‹

›Besuchen Sie unsere exquisiten Pilzfarmen!‹

Jemand holte sie ein. Wo sie denn gewesen wäre, man hätte sie gesucht. »Ich habe Natalya begrüßt, die Künstler haben wunderschöne Blumensträuße überreicht bekommen, richtige Bouquets...« Der Besucher lachte süffisant. »Die sind künstlich und müssen noch insgesamt sechsmal überreicht werden!«

Wie war das mit dem Geiz in Schottland?

Am Morgen betraten Männer in Schottenröcken, mit haarigen Beinen, den Frühstücksraum, der schon um sieben Uhr mit einem laut eingestellten Fernseher beschallt wurde, und sie zerschnitten gierig ein Filetsteak mit Pommes. Walburga bereitete eine nette Briefkarte für den Piloten vor, mit

Röslein. Das tat sie immer, um sich für die Aufmerksamkeit und Wachsamkeit der Flugzeugführer zu bedanken. Sie hoffte, dass sie dann vielleicht in das Cockpit gebeten wurde und – in diesem Fall – Schottland von oben betrachten durfte.

Im Bus zum Flughafen traf sie auf eine Schulklasse, in Uniform, mit Schlips. Walburga sprach ihre Bewunderung aus, das gäbe es ja nun in Deutschland nicht, eine so feine Einheitskleidung. Die Kinder umstellten sie: »Ost oder West?« Wie bitte, die kannten sich in der Teilung Deutschlands aus? Und wie! Als sie »West« antwortete, stieg sie quasi zur Heiligen auf. Andere Leute fielen ein. Es kam heraus, dass die Deutschen hoch geschätzt sind und sich fast jeder mit einer Bekanntschaft aus West-Deutschland brüstet. Kommentare erklangen im Zusammenhang mit deutscher Gefangenschaft, und die Fahrt endete mit dem Ruf der Schüler: »Unsere Zwillingsstadt ist Regensburg!«

Wie erhofft, lud der Captain sie in das Cockpit ein, und mit großem Hallo wurde sie begrüßt. Das wäre ja nun wirklich reizend, so ein anerkennendes Schreiben. Die beiden Piloten trugen keine Brille. Aufgeräumt flogen die Bemerkungen hin und her. Plötzlich rief der Co-Pilot: »Hey, was ist denn das da drüben?« Walburga sah, recht nah, ein Flugzeug. »Keine Ahnung«, so der andere, »wohl eine Militärmaschine.« Walburga sträubten sich die Haare auf ihren Armen: »Wie, Sie haben keine Ahnung?« Beide lachten lauthals. Der Captain antwortete: »Uns begegnet hier dauernd etwas Unbekanntes!«

Pat und Carmen empfingen Walburga zwar freudig, jedoch waren sie sehr beschäftigt mit ihrem neuen Tanzprogramm im Seniorenheim. Sie übten zudem Schlager ein und überraschten sie häufig mit Yogastellungen. »Mama, wir wollen in der neunten Klasse Besuch machen und dort »Morning has broken« vorsingen. Dürfen wir? Können wir es dir gleich einmal vortragen?« Die Mama schmunzelte beglückt, und sie hoffte, dass ihr Psychohaushalt an der pädagogischen Front gestählt blieb. Es war in letzter Zeit schwieriger mit den Schülern geworden. Der Wortschatz ließ immer mehr zu wünschen übrig, allgemein gesehen; Disziplin und Distanz schienen Fremdwörter zu werden. Ihre Liebe stand öfter als sonst auf dem Prüfstand. Aber in den Ferien hatten die Kinder wohl eifrig über die Schule nachgedacht, denn eine Schülerzeitung brachte satirische Gedichte und Witze über Lehrer und Mitschüler.

Als Walburga Weda die Zeilen las, die auf sie gemünzt waren, musste sie schon sehr kichern, und alles war wieder im Lot:

Der Englischunterricht

Lieb und nett den Schüler lobend,
kurz darauf ganz schnell mal tobend,
weil ein Kaugummi im Mund!
So beginnt die Englisch-Stund.

»Today is....« rufen alle Kinder,
wer's Datum kennt, der ist kein Sünder.
Und jeder eilt zum blonden Haar:
»Legt eure Hausaufgaben dar!«

Nun – rums! – der Stempel in das Heft,
die Katze miaut, der Hund, er kläfft.
Man schaut recht ängstlich, wer ist dran?
Wie lang hält ihre Laune an?

Und plauz! Ein Lied! Erhebt euch mal!
Beugt jetzt die Knie das zehnte Mal!
Up and down, and left and right,
für Leiden ist noch später Zeit.

Schließt die Bücher, nacherzählen,
ihr sollt frei reden, Wörter wählen.
Stellt euch in der Reihe auf,
die Leistung nimmt nun ihren Lauf.

Ein Schätzchen ist schon auserkoren,
wer nie eins war, der ist verloren.
Die Preisfrage niemals gewonnen?
Niemals in Fantasie gesponnen?

Dann ist die Aussicht schwach und karg,
am besten kaufst du einen Sarg.
»Expression!« ruft's. Ein letzter Song -
das Schauspiel schließt beim ersten Gong

In einer ganz gewöhnlichen Französischstunde brachten die Kinder ihre selbst gefertigten französischen Speisekarten nach vorne, als ein Mädchen beim Dessert auch gezeichnet und geschrieben hatte: ›Riz au lait‹ (Milchreis). Walburga stutzte. Riz?

Es war ein Name genannt worden, im Lieferwagen, nur eine Silbe, und Grasse konnte es nicht sein, weil, wie sie schon herausgefunden hatte, diese Stadt die Autonummer 06 innehatte. Jetzt blitzte es in ihr auf: Riez hieß der Ort. Sie würde zu Hause nachsehen, ob für dieses Dorf 04 als Autonummer galt.

Auf dem Nachhauseweg quälten sie die Geister, und eine dicke braunrote Warze an der linken Nasenwurzel stand vor ihrem inneren Auge. Wo befand sich der Autoatlas? Routinemäßig leerte sie den Briefkasten, schloss die Wohnungstür auf und warf die Post erst einmal auf ihren Schreibtisch.

Frankreich, Les Alpes-de-Haute-Provence. Riez. 04!

So, jetzt war es heraus! Solche ungewaschenen Arbeiter spielten Boule auf dem Marktplatz. Sie würde ihre Zeichnungen nehmen, ihre sieben oder acht Portraits, den Marktfrauen unter die Nase halten. Kennen Sie dieses Gesicht? Nun ja, es war zehn Jahre her!

Ruhelos öffnete sie eine Dose Bohneneintopf. Pat klingelte. »Mama, kannst du nicht einmal anständig kochen? Bei Carmens Mama riechen die Saucen so herrlich, und es gibt zartes Fleisch, jeden Tag.« »Später mal, Liebes, später.«

Nach der Suppe überlas sie die Absender der Briefe und drehte sich plötzlich um nach Pat. Ganz zart nahm sie ihr drahtig-dünnes Kind in den Arm und streichelte das lockige Blondhaar.

»Ich verspreche dir, heute Abend garen wir ein fürstliches Mahl.«

»Au fein, Mama«, rief Pat, »aber warum weinst du denn?«

»Weil die Nachbarn unken, dass ich dich vernachlässige!«

»Aber nein, Mama, du bist ja da, und du verreist nur wenig, und meistens mit mir zusammen, sorge dich nicht, so, und jetzt muss ich auf den Sportplatz, tschüss.«

Walburga nahm noch einmal zitternd das Dokument aus dem Umschlag, Absender Ron Sigsworth, Elyria, Ohio. Es handelte sich um die Todesurkunde von Aal Sigsworth, Papi von Pat.

41

Die Herbstferien verbrachte Pat wieder in Dresden. Walburga nahm den Zug und verließ ihn ein paar Tage später in Aix-en-Provence. Im Bus nach Riez lernte sie eine entzückende kleine Person kennen, Cathérine, die ihrerseits begeistert von Christine in Riez berichtete. Sie führe zu ihr, um das soeben gekaufte alte Haus zu besichtigen und um ihr, der Journalistin Christine, beim Einrichten zu helfen.

Ja, das war es. Walburga wollte als Journalistin auftreten, und sollte es so weit kommen, dass sie den ›lieben Freunden‹ gegenüber stand, kam die schwarze Perücke in ihrem Beutel zum Einsatz.

»Komm doch einfach mit zu Christine, ihr Haus ist geräumig. Sag, was treibt dich nach Riez?« fragte Cathérine nach zwei Stunden Unterhaltung. Der Bus schlich dahin, sie mussten umsteigen. »Stell dir vor, ich arbeite auch als deutsche Journalistin, wie deine Freundin, unter anderem freiberuflich mit Pariser Zeitungen zusammen, und da du ja in Riez gemeinsam mit Christine in die Schule gingst, ist dir vielleicht bekannt, dass das Forschungslabor im Städtischen Hospital zu Riez einige wissenschaftliche Erkenntnisse veröffentlicht hat.«

»Keine Ahnung, Mireille, aber das ist ja fantastisch. Riez wird berühmt!? Na egal, wenn es dir bei Christine nicht gefällt, es gibt mehrere Hotels.« (Den Fantasienamen Mireille Durcé durfte die frisch gebackene ›Journalistin‹ nicht vergessen!)

»Viel Zeit habe ich nicht. Der Artikel eilt zudem. Mir hilft vielleicht auch ein Mann, den ich ausfindig machen soll. Kenne seinen Namen nicht.«

»Ah, Christine trifft alle und jeden. Es gibt niemanden in Riez und Umgebung, den Christine nicht kennt, schon wegen ihrer Tätigkeit als Journalistin im ›Nid d'oiseau‹.« (Vogelnest)

Ha! Das war eine ornithologische Fachzeitschrift. Da kam ihr diese Dame keinesfalls in die Quere, konnte jedoch eventuell weiter helfen.

Nach unendlichen fünf Stunden Fahrt, allerdings durch traumhafte Landschaften, mit Dattelpalmen, Lotosbäumen, Pinien, standen sie vor Christines Haus. Es war auf Deutsch gesagt eine Ruine, aber wo der abbruchreife Kasten stand, mit welchem Ausblick, das war unglaublich zauberhaft. Walburga alias Mireille Durcé wurde unter den zwei Eichen, nicht weit von Tamarisken und Wermutbäumen, herzlich umarmt und zum Eichentisch gewiesen, wo französischer Rotwein in Karaffen wartete, dazu knusprige, weiße Baguettes und Camembert, ganz unkompliziert auf der glänzend gescheuerten Holzplatte. Walburga kam sich vor wie im Schlaraffenland. Ondo bellte. Was für liebevolle Menschen! Wie vertrauensselig sie waren und wie offen! Und überall der Lavendel-Geruch!

»Schön, dass ihr da seid, wir müssen gleich nochmals auf die Deponie! Cathérine, du weißt, ich habe kein Geld, wir schauen nach Wäsche und Gardinenstangen. Matratzen sind da, aber sonst...« »Wie?« fragte Walburga, »ihr sucht auf der Deponie nach Dingen?« »Gewiss doch, was glaubst du, was hier alles fort geworfen wird! Kommst du mit?«

»Passt auf, ich begleite euch. Das muss ich erleben. Aber erst will ich noch schnell ein Zimmer mieten, fünf Tage, dann habe ich innere Ruhe und ein sicheres Plätzchen.«

»Du kannst hier bleiben, attends, na ja, die Dusche funktioniert noch nicht.« »Lass mal, Christine, ich helfe euch sowieso mit Geld, ein bisschen wenigstens, fahr mich in eine kleine Pension, und dann ab auf die Deponie.«

Walburga musste lachen, sie war außer sich über die Unbekümmertheit der beiden jungen Frauen. Die lockere Stimmung konnte sie nur ablenken von ihrer schwelenden Verbitterung und ihrem Rachedurst. Waren die denn wirklich glücklich? Nun ja, sie freuten sich eben über Gäste, über Abwechslung. Genau wie sie selbst.

Im Haus, das sie stolz durchwanderten, fehlten ihr jegliche Worte. Alle Zimmer leer und verrottet, faulige Fensterrahmen, halb abgerissene, schimmlige Tapeten, die Kloschüssel kaputt, in der Küche ein alter Kanonenofen, ein Ausguss, wie sie ihn nur kannte von den Verhältnissen in Sachsen vor 1945; aber das Gebäude war zwei Stockwerke hoch, dazu ein Boden, und es lag für sich allein auf einem Hügel, in Riez, ruhig, und von den schönsten Buchen und Eichen umgeben. »Umgerechnet für dich, zusammen mit der weiten Anhöhe, hat meine Freundin 25000 D-Mark bezahlt; der alte Geizkragen starb endlich mit 94 Jahren, ohne Erben; tja, Christine hat zugeschlagen, und es lässt sich alles nach und nach reparieren, oder was meinst du, Mireille?« fragte Cathérine.

Ohne ein weiteres Wort wandte sich Walburga der jungen Hausbesitzerin Christine zu, umarmte sie und gratulierte ihr überschwänglich zu diesem Schnäppchen, so mit Küsschen, wie das in Frankreich üblich ist.

Auf Reisen kommst du ja nicht aus dem Staunen heraus, dachte Walburga, und wie verschieden die Menschen sind, die unterschiedlichen Temperamente, und auch das wechselnde Klima! Schnell bezog sie ein kleines Zimmer in dem Hotel ›Aux Alpes‹ und fuhr dann mit zur Deponie, außerhalb von Riez. Unterwegs berichteten beide vom ›Brume‹ (einem Nebel) und vom Mistral (einem üblen Wind), dass wieder etwas im Anzug sei und sie sich beeilen müssten. Im Nu griffen sich Cathérine und Christine mehrere Messingstangen, zogen Lampenschirme aus dem Schutt, trugen Wäschepakete in den klapprigen Citroën, und Walburga fand ein Paket nagelneuer Pinsel und einen wundervollen lichtblauen Seidenpulli.

»Macht's gut, ihr Hexlein, ihr Zauberinnen!« sagte Walburga zum Abschied. »D'accord, ich komme morgen zum Frühstück, gute Nacht und vielen Dank für eure Gastfreundschaft.«

Mireille Durcé! Halb deutsch. Halb französisch. Dabei musste es nun bleiben, und schon auf dem Weg zur Patronne im ›Aux Alpes‹ holte sie ihre schwarze Perücke aus dem Beutel und setzte sie auf.

Nach Betätigung des Insektensprays fiel sie auf die Kissenrolle des viel zu weichen französischen Bettes, atmete tief und wünschte sich Frieden. Aber den gab es nicht für sie. Noch nicht? In ihrer schlimmsten Zeit, allein, ohne Geld, ohne Alimente, mit dem unschuldigen Baby Patricia, hatte sie etwas gedichtet.

Die Friedenstaube

Die Welt wacht auf.
Wie strahlend scheint die Sonne!
Ich lenke wissend ihren Lauf,
o warme, satte Wonne!

*Hoch in das All so schwing ich mich
und fühle keine Grenzen,
dies ist so klar und ewiglich,
jetzt will ich mich bekränzen.*

*Der Schlag ist toll.
Unglaublich wirkt die Tiefe.
Verzagen decket klebrig hohl
das Weltbild zu, das schiefe.*

*Seither flieg ich voll Hemmnis
zehn Meter hoch zum Dach
und sehe mit Beklemmnis,
was mir das Herze brach.*

Schlecht schlief ›Mireille‹. Morgen würde sie auf jeden Fall ohne Perücke bei Christine erscheinen und die Portrait-Zeichnungen mitnehmen. Je nachdem, welche Informationen sie erhielt, galt es weiter zu jonglieren, notfalls stundenlang den Marktplatz zu beobachten und die Boulespieler. Eventuell konnten auch die Obstfrauen gute Dienste leisten.

Neun Uhr früh wurde sie von dem wild winselnden Ondo begrüßt. Der lange, stabile Holztisch neben dem Eichenstamm bog sich vor Bananen und Melonen, und an den locker bereitliegenden Weißbrotlaiben schnupperte ein graues Kätzchen. Walburga rief »Husch!« Christine trat aus der verschrammten Eingangstür, küsste sogleich ›Mireille‹ und rief: »Du denkst vielleicht, hier ist alles schön, Thymian-Tee und Lavendelhonig, aber Frankreich ist dem Untergang geweiht.« Ohne diese Behauptung näher zu erklären, nickte sie grimmig und stellte einen Fayence-Becher für Walburga hin.

Zwar hatte es letztendlich gestern Abend in Riez keinen Sturm gegeben, doch die sublime Aggressivität der Beiden trat jetzt richtig zutage.

Cathérine erschien gähnend im Pyjama und nahm Platz. Sie verlangte nur Kaffee. »Schwarzen Kaffee und sonst gar nichts; Christine, wenn du wüsstest, wie blank ich bin, mit dem letzten Fahrgeld von Paris zu dir, ich weiß nicht, was werden soll.«

»Dann bleib hier, chérie!« sagte Christine und setzte ihr eine Bol vor. »Was soll ich sagen, Gérard und ich sind nun bei den Banken auf fünfzehn Jahre verschuldet, aber c'est la vie!!!«

»Ach, gestern wart ihr so fröhlich, und jetzt...« meinte Walburga-Mireille.

Christine winkte ab: »Am Morgen holt uns die Realität ein. Außerdem sind wir früh nie gut drauf.«

Es war Zeit. Walburga zückte ihre Zeichnungen, legte sie ohne weitere Erklärungen auf den Tisch und sah die jungen Frauen an.

»Sag bloß, das ist eine Warze? Ja? Das Schwein kenne ich natürlich. Die arme Frau! Was willst du von ihm, Mireille?«

Christine guckte die Journalistin gespannt an.

»Meine Zeitung sucht ihn im Zusammenhang mit den Forschungen in der Medizin. Ein Interview wäre große Klasse!«

»Kein Thema! Schreib auf: Jacques Verrulle und Frau Julie, Rue de Verdon Nummer fünf. Der Terrier von ihr heißt Couscous.«

»Danke. Prima. Wenn es klappt, Christine, werde ich mich erkenntlich zeigen. Wieso sagtest du ›Schwein‹?«

»Das kann dir Julie erzählen, da mische ich mich nicht ein. Wie willst du en detail vorgehen?«

Nach diesem gemütlichen und für ›Mireille‹ erfolgreichen Frühstück würde sie gern gleich zu Julie laufen und mit ihr reden.

»Klar. Soll ich dich lieber anmelden?«

»Das wäre wunderbar, es ginge leichter, und frag gleich, wo sich Jacques aufhält.«

Später, nachdem sich Walburga drinnen die Hände gewaschen hatte, legte sie unauffällig 100 Francs unter das Telefon und machte sich davon.

»Auf bald!« »A tout à l'heure!!!«

42

Ohne weitere Fragerei fand sie die Rue de Verdon 5 und bewunderte den entzückenden Vorgarten mit Bougainvillea, Zedern und Piniengebüsch. ›Jacques Verrulle‹ stand auf dem Emaille-Schild. Couscous sprang herzu und bellte die schwarzhaarige Frau an. Um die Hausecke bog, in Kittelschürze und mit Kopftuch, Schaufel in der Hand, die Hausfrau, offensichtlich Julie.

»Bonjour, Madame«, rief Walburga, »ich bin Mireille Durcé und komme von Christine...«

»Ja sicher, bonjour, bonjour, treten Sie näher, kommen Sie herein. Christine hat mir schon alles telefonisch erzählt. Außen herum, bitte, setzen wir uns auf die Terrasse. Couscous, sitz!«

Beide nahmen mit schrill gemusterten Liegestühlen vorlieb, vorherrschende Farbe lila, und Madame goss zwei Pernods ein.

»Sie sehen, die gesamte Hausarbeit lastet auf mir, aber was wäre das Leben ohne Pause? Sie wurden mir allerdings als eine blonde Frau angekündigt.«

... »Ähm. Das stimmt auch, aber beim Färben der Haare ist ein Unglück passiert, und ich trage eine Perücke, bis das Haar sich erholt hat.« Es kam ja nur darauf an, dass der Verbrecher Jacques sie nicht erkannte. Das ergäbe einen Riesenkonflikt, den sie scheute.

»Völlig klar. Diese Friseure...! Ich gehe gar nicht mehr hin. Nun, es freut mich, dass die Öffentlichkeit auch für die Angehörigen der Behinderten Interesse äußert«, sagte Madame Verrulle.

»Der Behinderten???« fragte Walburga und setzte ihr Glas ab, auf den Marmortisch.

Am Rand der Terrasse, auf steinernem Sockel, leuchtete schneeweiß ein Venuskopf.

»Nun ja, mein Mann krebst seit Jahren dahin; ich habe die Pflege nicht mehr ausgehalten. Er wohnt im Dachgeschoss, aber zurzeit, also seit genau drei Monaten behandeln sie ihn im Hospital.«

»Was hat er denn genau?« Walburga jubelte innerlich. Das war besser als erhofft!

Julie Verrulle runzelte die Stirn. Sie trank in einem Zug ihren Pernod aus und goss neu ein.

»Geht es um Jacques oder um mich?«

»Um beide!«

»Also wenn Sie das meinen, mit dem sauberen Herrn schlafe ich seit fünfzehn Jahren nicht mehr.«

Da hast du aber Glück gehabt und Gespür, dachte Walburga und freute sich.

»Eine friedliche Koexistenz also?«

»Schön gesagt!« Madame lachte. »Nein. Wir reden kaum noch ein Wort miteinander. Nur das Haus und der Nouveau Franc sind Themen. Er ist, ähm, er war Angestellter in der örtlichen Lavendelöl-Produktion, Händler, wenn Sie so wollen, mit seinen vermaledeiten Kumpels. Die haben ihn aber nach dem Desaster damals voll im Stich gelassen.«

»Desaster?«

»Spielhölle in Paris, Moulin Rouge, Puff, was weiß ich!«

»In Paris?«

»In Paris, wo sonst? Und damals wirklich nicht das erste Mal, Jacques am schlimmsten, kehrte ohne einen Franc zurück, die Firmengelder veruntreut, fristlose Kündigung, und dann kriegte er den Tripper!!!«

»Den Tripper? Nur er, oder auch die anderen?« wagte sich Walburga spontan vor.

»Zwei waren damals mit von der Partie, Dreckschweine allesamt. Sie schoben ihm die Schuld zu, er ging ein Jahr in den Knast.«

»O Himmel, dann saßen Sie wohl ohne einen Sou da?«

»Und ob, Madame, und ob! Ich musste für seine Schulden aufkommen. Meine Familie ging für mich sammeln. Wir haben alles zusammengekratzt, eine Wiese verkauft, ich arbeite als Postbeamtin hier, meist ab sechzehn Uhr. Wir haben Zeit. Möchten Sie noch einen Pernod? Soll ich Wasser holen?«

Sie stand auf und brachte eine Glaskaraffe, bildschön.

»Danke sehr, Madame. Sagen Sie, die anderen zwei, bekamen die auch den Tripper?«

»Davon zumindest ist mir nichts bekannt.«

Walburga überlegte, ob sie die Namen der zwei anderen Sexual-Straftäter erfragen sollte. Da die aber offenbar gesund waren, wollte sie keinen unnötigen Verdacht erregen. Eigentlich wusste sie ja alles. Na gut, Kinder.

»Haben Sie Kinder mit Jacques?«

»Unser Sohn ist jetzt 21, baute gerade einen schweren Autounfall. Aber das brauchen Sie ja nun nicht zu drucken. Nur dass Jacques ein Spieler, ein Betrüger, ein Lügner, ein Hehler und ein Puffgänger ist.«

»Wir bringen unsere histoires nie mit vollem Namen, Madame, das kann nicht in Ihrem Sinne sein.«

Jacques' Frau schwieg.

Walburga fuhr fort: »Tripper ist heute heilbar. Ich verstehe nicht ganz, warum Ihr Mann chronisch krank ist oder dahinsiecht, oder wie man es nennen will.«

»Das kann ich Ihnen sagen! Er hat sich außerdem die Syphilis zugezogen, aber nach ein paar Spritzen war die Chose ja weg, und er ging einfach nicht mehr hin zum Arzt.«

»Heute gibt es Heilmittel, und das ist auch der Kern meines Interviews. Wussten Sie, dass speziell hier am Ort in der Richtung Forschungen betrieben wurden? Deswegen möchte ich mit Ihrem Mann sprechen. Er kann Hoffnung schöpfen.«

»Er bekam vor zwei Jahren einen Bandscheibenvorfall dazu und sitzt im Rollstuhl. Haben Sie Hunger? Möchten Sie meine Kekse probieren? Ich ziehe sie mal eben aus dem Backofen, merken Sie, es duftet schon.«

Julie erhob sich und verschwand.

Walburga stand auch auf und lief zu der Venus. Woher Madame die herrliche Büste wohl hatte?

Mit einem Teller warmen Mürbegebäcks, biscuits au miel d'oranger, kehrte Julie zurück und sah Walburga am Venuskopf stehen. »Ach, solche Teile besitzt hier fast jeder. Ich grub den Frauenkopf hinten im Garten aus, als Jacques mit dem Bagger eine Baumwurzel entfernte.«

Nicht ohne eine Tüte Orangenhonig-Kekse verließ Walburga die Terrasse und bedankte sich für die Gastfreundschaft.

»Wann, Madame Durcé, werden wir Ihren Beitrag lesen?«

»Keine Ahnung, ob das Material für einen Bericht ausreicht. Hoffentlich erzählt mir Ihr Mann ein bisschen mehr.«

»Was wollen Sie denn noch wissen?«

»Na, das Schicksal der Kumpels, zwei, sagten Sie.«

»George ist tot. Schon vor vier Jahren. Herzinfarkt. Und der Jean, der ist nach Digne gezogen, wurde auch gekündigt. Er hat ein Raucherbein, mit 80 Zigaretten am Tag. Gauloises. So weit ich weiß, hat seine Frau ihn verlassen, kürzlich hörte ich, sie wohne jetzt in Gréoux-les-Bains.«

»Kommt Ihr Mann denn noch im Zimmer zurecht?«

»Kaum. Die Schwestern leeren seine Pfanne und reichen ihm inzwischen nicht mehr eine, sondern zwei Krücken, wenn er ohne Rollstuhl sein will.«

»Das lässt hoffen, ähm, ich meine, bezüglich der neuen Medikamente, mal sehen, was ich draus machen kann. Wichtig ist, dass Ihr Mann der Heilung entgegensieht.«

Julie begleitete Walburga langsam zur vorderen Gartenpforte.

»Hoffentlich nicht. Malen Sie nicht den Teufel an die Wand!

Weg mit ihm! O – das schreiben Sie aber nicht, bitte?«

»Aber nicht doch. Wir sind gütige, vergebende Christen, nicht wahr, Madame Verrulle?«

Beide lachten aus vollem Halse, und Julie küsste Walburga auf die hochroten Wangen.

Wie ein Speer in das Kettenhemd, so fuhr der uralte Horror erneut in ihre Brust, als sie das Hospital betrat. Einen Moment lang wurde ihr schwarz vor Augen, und sie hielt sich an der weißen Innenmauer fest, bebend, Halt suchend. Es roch scharf nach Desinfektionsmitteln, genau so wie damals im Pariser Hôpital. Jetzt endlich war der Moment gekommen! Sie würde ihm begegnen. Und sie würde nicht eher gehen, bis sie ihm anonym Bescheid gegeben hätte.

»Sie wünschen, Madame?« fragte aus einem Glashäuschen heraus der Dienst habende Angestellte. »Guten Tag, nett, dass Sie mir helfen wollen. Ich bin Mireille Durcé...« »Von der Zeitung, ich weiß, Ihre Gesundheitskolumne lese ich regelmäßig. Sie sind nicht die erste Journalistin, die uns besucht. Welche Abteilung?«

»Geschlechtskrankheiten.«

»Das heißt bei uns M.S.T, Maladie Sexuellement Transmissible, um wen geht es?«

Der Mann zog eine Liste zu sich heran und fuhr mit dem Finger über Namen. Die Liste war lang, offenbar lagen darunter noch mehrere Seiten. Woher wusste er eigentlich Bescheid?

»Ich führte bereits ein Interview mit seiner Frau, Julie Verrulle, und er soll ja ein heilbarer Fall sein, Jacques...«

»Ja, hier. Aber lassen Sie sich bloß nichts anmerken, Sie suchen nach heilbaren Fällen? M.S.T. III, das ist hoffnungslos, ich lese hier von fünfzehn Abszessen am Rumpf! Ausschlag an Händen und Füßen. Lähmungserscheinungen. Ob das noch Sinn macht für ein Interview?«

»Wie, gar keine Hoffnung mehr?«

Der Mann hätte sich in Deutschland um Kopf und Kragen geredet. Wie konnte er ihr so vertrauen und alles ausplaudern, was er da las? Gab es hier keinen Datenschutz? Wie schön!

»Wenn er in Sektion III c im dritten Stock liegt, dann nein.«

»Ach bitte, seien Sie doch so lieb und kündigen Sie mich telefonisch an. Ich will niemanden schockieren.«

»Ich erinnere mich, dass vor einer Stunde seine Frau mit ihm telefonieren wollte. Da habe ich durchgestellt. Gehen Sie mal los.«

Sie traute ihm zu, das Gespräch abgehört zu haben.

Im Flur des dritten Stockes fand Walburga die schwer beschäftigte Schwester. Sie rief genervt:

»Ich bin Alice, Oberschwester, schon gut, ich weiß Bescheid. Zimmer 308.«

»Ach bitte, wenn er laut wird, Oberschwester, kümmern Sie sich nicht um das Geschrei. Vielleicht gefallen ihm meine Fragen nicht so sehr.«

»Habe keine Zeit, Madame, hier schreien viele. Hauptsache, er erfährt nichts weiter. Wir mögen keine Panik-Attacken.«

»In Ordnung!« nickte Walburga und verschob grimmig ihren Unterkiefer. Alice rief ihr hinterher: »Er sitzt im Rollstuhl am zweiten Fenster links.«

Radeberger Pilsner, so wie in Warnemünde, gab es nicht; auf der Fensterbank standen aber vier Flaschen französisches Bier, mit der Zahl 1664, dicht am Rollstuhl. Jacques Verrulle hing wie ein Sack Mehl im Sitz, die linke Hand an der Alarmklingel, die rechte Hand am Hals der Flasche. Ein Glas sah man nicht. Drei verwelkte Agaven hingen aus einer seit Monaten unausgespülten Kristallvase. Der Patient hob bei ihrem Eintritt noch nicht einmal die Augenlider, obgleich er wusste, dass eine Journalistin zu Besuch kam.

Walburga rückte angespannt an ihrer schwarzen Perücke, zog sich einen Hocker heran und setzte sich in Griffnähe des Alarmknopfes.

Er war es!!!

Die angebliche Journalistin schluckte. Im Augenblick fand sie ihre Stimme nicht. Der Dummkopf trug seine Warze wie ein Wappen am Schlossportal, er hätte sich doch denken können, dass die hässliche braune Blase ein Erkennungszeichen war.

»Ich bin Mireille Durcé, Reporterin des Journals ›Santé‹. Wie Ihnen die Schwester und auch Ihre Frau ankündigte, bringen wir in unserer monatlichen Kolumne ›Alles ist heilbar‹ auch Fälle von venerischen Erkrankungen...«

»Was wollen Sie? Mir sagt ja keiner, woran ich leide und wie lang es noch dauern wird. Elende Bande! Stecken alle unter einer Decke.«

»Ich höre gern Ihr erschütterndes Schicksal an.«

Sie formte eine Miene, die vor Mitleid triefte.

Manch einer hätte sich wundern können, dass sie so gar nicht mitschrieb. Nein, nicht nötig, Walburga! Lieber die Klingel im Auge behalten. Gereizt öffnete M. Verrulle die blutunterlaufenen Lider. »Sie sind Deutsche! Ich höre es an Ihrem Akzent. Genau so eine Schlampe war es, die mir diese Maladie, dieses Siechtum, eingebrockt hat. Verfluchtes, geiles Weib! Intellektuelle Emanze!«

Walburga zuckte zusammen.

»Erzählen Sie Genaues. Wo. Wann. Wie.«

»Vor zehn Jahren stand die an der Route nach Grenoble, ordentlich angezogen, also von wegen kein Geld und so – Quatsch – die gab Signal und wollte natürlich bumsen, was denn sonst! Ich nahm die Chance wahr, wer sagt da schon Nein. Sie zog mich in den Wald, na, ich hab nicht viel gefragt.«

»Na schön«, meinte Walburga lakonisch, »und dann haben Sie sich angefreundet?«

»Aber non, non, Unsinn, wir mussten doch weiter, retour Richtung Digne.«

»Wir?«

Sie fixierte ihn starr, die Hände auf den Knien.

»Wir, also mein Camion und ich, der Firmenwagen eben.«

»Mit wem?«

»Nicht mit wem, mit meinem kleinen Laster, verdammt noch mal.«

»Das kann doch die – nun – Anhalterin nicht mit Absicht inszeniert haben, das hat sie vielleicht selbst nicht gewusst? Ich meine, dass sie erkrankt war?«

Jacques schäumte vor Wut. »Ach, lassen Sie mich in Ruhe,

es ist passiert, und nun gehen Sie. Gehen Sie!«

»Nein, ich gehe nicht. Was ich nämlich glaube, ist, dass Sie in Paris in einem Hôtel de passe waren, einem Stundenhotel, und dass Sie sich dort angesteckt haben. Das Histörchen mit der deutschen Frau klingt absurd, ist meines Erachtens unhaltbar. Vielleicht möchten Sie die französischen leichten Damen schützen?«

Grau vor Zorn wollte sich M. Verrulle aus seinem Rollstuhl ziehen, schaffte es aber nicht. Sein Hemd verrutschte, und Walburga sah die Schwären und mehrere Pflaster. Er versuchte, die Klingel zu drücken, und sie schnappte blitzschnell zu.

»Sie erzählen mir jetzt die Wahrheit!« sagte Walburga und rückte nah an ihn heran. In ihrem Kleid roch man Chanel 5, ein Parfum, das sie sich damals nie hätte leisten können.

»Schwester Alice«, rief er.

»Geben Sie es zu, dass Sie im Puff waren oder in einem entsprechenden Etablissement, wo George und Jean nicht mitgemacht haben.«

»Woher wissen Sie das, ich dachte doch, die sind gesund.«

Da – er hatte also vorher ein Mädel gemietet.

»Ihre Frau hat es mir erzählt, eine Warenlieferung nach Paris. Zusammen mit George und Jean. Alles verjubelt. Alles verspielt. Und alles mit ›Damen‹ verzockt, ist es nicht so?«

M. Verrulle schnaufte. Er packte die Flasche Bier und leerte sie in einem Zug. Aber Walburga sprach weiter, mitleidslos:

»Sie waren zu faul, zum Arzt zu gehen, Sie ließen der M.S.T. Zeit, sich zu entwickeln, das nämlich ist Ihr Schicksal. Es hätte nicht so weit kommen müssen. Und nun auch noch einer Deutschen, einem Phantom, die Schuld in die Schuhe zu schieben, pfui Teufel!!! Wer soll Ihnen das denn glauben?«

»Oberschwester! Hilfe!«

»So. Und nun präsentiere ich Ihnen Ihre spezielle, nur für Sie gültige Wahrheit. Sie sind unheilbar erkrankt, befinden sich im dritten Stadium der M.S.T.! Ihre Bandscheiben sind kaputt. Ihnen bleiben noch zwei Monate, dann sind Sie tot. Und viele werden sich darüber freuen. Ich natürlich auch! Das ist die Wahrheit. Und ich habe Ihnen nun jegliche Hoffnung genommen. So. Jetzt erst gehe ich. Jamais, jamais, niemals au revoir!!!«

Damit warf sie die Alarmklingel weit von sich, beugte sich vor und streichelte über die grässliche braune Warze an der Nase des M. Verrulle. »Dreckskerl!«, flüsterte sie in sein Ohr, und »Sünder! Ich wünsche Ihnen ewig andauernde Folter!«, stand auf, starrte ihn hohnlächelnd an, nahm ihre Tasche und rauschte fort durch die gläserne Flügeltür.

Sie hörte, wie seine leere Bierflasche auf dem Steinboden zerschellte. Sein Versuch, die Flasche auf ihren Kopf zu werfen, war wegen Kraftlosigkeit gescheitert.

Der letzte Fall – nach Gustav und Aal – war nun auch geklärt. Unbemerkt und unerkannt verließ sie das Krankenhaus und dachte an Julie; wie klug sie gewesen war, mit diesem Sex-Verbrecher nichts mehr zu teilen, weder Tisch noch Bett. Papierehe.

43

Aus dem Triumph-Gefühl wurde im Zimmer unendliche Traurigkeit. So hatte sie sich die Reaktion des Herrn V. vorgestellt, exakt genauso. Sie nahm die Perücke ab, und da diese ihre Aufgabe erfüllt hatte, warf sie das schwarze Haar in den Mülleimer. Hätte sie sich zu erkennen gegeben, wäre die Hölle losgebrochen. Jacques hätte geleugnet und sie angeklagt.

An Schlaf war nicht zu denken, sie fühlte sich ausgelaugt, tieftraurig und leer. Aber es war doch alles vorbei! Sollte sie zu Christine laufen und sich dort ablenken lassen? Beide Frauen warteten neugierig auf Rückkehr und Nachrichten. Christine wollte für sie ein Kaninchen schlachten.

Ach, morgen, morgen brach ein neuer Tag an, dichter Nebel oder Sonnenschein, egal, eine andere, höhere Lebensstufe war fällig.

Zu Christine in das Traumhaus kehrte Walburga nicht zurück. Die Maskerade mit Perücke und falschem Namen bedrückte sie zu sehr; sie schrieb einen lieben Brief, mit Geldschein darin. Es fehlten ihr die Nervenkräfte, noch weiter als Journalistin durchzuhalten. Nicht eine Minute länger blieb sie in Riez. Der nächste Bus nach Manosque traf als eine Art Rettung ein. In Manosque bezog sie völlig anonym ein ruhiges Zimmer und betete, meditierte, träumte, wie so oft, von ihrer Freundin Ada. Aus ihr war eine renommierte Professorin der Soziologie geworden.

Die stellte Fragen! Jetzt jedoch wunderte sich Walburga nicht mehr so sehr über Adas Gedankengut.

Zum Beispiel: Welche politischen, gesellschaftlichen und psychischen Hindernisse stehen meinem Versuch entgegen, mit mir selbst Frieden zu schließen? Was Ada schon wusste! Nichts.

Politische Hindernisse?

Viele Grüße an die staatlichen Überwachungsorgane!

Die suchten sogar eine Sendeanlage in ihrer Wohnung.

Gesellschaftliche Hindernisse?

1000 Empfehlungen an die Schulgesetze, die zarten Erlasse und Verordnungen! (Das Wort ›Strafarbeit‹ war bekanntlich verboten. Einen Kollegen von Walburga hatten die Schüler um ein Haar auf dem Pausenhof erschlagen, mit einer Eisenstange!)

Die psychologischen Hindernisse?

Meine Verehrung an die Herren!

Entsetzt und erschrocken geht man mit dem allgemeinen Werteverfall um.

Man leidet unter den Demütigungen, Rücksichtslosigkeiten, Bloßstellungen und Verhöhnungen. Vom Missbrauch ganz zu schweigen.

Wie sollte Walburga da ihren inneren Frieden finden?

Im Autocar nach Grenoble genoss sie zwar, dass ihr Rachedurst gelöscht war, aber von innerem Frieden konnte keine Rede sein.

Sie hörte wieder Ada, der es mit Sicherheit ähnlich erging:

Und aus welchen Kraftquellen kann ich meinen eigenen Friedenswillen und meine innere Friedenssehnsucht speisen?

Jäh hielt der Bus an. Die Leute schauten aus den Seitenfenstern und entdeckten mehrere quer stehende LKWs. Es sah so aus, als sei hier die Reise zu Ende. Wild gestikulierende, aufgeregt dreinblickende Menschen lärmten, und eine Menge Polizisten fläzten sich grinsend am Straßenrand. Walburga stürmte auf der Stelle zum Busfahrer nach vorne. Sie war spät dran. In zwei Tagen begann ihr Schuldienst, Verzögerung würde enormen Ärger verursachen. Pat wartete. Carmen und Carmens Eltern warteten. Der Zug von Grenoble würde keinesfalls warten.

»Was ist denn passiert, Monsieur, bitte?« fragte sie in höchster Unruhe den Busfahrer.

»La grève!«

»Wie bitte?«

»Wir streiken.«

»Und wie lange dauert Ihr Streik, bitte?«

»Stunden, Tage, das weiß keiner.«

Walburga stand Kopf. Sie holte ihr Gepäck, gottlob leicht, und wunderte sich maßlos über den vollgestopften, doch mucksmäuschenstillen Bus!!!

»Meine Damen und Herren!« schrie sie, »was wollen wir denn jetzt tun?«

Keine Reaktion.

Die Gesichter blieben vollkommen ausdruckslos. Kein einziger Muskel in den Mienen zuckte. Nach einer Weile, in die Stille hinein, meinte eine Französin lakonisch: »Nichts. Was kann man schon tun?« So sind die Menschen, passiv, Lämmer. Aber nicht mit ihr! Na, das wollen wir doch mal sehen! Walburga kochte vor Wut. In vier Stunden fuhr ihr Zug ab – nach Deutschland. Mit Platzkarte!

»Lassen Sie mich aussteigen, Monsieur!« bat sie den Fahrer mit bebender Stimme.

»Wo wollen Sie denn hin?« (Die Busladung lauschte.)

»Na, weiter natürlich, nach Grenoble. Per Anhalter. Sollten

Sie mich später am Straßenrand erblicken, bitte halten Sie an.«

»Ja, gut. Aber Sie kommen da nicht weiter. Blockade. Barriere. Hinter den Lastwagen liegen dicke Baumstämme, quer auf der Chaussee!«

»Na und? Ich kann klettern. Au revoir!«

»Hoffentlich au revoir, Mademoiselle.«

Sie hörte noch ein ganz leises seufzendes Staunen aus dem Autocar, dann schloss sich die Bustür, und sie stand auf dem Asphalt. Milde Wärme umgab die Verzweifelte, als sie den nächsten Polizisten ansprach. Der hatte alles beobachtet und meinte, ja, die Blockade könne durchaus die ganze Nacht dauern. Jetzt war es sechzehn Uhr.

Da war er. Der gleiche Moment. Die Struktur des Schicksals. Die Notwendigkeit, per Anhalter fortzukommen. Aber jetzt beherrschte sie manchen Karategriff und blieb wachsam. Mit offenen Mündern schauten mindestens hundert Menschen zu, wie sie sich an den Lastwagen vorbeischlängelte, die Baumstämme überkletterte und ›drüben‹ landete. Still und friedlich lag die einsame Chaussee vor ihr, und sie lief entschlossen Richtung Norden.

Was hatte Ada gefragt? Aus welchen Kraftquellen speist der Mensch seinen Friedenswillen? Da bleiben nur geistige Kräfte, Glaube, Liebe, Hoffnung.

Aus einem Feldweg bog ein Traktor mit Anhänger. Es quiekte. Sie hob die Hand und lächelte. Der Bauer grinste, wies nach hinten auf seine lebenden Schweine und rief: »Wenn es Sie nicht stört! Ich fahre aber nur bis Sisteron.« »Merci!!!«

Nach Sisteron bog aus dem Wald ein silberner Renault. Sie hob ihre bittenden Hände und zog ein flehendes Gesicht.

Der Förster hielt.

»Steigen Sie ein. Es kommt übrigens eine zweite Blockade, die wir umfahren, ich kenne die Geheimwege. Wo müssen Sie hin? Ein D-Zug ab Grenoble? Das trifft sich. Ich muss auch nach Grenoble. Deutschland? Meine Tante wohnt in Aachen. Meine Verbindungen nach Deutschland sind vielfältig...«

Glaube. Liebe. Hoffnung.

»Lieben Sie Ihre Tante?«

»Ja. Und ich habe ihr viel zu verdanken. Warum fragen Sie?«

»Hoffen Sie auf ein Wiedersehen mit ihr?«

»Aber immer!«

»Glauben Sie, dass wir es schaffen bis Grenoble?«

»Ganz sicher, Sie können sich auf mich verlassen.«

Rücklings im Wagen lagen Jagdgewehre.

»Es ist mir übrigens eine Ehre, Sie zum Zug zu bringen.«

Ebenfalls im DMP-Verlag erschienen:

Sehnsucht nach Paris

Ein autobiografisches Werk über die
DDR-Vergangenheit und Flucht
der Schauspielerin Heike Schroetter.